태극기가 바람에 펄럭입니다

2

태극기가 바람에 펄럭입니다 2

초판 1쇄 인쇄   2014년 07월 18일
초판 1쇄 발행   2014년 07월 25일

지은이   송 용 만
펴낸이   손 형 국
펴낸곳   (주)북랩
편집인   선일영   편집   이소현, 이윤채, 김아름
디자인   이현수, 신혜림, 김루리   제작   박기성, 황동현, 구성우
마케팅   김회란, 이희정
출판등록 2004. 12. 1(제2012-000051호)
주소   서울시 금천구 가산디지털 1로 168, 우림라이온스밸리 B동 B113, 114호
홈페이지 www.book.co.kr
전화번호 (02)2026-5777   팩스   (02)2026-5747

ISBN   979-11-5585-281-1 04810(종이책) 979-11-5585-282-8 05810(전자책)
        979-11-5585-283-5 04810(SET)

이 도서의 국립중앙도서관 출판예정도서목록(CIP)은 서지정보유통지원시스템 홈페이지(http://seoji.nl.go.kr)와
국가자료공동목록시스템(http://www.nl.go.kr/kolisnet)에서 이용하실 수 있습니다.
(CIP제어번호 : 2014021188)

태극기가 바람에 펄럭입니다 ❷

송용만 지음

북랩 book Lab

차 례

태극기가
바람에
펄럭입니다

산속의 헌책방

쌀쌀한 기운이 도는 아침이었다. 날씨는 쾌청했고, 낮게 가라앉은 연무가 숲속에 자리 잡은 헌책방 주변을 감돌고 있었다.

아침 일찍 일어나 책방 문을 여는 나성국은 길게 기지개를 켰다. 수많은 책들을 바라보는 그의 눈이 만족감으로 가득 차올랐다.

명문대를 졸업한 그가 산골에서 헌책방을 운영하는 이유가 있었다. 어릴 적부터 책과 산을 좋아했던 그는 인적이 드문 산속에서 평생을 책과 함께 살고 싶었고, 누구에게도 구속받기 싫어하는 그의 성격이 이유라면 이유였다. 지금의 헌책방은 두 가지 이유를 모두 충족시켜주는 자신만의 놀이터이자, 마음의 평안을 이룰 수 있는 안식처였다. 또한 지금처럼 인터넷이 발달한 시대에 수익 또한 무시할 수 없는 사업처이기도 했다.

나성국은 여느 때와 다름없이 산책을 준비하고, 통나무로 얼기설기 만들어놓은 울타리를 지나쳐 산책길로 향했다. 그는 이 시간이 가장 좋았다. 누구에게도 방해받지 않고 산속을 거닐며 자문자답을 할 수 있는 이 시간은 무엇과도 비교할 수 없는 즐거운 시간이었다.

그는 울타리를 뒤로하고 산책길로 들어섰다. 조금 쌀쌀한 듯 느껴졌지만, 기분 좋은 아침이었다. 산책길로 오르던 그의 눈이 무엇을 보았는지 오르던 발걸음이 주춤했다. 비탈길에 널브러져 있는 그 무엇이 그의 눈을 잡아끌었다. 걷히지 않은 연무로 인해 널브러져 있는 게 무엇인지 확인하기는 어려웠다. 그의 눈이 의혹으로 가득 찼다. 어제까지만 해도 분명히 없던 것이었고, 산책길은 일반인들에게 알려지지 않은 길이었기 때문이었다. 이윽고 그의 두 다리가 비탈길로 내려섰다. 물체와 가까워질수록 그의 가슴이 뛰기 시작했다. 연무사이로 흐릿하게 모습을 드러낸 물체는 사람의 형상인 것 같았다. 그는 두근거리는 가슴을 진정시키고 서서히 다가갔다. 순간 그의 눈이 크게 벌어졌다. 쓰러져있는 물체는 분명 사람이었고, 남자와 여자였다. 움직임이 없는 것으로 보아 아마도 죽은 것 같았다. 태어나 시체를 처음 본 그는 너무 놀라 그대로 엉덩방아를 찧었다. 일어서려고 했지만, 힘이 빠진 두 다리는 말을 듣지 않았다. 그때 어디선가 희미한 소리가 들려왔다. 급히 바라보니 죽은 줄 알았던 여자가 입술을 움직이고 있었다. 그는 간신히 몸을 일으켜 두 사람 곁으로 다가갔다. 여자의 얼굴을 바라보는 그는 큰 충격으로 잠시 비틀거렸다. 얼굴이 흙과 오물로 뒤덮여 있었지만, 여자는 자신이 분명히 알고 있는 얼굴이었다. 바로 신수정이었다. 그는 엎어져 있는 남자를 바로 눕혔다. 생각할 여지도 없이 강인후였다. 이유가 어찌됐든 두 사람을 살려야했다.

"수정아!"

"도와주세요."

아주 작은 소리였지만 분명히 알아들을 수 있는 말이었다.

나성국은 강인후의 손목을 짚어 보았다. 맥박이 힘겹게 뛰고 있었다. 빨리 서둘러야 했다. 자신의 책방이 근처에 있다는 게 천만다행이었다.

거대한 덩치는 잔인한 미소를 흘리며 강인후에게 천천히 다가섰다.

강인후는 구영민을 죽인 덩치를 바라보자, 주체할 수 없는 분노가 치솟았다. 분노한 그의 주먹이 덩치의 안면을 힘껏 후려쳤다. 덩치의 몸이 잠시 휘청거리더니 제자리로 돌아왔다. 강인후는 덩치에게 달려들어 미친 듯이 주먹과 발길질을 가했다. 순간 강인후의 발길질이 멈췄고, 이해할 수 없는 현실에 겁이 밀려들었다. 어찌된 일인지 덩치의 얼굴은 경찰로 변해 있었다. 경찰로 변한 덩치가 잔인한 웃음을 머금고 성큼 다가섰다. 강인후는 뒤로 돌아 도망치기 시작했다. 그런데 어찌된 일인지 두 다리는 땅에 못 박힌 듯 움직일 수 없었다. 경찰이 통나무와 같은 두꺼운 팔을 뻗어왔다. 이윽고 경찰이 강인후의 목을 움켜잡았다. 숨쉬기가 어려웠다. 강인후는 미친 듯이 발버둥 쳤다. 경찰이 강인후를 들어올렸다. 성난 경찰은 강인후를 땅바닥으로 힘껏 던졌다.

"아악!"

강인후의 감겨있던 두 눈이 떠졌다. 흐릿한 눈 사이로 처음 보는 방안이 보였고, 삼십 중반 정도의 처음 보는 남자가 자신을 내려다보고 있었다. 악몽을 꾼 것 같았다.

"이제, 정신이 드세요?"

처음 보는 남자가 말했다.

남자의 입 모양만 보일 뿐 목소리는 들리지 않았다.

강인후는 왜 자신이 여기에 누워 있는지 생각이 가물가물했다. 생각이 나는 건, 스승의 집을 빠져나와 낮에는 산속에 숨어 동태를 살폈다. 그리고 밤을 이용해 움직였다. 며칠을 굶어가며 길도 없는 산속을 헤매던 중 흐릿한 불빛이 비치는 곳으로 무작정 걸음을 옮겼다. 이미 방향감각을 잃은 신수정이 목적지를 코앞에 두고 몇 번을 배회한 것 같았다. 더 이상 도망칠 기운이 없었고, 모든 것을 포기하고 싶은 마음뿐이었다. 놓치지 않으려는 듯 자신의 손을 꼭 잡고 따라오는 신수정의 얼굴에도 포기하려는 기색이 역력해보였다. 그렇게 불빛이 있는 곳으로 향했다. 그때 자신의 손을 꼭 쥐고 있던 신수정의 손길이 빠져나가는 것을 느꼈다. 발을 헛디딘 신수정이 비탈길로 미끄러지고 있었다. 순간 정신을 차린 자신이 몸을 날려 신수정을 꼭 끌어안고 경사 심한 비탈길을 구르는 모습이 어렴풋이 기억났다. 그 이후에는 기억이 없는 것으로 보아 의식을 잃었음이 분명했다.

"제, 목소리가 들리세요?"

강인후는 속삭임처럼 들려오는 물음에 의식을 집중시키려 애썼다. 하지만 흐릿한 의식은 좀처럼 집중되지 않았다.

"어머 인후 씨, 이제 깨어났네요."

방문이 열림과 동시에 귀에 익은 목소리와 낯 익은 얼굴이 보였다. 생사의 고비를 함께 했던 신수정이 방문 앞에 서 있었다. 얼굴에 작은 긁힘 자국이 보였지만, 다친 곳은 없는 것 같았다. 안도감이 들었다.

"아, 수정 씨."

강인후는 신수정의 웃는 얼굴을 바라보았다. 문득 의혹이 스쳐지나갔다.

"여기는 어디죠? 그리고 수정 씨는 어떻게…."

"안심하세요. 여기는 제가 살고 있는 집입니다. 그리고 수정이는 강인후 씨보다 하루 먼저 깨어났습니다. 보다시피 수정이는 강인후 씨가 보호해준 덕분에 비교적 양호한 편이구요."

신수정을 바라보는 강인후의 눈길은 안도와 함께 무엇을 묻고 있었다.

"제가 모든 사건의 발단을 여기 있는 성국 선배에게 얘기했어요."

강인후는 비로소 알 수 있었다. 그토록 찾아 헤매던 목적지가 바로 여기란 것을.

"처음에는 두 사람을 신고하려고 했습니다. 두 사람은 이미 대한민국에서 연예인보다 더 유명인사가 돼 버렸으니까요. 하하하."

강인후는 사람의 웃음소리가 이토록 편안한 안식처로 다가올 수 있다는 있다는 것을 처음 알았다.

"그리고 제가 힘닿는 데까지 도와드리겠습니다."

나성국의 편안한 음성은 강인후의 눈을 다시 감기게 만들었다. 이내 그는 따뜻하고 편한 느낌에 깊은 잠속으로 다시 빠져들었다.

강인후와 신수정이 몸을 숨기고 있는 산골은 겨울이 성큼 다가온 것 같았다.

나성국이 운영하는 헌책방은 그야말로 최고의 피신처이자, 이병호 교수의 메시지를 풀 수 있는 가장 적합한 장소이기도 했다. 아주 가끔 두꺼운 방한복 차림의 등산객들이 산속에서 만나는 헌책방을 신기한 눈초리로 드나들 뿐, 인적 없는 나날은 벌써 일주일을 넘기고 있었다.

강인후와 신수정은 시간이 지날수록 불안한 마음을 감추기 어려웠다. 그나마 학식이 풍부한 나성국을 기대해 볼 수밖에 없었고, 더 이상 숨어 지내기는 두 사람의 몸과 마음이 너무 지쳐있었다. 그러나 나성국 또한 일주일이 넘도록 이 교수의 메시지를 파악하려고 고군분투 했지만, 메시지는 좀처럼 실체를 보여주지 않았다.

강인후와 신수정은 떨어지지 않으려는 듯 벽난로 가에서 서로의 손을 꼭 잡고 있었다. 벽난로가 전해주는 훈훈함이 지친 두 사람을 어루만져주고 있는 것 같았다. 그때 책방 문을 두드리는 소리에 두 사람의 고개가 문으로 쏠렸다. 불안한 표정이 역력했다. 강인후가 커튼 사이로 밖을 내다보자, 나성국이 어깨를 움츠리고 서 있었다.

"날씨가 꽤 춥네요."

나성국이 책방 문을 열고 들어오며 말했다. 그의 양손에는 노끈에 묶인 헌책이 들려있었고, 책표지로 보아 비교적 상태가 양호한 것들이었다. 나성국이 헌책을 조달하는 방법은 서울 시내 십여 개의 아파트단지 부녀회를 통해 헐값에 매수해 오는 방식이었다. 입주민들이 버린 헌책은 파지로 분류돼 종이 값만 받을 수 있기 때문에 부녀회에서도 나성국에게 넘기는 게 더 이득을 남길 수 있는 효율적인 거래이기도 했다. 나성국은 일주일에 한 번 서울 나들이와 동시에 책을 조달하고 있었다.

"인후 씨, 나 좀 도와줄래요?"

강인후는 나성국의 부탁에 밖으로 나가 차 트렁크를 살폈다. 상당한 양의 책들이 트렁크 안에서 주인을 기다리고 있는 듯 보였다.

잠시 후, 책을 다 옮긴 나성국은 벽난로로 다가가 장작을 집어넣었다. 그을음으로 시커멓게 변한 주전자가 벽난로위에서 수증기를 뱉어냈다.

세 사람은 아무 말 없이 벽난로의 불꽃을 바라보았다. 불을 머금은 장작에서 탁탁 튀는 소리만 들릴 뿐, 책방은 조용했다.

"선배, 이 교수님은 무엇을 말하고 싶었던 걸까요?"

신수정이 침묵을 깨고 물었다.

나성국은 불꽃을 바라볼 뿐 대답이 없었다. 그 또한 답답하기는 마찬가지였다.

"우리가 뭔가를 놓치고 있는 게 아닐까요?"

강인후가 말했다.

"우리 처음부터 다시 생각해 봐요."

신수정이 덧붙이고, 천천히 읊조렸다.

"만 번을 거짓말 하면 그것은 곧 진실이 된다. 진실은 언제나 아주 가까운 곳에 있다. 그리고 이 교수님은 다음 페이지에 하도를 그려놓았어요. 우리는 지금까지 하도가 진실이 아닐 것이라고 생각했었죠."

신수정은 잠시 말을 멈추고 따뜻한 차를 한 모금 삼켰다. 그녀가 이어서 말했다.

"하도가 진실이 아니라면 같은 페이지에 그려 놓았다고 생각해 볼 수 있지 않을까요?"

"너무 억지스러운 주장이 아닐까?"

나성국이 반문했다.

"수정 씨의 주장이 억지스럽더라도 여러 각도로 생각해 봐야 합니다. 내용을 보더라도 거짓이 진실로 뒤 바뀐 것을 강조할 뿐, 하도가 거짓이라고 말한 내용은 없습니다. 그리고 스승님은, 진실은 이미 세상에 나와 있고, 다만 그것을 보는 눈이 없다고 말씀하셨구요. 그럼 유추 가능한 결론은 세상은 이미 하도의 진실을 알고 있지만, 그것을 모르고 그냥 지나치고 있는 사람들의 협소한 시각을 개탄스럽게 여기는 메시지라고 짐작할 수 있지 않을까요?"

강인후가 조리 있게 말했다.

"맞는 말이네요. 이미 세상에 나와 있는 하도의 진실은 무엇일까⋯."

나성국은 강인후의 주장에 동의하는 듯 고개를 끄덕였다.

"가만, 인후 씨는 살인누명을 쓰고 있다고 했죠? 그 말이 확실한가요?"

나성국이 강인후를 예리하게 쳐다보았다.

"선배, 지금 무슨 말을 하고 싶은 거예요? 제가 다 얘기 했잖아요."

신수정의 말투에서 불쾌함이 묻어났다.

"인후 씨, 기분 나쁘게 들렸다면 사과할게요. 하지만, 아주 중요한 뭔가를 빠트리고 있는 것 같아서 질문한 겁니다."

강인후는 잠시 심호흡을 한 뒤 천천히 입을 열었다. 예비군 훈련을 마치고 귀가하던 도중 무작정 자신의 차에 올라탄 한미정과 그녀가 떨어뜨리고 간 USB를 얘기했다. 그리고 이름을 알 수 없는 거대한 덩치와 이해하기 어려운 경찰의 심문과정을 말했다. 그의 머리에 살해동기보다 USB의 행방을 먼저 물었던 형사의 얼굴이 떠올랐다. 자신은 엄연히 살인용의자다. 그럼 당연히 살해동기를 먼저 물었어야 했다. 그러나 경찰은 USB의 행방을 먼저 물었다. 이해하기 힘든 질문이었다. 구영민과 스승을 얘기하는 과정에서 신수정이 눈시울을 적셨다.

"영민이와 스승님은 저 때문에…."

말을 끝맺지 못한 강인후의 얼굴이 분노와 슬픔으로 일그러졌다.

강인후의 누명만을 생각했었던 나성국은 경찰의 심문과정을 새롭게 얻을 수 있었다. 그 역시 이해하기 힘든 질문내용에 고개를 갸웃했다. 나성국은 USB를 확보하려는 경찰의 목적과 보이지 않는 세력의 정체를 밝히는 것이 모든 사건을 푸는 열쇠라고 생각했다.

"우리는 지금까지 일의 순서를 혼동하고 있었던 겁니다. 솔직히 말씀드리면 이 교수님의 메시지를 풀기에는 역부족입니다. 지금 시점에선 이 교수님 메시지의 해석은 뒤로 물릴 때라고 생각합니다."

"그럼 어떻게 하시겠다는 거죠?"

강인후가 물었고, 신수정이 몸을 앞으로 당겼다.

"USB를 확보하려는 자들은 USB에 중요한 자료가 들어있다고 확신하고 있는 것 같습니다. 그들은 세상에 이미 나와 있는 진실이 이 교수님의 메시지에 의해 밝혀질까 그것을 두려워하고 있다고 볼 수 있습니다. 세상 사람들이 보는 눈이 없어서 못 보고 있는 그 무엇, 이 교수님의 메시지, 이 모든 것을 푸는 방법은 그들을 이용하는 방법밖에 없습니다.

"선배, 알기 쉽게 얘기해 봐요."

신수정이 다그치듯 말했다.

"인후 씨, 위험하지만, 누명을 벗을 방법이 있습니다."

강인후와 신수정이 동시에 서로의 얼굴을 바라보았다.

나성국이 계속 이어 말했다.

"이제부터 맞불 작전을 펼치는 겁니다."

"경찰과 보이지 않는 세력을 말하는 건가요?"

신수정의 물음에 나성국이 고개를 끄덕였다.

"경찰과 보이지 않는 세력은 한 패입니다."

강인후가 못 박듯 말했다.

나성국의 입가에 무언가 확신이 서려있는 웃음이 흘렀다.

"인후 씨는 거대한 덩치가 USB를 탈취하기 위해 찾아 왔다고 얘기했습니다. 여기서 중요한건, 처음부터 경찰이 오지 않았다는 걸 주목해야 합니다. 왜 경찰이 오지 않고 살인을 밥 먹듯 저지르는 덩치가 왔을까요? USB가 경찰에게도 그렇게 중요한 자료라면 당연히 경찰이 먼저 왔어야 이치에 맞습니다. 쉽게 빼앗을 물건을 위험을 감수하면서까지 모험을 할 필요가 있었을까요?"

강인후는 미처 생각하지 못한 부분이었다. 하지만 무언가 미심쩍은 부분이 있었다.

"보이지 않는 세력과 일부 경찰이 한 패일 수도 있는 것 아닙니까?"

강인후가 의문을 표시했다.

"인후 씨 입장에선 그렇게 볼 수도 있지만, 생각해 보세요. 인후 씨 말대로라면 수많은 경찰 중에 인후 씨를 심문한 경찰이 보이지 않는 세력과 한 패라는 말이 됩니다. 수많은 경찰 중에 그들과 한 패일 경찰을 만날 확률이 과연 얼마나 될까요?"

강인후의 표정을 살핀 나성국이 다시 말했다.

"즉, 보이지 않는 세력과 경찰은 한 패가 아닐 수도 있다는 말이 되고 경찰도 USB를 노리고 있다고 볼 수 있습니다. 그렇다면 거대한 덩치는 보이지 않는 세력의 한낱 하수인에 불과한 사람일 겁니다."

"그럼 경찰과 보이지 않는 세력을 싸움 붙인다는 말입니까?"

"그렇습니다. 보이지 않는 세력의 목적은 짐작할 수 있지만, 경찰은 분명히 인후 씨가 범인이 아니라는 걸 알고 있을 겁니다. 그런데 무슨 이유로 인후 씨를 누명 씌웠는지 그 이유와 목적을 밝혀내야 합니다. 두 세력이 노리는 USB를 이용해서요."

"경찰이 무엇 때문에 그런 짓을…."

"우리가 밝혀내야죠."

"그렇다면 보이지 않는 세력의 정체를 알아야 싸움붙이는 게 가능

할 것 아닙니까?"

　나성국은 말하기에 앞서 강인후와 신수정을 살피고 잠시 뜸을 들였다.

　"이 교수님과 스승님은 잘못된 우리 역사교육을 개탄하고 있던 분들이었습니다. 그리고 이 교수님은 메시지를 통해 고대역사와 관계된 그 무엇을 말하고 있다고 볼 수 있구요. 그럼 이 두 분을 눈엣가시 같은 존재로 여기고 있을 곳은 명확해집니다."

　"그럼 혹시…."

　신수정은 무언가 깨달은 것 같았다.

　"보이지 않는 세력은 바로 현재 우리나라의 역사교육을 담당하고 있는 강단사학계입니다."

　나성국은 확신 있게 말하고 덧붙였다.

　"그들을 유인해야 합니다."

　강인후와 신수정은 왜 이제껏 그 생각을 못하고 있었는지 이해할 수 없었다. 이병호 교수 메시지에만 골몰했던 게 원인인 것 같았다.

　"그렇다고 하더라도 강단사학계 전체가 이 교수님과 스승님을 눈엣가시처럼 생각하고 있지는 않을 것 아닙니까? 그들 전체를 상대한다는 건 너무 무모하고 막연합니다."

　강인후의 지적에 나성국은 잠시 생각하느라 침묵했다.

　"혹시 스승님이 어떤 언질을 주신적은 없습니까?"

　신수정과 강인후는 스승의 하도에 대해 생각해 보았다. 해당사항이 될 것 같지는 않았다. 한동안 침묵이 계속됐다.

"인후 씨, 그때 스승님 댁 앞마당에서 저한테 누구를 물어보신 적 있죠?"

신수정의 물음에 나성국의 시선이 강인후에게 쏠렸다.

"누구를 말하는 건지…."

"인후 씨는 그때 분명히 누구를 물어보려다 그만뒀어요. 잘 생각해 보세요."

신수정의 눈동자는 강인후를 재촉했다.

그리고 보니 스승이 누군가의 이름을 말했던 기억이 살아났다. 분명 그와 같은 사람이 존재하는 한, 자신은 누명은 벗을 수 없다고 말했었다. 강인후는 애써 이름을 떠올려보았다. 하지만 그럴수록 머리에서 맴돌 뿐, 밖으로 나오지는 않았다. 그렇게 몇 분의 시간이 흘러갔다. 그는 간신히 몇 글자를 기억해냈다. 그의 입에서 우물거리는 대답이 흘러나왔다.

"이… 상…, 더 이상은 생각이 안나요."

그는 힘겹게 말을 마치고 미안함에 신수정을 바라보았다.

나성국은 무엇을 생각했는지, 급히 컴퓨터를 부팅해 검색창에 이상을 입력시켰다. 입력창 밑으로 일제강점기 당시 시인이자, 소설가였던 이상이 떴다. 관련이 없을 것 같았다. 강인후가 우물거리는 것으로 보아 이름은 세 글자가 확실해 보였다. 중간쯤에 이르자 세 글자 이름 이상문이 보였다. 이름을 클릭했다. 이상문에 대한 상세정보가 한 눈에 들어왔다. 그의 얼굴에 확신이 묻어났다. 나성국이 고개를 돌려 두 사람을 바라보며 말했다.

"강단사학계의 중추적 핵심인물 문화재청장 이상문, 바로 이 사람입니다."

강인후, 이상문을 위기에 빠트리다

강인후는 불빛 하나 보이지 않는 밤길을 혼자 걷고 있었다. 으스스한 추위와 보이지 않는 두려움이 그의 몸을 움츠리게 만들었다. 그는 이제 더 이상 자신으로부터 비롯된 사건에 신수정과 나성국을 위험에 빠트리고 싶지 않았다. 그는 나성국의 계책이 자칫하면 모두의 생명을 담보로 벌이는 위험천만한 계책이라고 생각했다. 경찰과 이상문을 유인하는 계책은 나성국의 발상이었지만, 그것을 실행하는 건 자신의 몫이었고, 자신이 해결해야 할 과제였다. 마음의 결정을 내린 그는 나성국의 책방에서 점점 멀어졌다.

같은 시각, 깊이 잠든 신수정의 얼굴에서 비 오듯 땀이 흘러내렸다. 고개를 심하게 흔들고 있는 것으로 보아 악몽을 꾸고 있는 것 같았다. 크게 고개를 젓던 그녀가 순간 소리를 지르며 눈을 떴다. 초점 없는 눈으로 천장을 바라보던 그녀가 고개를 돌리자, 문틈에 무언가 꽂혀 있는 게 보였다. 불길한 예감을 감지한 그녀는 급히 일어나 그 것을 빼 들었다. 그것은 강인후의 편지였다. 편지를 들고 있는 가냘픈 손이 사시나무 떨리듯 심하게 떨렸다. 이윽고 방문을 열어젖힌 신수정이 튕기듯 밖으로 나갔다. 요란한 소리에 놀란 나성국이 몸을

벌떡 일으켰다. 그가 잠들어 있던 간이침대가 중심을 잃고 쓰러지
자, 나성국은 그대로 책 더미에 코를 박았다.

"선배, 큰일 났어요."

"무슨 일인데 그래?"

아픔과 잠이 덜 깬 목소리였다.

"인후 씨… 인후 씨가…."

신수정은 금방이라도 울음을 터트릴 것처럼 보였다.

나성국이 급히 고개를 돌려 바라보니 강인후의 간이침대 이불은
깔끔하게 개어져 있었다. 나성국은 신수정의 손에서 편지를 빼앗듯
낚아챘다. 편지를 읽어 내려가는 그의 얼굴이 걱정과 슬픔으로 일그
러졌다. 편지는 간단하게 쓰여 있었다. 더 이상 자신을 찾지 말라는
내용과 미안했고, 고마웠다는 비교적 간단한 문장이었다.

"인후 씨는 어디로 갔을까요?"

"인후 씨는 분명 이상문을 찾아 갈 거야."

"그럼, 혼자서 유인책을 벌인다는 건가요?"

신수정은 자신이 말하고도 믿고 싶지 않았다. 어떻게 혼자서 상대
한단 말인가. 너무 무모하고 승산 없는 싸움처럼 보였다. 그녀의 가
슴이 벌떡거렸다. 지금까지 자신과 함께하며 보호해주었던 든든한
버팀목이 사라진 것 같았다. 신수정은 가슴 한 구석이 뻥 뚫려버린
것 같은 느낌에 허물어지듯 주저앉았다. 급기야 그녀의 두 눈에서
참았던 눈물이 흘렀다.

한편, 시내에 도착한 강인후는 모자와 안경으로 최대한 자신의 얼

굴을 가렸다. 주변의 동정을 살핀 그는 스마트폰과 망원경을 꺼내 들었다. 두 물건 모두 나성국의 헌책방에서 몰래 가져온 것들이었다. 그는 마음속으로 자신이 세운 계책을 꼼꼼히 되짚어 보았다. 한 치의 실수도 없어야한다. 그의 두 눈이 복수심으로 활활 타올랐다. 그는 스마트폰으로 대리운전 셔틀버스 어플리케이션을 다운받고 노선을 살펴보았다. 셔틀버스 이용목적은 의심을 피하면서 비용을 최대한 줄이고 서울까지 빠르게 이동하는데 있었다. 잠시 후, 강인후를 태운 셔틀버스가 서울까지 도착한 시간은 고작 한 시간 남짓했고, 인적이 드문 새벽시간이었다.

한참을 걸어서 이상문의 저택에 도착한 강인후는 어느 곳 하나 허술한 구석이 보이지 않는 육중하고 위압적인 건물에 압도당하는 기분이 들었다. 그는 군 시절 수색대원으로서 비무장지대에 매복했을 당시 느꼈던 긴장감을 지난 몇 개월 사이에 연이어 느끼고 있었다. 하지만 긴장감은 분명한 차이를 가지고 있었다. 군 시절의 긴장감은 국가로부터 보호와 옹호를 받으며 느끼는 감정이었지만, 지금의 긴장감은 국가로부터 버림받은 분노의 감정이었다. 두 주먹이 부르르 떨렸다.

한참 그 자리에서 움직이지 않던 강인후가 간신히 감정을 수습하고 저택을 막 돌아서려고 할 때였다. 엄청난 덩치의 사내가 전방에서 다가오고 있었다. 순간 긴장한 강인후가 다가오는 덩치를 바라보았다. 새벽을 가르며 저벅저벅 다가오는 소리가 살벌하게 들렸다. 꺼진 가로등불이 덩치의 모습을 더욱 소름끼치게 만들었다. 강인후가 모자와 안경을 매만졌다. 덩치의 발걸음이 점점 빨라지더니 순식간에 강인후 앞으로 다가왔다. 덩치는 순간적으로 강인후의 얼굴을 훑고 지나갔다. 두 사람의 눈이 마주치려는 찰나, 황급히 시선을 떨어뜨린 덩치가 강인후를 스치듯 가깝게 지나갔다. 이윽고 점점 멀어지며 작아지는 덩치의 모습은 흡사 어둠이 그를 빨아들이고 있는 것처럼 보였다. 이내 어둠속으로 완전히 빨려 들어간 덩치를 희미한 가로등불이 확인시켜주었다. 저 자가 나를 알아보았을까? 확신하기 어려웠다. 지금까지 자신을 쫓았고, 구영민과 스승을 살해한 살인청부업자는 분명 아니었다. 그렇지만 위압감이 느껴지는 인물이었다. 그는 잠깐 망설였다. 그러나 여기까지 온 이상 그냥 갈순 없었고, 이상문을 유인해야 했다. 강인후는 인터넷에서 보았던 이상문의 뻔뻔한 얼굴에 침을 뱉고 싶었다. 마음을 다잡은 그는 육중하고 위압적인 건물을 재차 바라보았다. 그러자, 눈앞으로 고통에 몸부림치던 구영민과 스승의 얼굴이 보였고, 몇 개월을 도망자로 살았던 자신의 과거가 주마등처럼 스쳐지나갔다. 분개한 그는 초인종에 손을 가져가 힘 있게 눌렀다. 아무응답 없이 1분, 2분이 지나갔다. 아마도 깊이 잠들어 있는 것 같았다. 강인후는 다시 초인종에 손을 가져가 버튼을 계속 눌러댔다. 잠깐의 정적이 흐른 후, 초인종을 통해 짜증과 잠이 덜 깬 목소리가 들려왔다.

"누구세요?"

"나와 보시면 압니다."

"날이 밝으면 다시 오시오."

관료적인 어투가 묻어있었다.

"강인흡니다."

무언가 생각하는 잠깐의 시간이 흘렀다.

"기다리시오."

강인후는 이상문이 고용했을 것으로 보이는 살인청부업자를 생각했다. 한순간의 방심이 모든 일을 그르칠 수 있다. 그는 잽싸게 길 건너 공원으로 들어가 몸을 감추고 망원경을 꺼내들었다.

뒤이어 뛰어나오는 발소리에 이어 대문이 열리더니 근엄한 모습의 남자가 망원경에 포착됐다. 강인후는 근엄한 남자가 이상문이라는 걸 즉시 알아챘다. 이상문은 혼자였지만, 지금까지 자신이 당한 상황으로 보아 암수를 배제할 수 없었다. 강인후는 공원에 숨어 그의 행동을 유심히 지켜보기로 했다.

이상문은 사방을 두리번거리며 강인후를 찾아보았지만, 어디에 숨어있는지 그의 모습은 보이지 않았다. '이놈이 감히…' 이상문은 막다른 골목에 몰린 강인후가 어떤 짓을 꾸밀지 몰라 긴장의 끈을 늦추지 않았다. 그는 눈을 들어 공원을 바라보았다. 수많은 나무와 조각상이 흐릿한 가로등 불에 부분적으로 보였다. 강인후가 숨을 곳은 저기뿐이다. 이상문은 공원으로 발걸음을 옮기려다 다시 돌아섰다. 강인후는 몹시 경계해야 할 무서운 위험인물이었다. 그때 주머니에서 휴대전화가 밤의 적막을 깨고 울렸다. 분명 강인후일 것이다. 이상문은 직감했다. 자신에 대한 상세정보는 이미 인터넷에 기재돼있고 강인후는 분명 인터넷을 이용해 찾아왔을 것이라고 판단했다. 그는 급히 휴대전화를 꺼내들고 통화버튼을 눌렀다. 숨소리만 들릴 뿐, 목소리는 들리지 않았다. 서로를 탐색하는 침묵이 있은 후, 강인후가 먼저 말문을 열었다.

"저는 이미 모든 걸 알고 있습니다. 제가 알고 있는 모든 내용을 폭로하겠습니다."

이상문의 양미간이 치켜 올라갔다.

"우리 차분하게 얘기합시다."

강인후의 분개한 목소리가 전화기에서 크게 들렸다.

"저는 USB로 인해 제 친구를 잃었고, 존경하는 선생님을 잃었고, 인생이 뒤죽박죽 됐습니다. 그런데 차분하게 얘기하자구요?"

분에 받힌 씩씩거리는 숨소리가 전화기를 통해 들려왔다.

"USB는 당신 게 아니오. 그것만 돌려준다면 최대한 도와주겠소."

이상문이 달래듯 조용하게 말했다.

"USB는 지금 여기에 없습니다. USB가 있는 장소를 알려드리지요."

귀를 바짝 기울인 이상문의 얼굴은 매우 복잡한 표정으로 허공을 응시했다.

"한 시간 후에 그 장소로 오세요. 기다리고 있겠습니다."

거짓이라고 해도 가지 않을 수 없다. 아니 무조건 가야한다. 놈을 반드시 잡고 말리라. 이상문은 끊긴 전화기를 으스러지라 꽉 쥐었다. 그의 손이 부르르 떨리고, 얼굴엔 미세한 경련이 일었다. 그는 서둘러 몸을 돌렸다. 불어오는 차가운 바람이 그가 떠난 자리를 스치고 지나갔다.

'이건 꿈 일거야.'

K일보 사회부 기자 최영돈은 과음을 한 탓인지 들려오는 전화소리를 꿈이라고 생각했다. 푹신한 침대가 그를 꿈의 세계에서 놓아주지 않았다. 전화소리는 포기하지 않고 계속해서 울려댔다. 마침내 최영돈은 일어나 앉아 천근 같은 눈꺼풀을 힘겹게 들어올렸다. 바라보니 전화기가 캄캄한 어둠속에서 불빛을 번쩍이며 자신의 존재를 알리고 있었다. 휴대전화가 아닌 일반전화였다. 최영돈은 비로소 꿈이 아니란 걸 알았다. 시계는 새벽 3시에 가까워져 있었다. 잠들어 있던 시간은 고작 2시간 남짓했지만 세상모르고 잠든 것 같았다.

이 시간에 누가 전화한단 말인가. 옆을 바라보니 아내가 세상모르게 코를 골며 자고 있었다. 매우 못마땅한 얼굴로 잠든 아내를 바라보던 시선이 전화기로 옮겨갔다. 평소 장난전화에 시달렸던 그는 반쯤 떠진 눈으로 전화기를 물끄러미 바라보았다. 전화는 쉬지 않고 울어댔다. 장난전화면 벌써 끊어졌어야 했다. 기자로서 직감이 발동한 그는 황급히 전화기를 움켜잡았다.

"여보세요? 누구시죠?"

아무 말 없이 전화기너머로 침 삼키는 소리가 들렸다.

"저는 K일보 최영돈 기잡니다. 무슨 용건으로 전화하셨죠?"

"…강인홉니다."

최영돈은 자신이 잘못 들었는가 생각하며 고개를 갸웃했다.

"누구시라구요?"

"강인홉니다."

두 번째 대답은 망설이지 않고 흘러나왔다. 강인후라는 말에 가슴이 심하게 요동치기 시작했다. 진짜 강인후란 말인가? 혹시 장난전화가 아닐까? 의심과 망설임은 방향을 잡기 어려웠다.

"제가 어떻게 믿을 수 있겠죠?"

"믿지 못하시겠다면 이만 끊겠습니다."

상대방은 망설이지 않고 전화를 끊으려했다.

"아닙니다. 전화 끊지 마세요."

기자의 직감이 놓치면 안 된다는 경고음을 울려댔다. 이제 잠은 완전히 달아나 있었다.

최영돈은 강인후의 설명에 전화기를 바짝 움켜잡았다. 잠시 후, 전화를 끊은 그는 카메라 가방을 챙겨들고 부리나케 집을 빠져나갔다.

새벽 4시를 코앞에 둔 서울역 광장은 비교적 한산했다. 술에 취한 사람이 비틀거리며 지나가고 있었고, 노숙자로 보이는 사람이 일찍 잠에서 깨어나 담배꽁초를 줍고 있었다.

광장에 도착한 최영돈은 적당한 장소를 찾아 바쁘게 눈을 움직였다. 사방을 두리번거리던 그의 눈이 한 곳에서 멈췄다. 3번 출구 좌측으로 붉은색과 분홍색 등 화려한 색상으로 옷을 입은 국립극단이 그의 눈을 붙잡았다. 조금 전, 전화의 목소리가 알려준 장소와는 조금 떨어져 있었다.

과연 전화 목소리는 강인후가 확실한가? 이상문 청장이 진짜로 온단 말인가? 그는 현실을 반영한 직감이 얼마나 있었던가를 되새겨 보았다. 우유부단한 자신을 질책했다. 기자는 단 1퍼센트의 직감이라도 믿어야한다. 직감은 곧 특종으로 이어진다.

그는 빠르게 발을 움직여 적합한 장소를 찾아 몸을 숨기고 목소리가 말한 이상문을 기다렸다. 그의 가슴이 미묘하게 울렁거렸다.

바로 그 시각, 서울역광장에 다다른 승용차가 급제동의 소음을 일으키며 멈춰 섰다. 문이 열림과 동시에 이상문이 급하게 뛰어내렸다. 뒤를 이어 또 한 대의 승용차가 광장으로 들어섰다. 굳게 닫힌 문은 열릴 기미를 보이지 않았다. 캄캄한 어둠과 짙은 선팅이 차 안에서 사냥감을 노리는 위무광과 리홍빈의 모습을 감추어주었다. 세 사람은 부지런히 눈을 움직여 강인후를 찾아보았지만, 어디에 숨어 있는지 그의 모습은 보이지 않았다. 강인후가 일방적으로 통보한 시간까지는 10여 분이 남아있었다.

강인후가 무슨 목적으로 USB를 돌려주려고 하는가. 지금까지 놈의 행동으로 보아 USB를 순순히 돌려줄 놈이 아니다. 무언가 있을 것이다. 이상문은 만약의 사태에 대비해 위무광과 리홍빈의 동행을 선택했다.

차 안에서 광장을 둘러본 위무광이 눈을 감았다. 그리고 철저하게 자신을 떠나 강인후 입장에서 생각해 보았다. 그것은 인민해방군시절, 적을 섬멸하기 전에 적의 입장에서 생각해보는 훈련법이기도 했다. 적의 입장이 되면 적의 동선을 예측할 수 있다. 그는 쫓는 자의 감정이 개입되면 판단이 흐려질 수 있다는 사실을 명심했다. 이윽고 평정심이 그의 의식을 완전히 붙잡았다. 위무광과 리홍빈이 탄 승용차의 바퀴가 천천히 구르기 시작했다.

바로 그때, 노숙자로 보이는 남자가 광장에 서 있는 이상문을 주시하며 매우 가깝게 다가갔다. 주머니에서 쪽지를 꺼낸 그는 이상문에게 손을 내밀었다. 엉겁결에 쪽지를 받아 펼쳐든 이상문의 얼굴이 일그러졌다. 'USB를 찾고 싶으면 이곳으로 오시오.' 그리고 USB의 위치를 알려주는 내용이 간단하게 적혀있었다. 화가 치민 그는 다짜고짜 노숙자의 멱살을 움켜잡았다. 갑자기 일어난 일에 노숙자는 영문을 모르겠다는 표정을 지었다.

"난 그저 심부름을 했을 뿐이오. 아무것도 모릅니다."

멱살을 잡은 손이 맥없이 풀렸다.

노숙자는 쏜살같이 광장을 벗어났다.

'놈은 모든 것을 지켜보고 있다. 역시 만만히 볼 놈이 아니다.'

그의 눈이 위무광과 리홍빈의 승용차를 찾아 움직였다. 그러나 승용차는 어디로 갔는지 보이지 않았다. 쪽지가 그의 손안에서 힘없이 구겨졌다. 깊은 숨을 몰아쉰 그는 서둘러 쪽지에 쓰여 진 위치로 뛰었다.

같은 시각, 최영돈은 자신의 몸을 감추고 이상문의 행동을 지켜보았다. 그의 돌출행동과 불안한 눈초리는 분명 무언가를 말해주고 있었다. 그는 자신을 깨운 전화의 주인공이 강인후가 확실하다고 생각했다. 백번이라도 일어났을 것이다. 서서히 아드레날린이 분출하면서 카메라 가방을 잡은 손에 힘이 들어갔다.

이상문 청장이 강인후를 쫓고 있다. 이건 대 특종이다. 강인후에게 큰 절이라도 올리고 싶은 심정이었다. 그는 이상문을 따라 붙었다.

　숨이 턱까지 차오른 이상문이 대합실로 들어서서 주위를 둘러보았다. 대합실은 노숙자와, 직업을 짐작하기 어려운 사람들이 의자를 침대삼아 누워있었고, 쪽지에 명시된 기업체의 광고전광판이 불을 밝히고 있었다. 그 옆으로 쓰레기통이 보였다. 이상문은 다시 한 번 주위를 살피고 쓰레기통으로 다가갔다. 그는 신경질적으로 쓰레기통을 거꾸로 들어 바닥에 쏟았다. 캔 깡통과 먹다 남은 음식물이 소리를 내며 바닥을 뒹굴었다. 그의 눈에 알아보기 쉽게 접힌 쪽지가 들어왔다. 쪽지를 펼치니 또 다른 장소로 이동하라는 메시지가 보였다. 이를 앙다문 그는 바쁘게 대합실을 빠져나갔다.

　한바탕 소란에 잠에서 깨어난 노숙자가 사라지는 이상문을 측은한 눈으로 바라보았다.

　몸을 숨긴 위무광과 리홍빈이 이상문의 행동을 유심히 지켜보았다.

　강인후는 자신의 모습을 보이지 않은 채 이상문을 어디론가 이끌고 있었다. 이미 예상했던 바였다.

　놈은 어디에 숨어서 우리를 지켜보고 있단 말인가. 위무광은 빠르게 광장 주변을 훑었다. 모든 것을 지켜보기에 안성맞춤인 장소를 찾아야한다. 두 사람의 눈 속에서 위압적인 남대문경찰서와 스퀘어빌딩, 그리고 롯데마트와 소화아동병원이 차례로 지나갔다. 불빛하나 보이지 않아 시커먼 모습으로 자리를 지키고 있는 스퀘어빌딩과 롯데마트는 적합한 장소가 아니었다. 강인후가 이 청장을 찾아온 시간으로 보아도 두 건물은 이미 그 이전에 출입이 금지됐을 시간이었다. 광장 주변의 다른 건물도 다르지 않았다. 그렇다고 남대문경찰서는 더더욱 아닐 것이다. 위무광은 강인후가 노숙자를 이 청장에게 보낸 위치와 이 청장이 대합실을 나와 바쁘게 움직이는 동선을 그려보았다. 부지런히 움직이던 두 사람의 눈이 한 건물에서 멈춰 섰다. 그리고 같은 생각에 서로의 얼굴을 바라보았다. 두 사람의 눈은 확신을 말해주고 있었다. 그들의 눈에 들어온 건물은 불을 밝혀놓은 소화아동병원이었다.

"바로 저기야!"

두 사람이 승용차의 문을 열어젖혔다. 그리고 쏜살같이 소화아동병원으로 뛰었다.

3번 출구 앞에 다다른 이상문이 국립극단을 바라보았다. 그의 눈이 묘한 빛을 발하며 허물어져 내렸다. 수많은 공연을 주최했고 관람했던 그는, 이곳에서 언제나 당당했다. 하지만 오늘은 달랐다. 철저하게 우롱당하고 끌려 다니는 자신에게 연민과 함께 화가 치밀어 올랐다. 허물어져 있던 눈빛이 사나운 빛을 발하며 어금니를 깨물었다. 그는 주위를 둘러본 후, 국립극단의 담장에 매달렸다. 힘차게 발을 구른 그의 몸이 담장을 힘겹게 뛰어넘었다. 이번에는 매표소 옆, 음료수자판기였다. 그는 불빛이 환한 자판기로 서서히 발을 옮겼다. 서리가 내려앉은 나무 벤치가 썰렁하게 보였다. 이상문은 긴장된 손길로 자판기 하단의 음료수 출구의 입을 벌렸다. USB는 보이지 않고 쪽지가 그를 기다리고 있었다. 그는 급하게 손을 더듬어 USB를 찾아보았지만 허사였다.

놈은 처음부터 USB를 돌려줄 마음이 없었다. 그렇다면 이건 무엇이란 말인가? 그는 급하게 쪽지를 펼쳐 보았다. '당신을 기다리는 사람이 있습니다.' 쪽지의 내용이었다. 그는 어리둥절한 표정으로 허공을 응시했다. 그때 느닷없이 주위가 환해지더니 건장한 남자들이 모습을 드러냈다. 그들은 모두 위압적인 표정을 하고 있었다.

"이 청장님, 기다리고 있었습니다."

"당신들은 누구시오?"

목소리가 떨려나왔다.

"경찰입니다. 강인후를 왜 쫓고 있었는지 납득할 수 있는 이유를 설명해 주셔야겠습니다."

이상문은 비로소 자신이 강인후가 파놓은 함정에 빠졌다는 사실을 알았다. 그렇지만 이대로 당할 순 없었다.

"지금, 무슨 얘기를 하는 겁니까? 저는 문화재청장으로서 예술적 영감이 떠오를 때마다 이곳을 시간에 구애 없이 드나들고 있었습니다. 오늘도 예외는 아니구요."

이상문이 노련하게 응수했다. 그리고 빠르게 머리를 회전시켜 보았다.

강인후는 경찰에 제보했을 뿐, 잡히지 않았을 것이다. 지금까지 상황이 그것을 말해주고 있다. 그는 만면에 웃음을 띠고 못을 박았다.

"그리고 지금 강인후라고 했습니까? 강인후가 무슨 말을 했는지 모르지만, 그는 매스컴이 발표했다시피 조직을 거느리고 있는 흉악범입니다. 어떤 조직원이 이곳으로 숨어드는 제 행동을 이상하게 여겨 신고했다고 볼 수 있지 않겠습니까? 강인후가 왜 저를 모함하려고 하는지, 그 이유를 경찰이 밝혀주서야겠습니다."

경찰들의 얼굴이 난감함에 사로잡혔다.

그때 어두운 저편에서 한 남자가 다가오고 있었다. 모두의 시선이 남자를 향했다. 다가온 남자가 앞서있는 경찰에게 명함을 내밀었다.

"K일보 최영돈 기잡니다. 이 청장님의 행동은 모두 이 카메라에 담겨 있습니다."

최영돈이 경찰에게 카메라를 보여주었다.

"단독보도의 조건으로 테이프를 복사해 드리겠습니다."

이상문이 힘이 빠진 다리를 간신히 지탱했다.

소화아동병원은 깊이 잠들어 있었다.

위무광과 리홍빈이 병원로비로 들어서니 군데군데 희미한 전등불만 잠들지 않고 두 사람을 지켜보았다. 그들은 원무과와 응급실을 지나쳐 비상계단으로 뛰어 올랐다. 순식간에 5층에 다다른 두 사람은 발소리를 죽이고 6층으로 천천히 이동했다.

그 시각, 강인후는 병원 옥상에서 이상문이 연행되는 모습을 지켜보았다. 자신이 의도했던 대로였다. 이제 경찰은 이상문에게서 무언가를 알아낼 것이다. 아니 반드시 알아내야한다. 자신이 누명을 벗을 수 있는 유일한 길이라고 생각했다. 긴장됐던 가슴이 가벼워지며 깊은 숨이 흘러나왔다. 그는 몸을 돌려 옥상을 빠져나왔다. 계단에 발을 내려놓은 그는 희미하게 들려오는 발소리에 내려오는 발걸음을 멈췄다. 이 시간에 비상계단을 이용하는 환자가 있다는 게 이상했다. 더더욱 발소리는 내려가는 소리가 아닌 계단을 올라오는 소리처럼 들렸다. 그리고 의식적으로 발소리를 죽이고 있는 것으로 보아 자신을 노리고 온 사람들이라는 걸 직감했다. 강인후는 군 시절 비무장지대 매복당시의 발소리가 떠올랐다. 장소와 입장이 바뀌었을 뿐, 소리는 변하지 않았다. 그렇다면 필시 이상문이 데리고 온 하수인일 가능성이 컸다. 발소리는 두 사람인 것 같았다. 양미간이 좁혀지며 가슴이 심하게 요동쳤다. 하수인은 어디에 숨어있었단 말인가. 그러나 지금은 그것을 따질 시점이 아니었다. 어서 병원을 빠져나가야했다. 그는 조심스럽게 6층으로 내려서서 빠르게 안내데스크로 몸을 숨겼다.

6층으로 오르던 위무광과 리홍빈이 들려오는 발소리에 빠르게 남은 계단을 뛰어올랐다. 복도로 들어서니 명패를 단 입원실이 즐비했고, 희미한 불빛에 초음파검사실과 약국이 보였다. 중간쯤에 안내데스크가 빈 의자를 품고 있었다. 두 사람은 빠르게 발을 움직여 각 입원실의 문을 열어젖혔다. 모두가 잠들어 있는 것으로 보아 강인후는 입원실로 숨어든 게 아니었다. 남은 곳은 한곳뿐이었다. 위무광이 눈짓하자, 리홍빈이 안내데스크로 천천히 접근했다. 부스럭거리는 소리에 그녀의 발걸음이 멈칫하더니, 일순간 몸을 날려 안내데스크로 뛰어올랐다. 기회를 엿보던 강인후가 뛰어오르는 리홍빈의 다리를 잡아챘다. 중심을 잃은 그녀의 몸이 휘청거리며 콘크리트 바닥으로 곤두박질쳤다. 순간 위무광이 몸을 날려 떨어지는 그녀를 안았다. 강인후가 쏜살같이 두 사람을 지나쳐 비상계단의 문을 밀치고 나가, 미친 듯이 계단을 뛰어내렸다. 기습을 예측 못한 위무광과 리홍빈이 몸을 일으켰다. 그리고 재빠르게 강인후를 뒤쫓았다. 계단을 뛰는 세 사람의 발소리가 요란하게 들렸다. 순식간에 1층에 다다른 강인후는 병원 현관문을 열어젖히고 뒤를 돌아보았다. 빠르게 움직이는 두 사람의 다리가 난간 사이로 보였다. 그는 앞, 뒤 안 가리고 응급실로 뛰어들었다. 재빠르게 침대 밑으로 몸을 숨긴 그는 자신의 입을 손으로 막아 숨소리를 죽였다. 1층에 도착한 위무광과 리홍빈이 열린 현관문으로 뛰어나갔다. 두 사람의 눈에 강인후가 보일 리는 만무했다. 믿을 수 없다는 표정을 지은 그들이 서로를 바라보았다. 한편 강인후는 침대 밑에서 몸을 빼내 내려온 비상계단을 다시 뛰어올라 밑을 내려 보았다. 속은 것을 알아차린 위무광과 리홍빈이 급하게 응급실을 확인하고 비상계단으로 뛰어올랐다. 상황은 원점으로 되돌아갔다. 쫓고 쫓기는 숨 막히는 상황이 재현됐다. 복도 끝으로 내몰린 강인후는 이제 빠져나갈 구멍이 보이지 않았다. 사나운 눈빛의 두 사람이 천천히 다가왔다. 모자와 마스크를 착용해 얼굴을 알아볼 수 없었다. 아마도 CCTV를 의식한 것 같았다.

"강인후, 이제 그만 포기해라."

여자의 음성이 예리한 칼날처럼 섬뜩했다.

"후후. 강인후, 더는 빠져나갈 길이 없다."

남자가 묵직한 저음으로 말했다.

"당신들은 누구시오?"

쓸데없는 물음이었다.

뒤로 몰리던 그의 손에 무엇인가 걸렸다. 그것은 소화전이었다.
그는 망설이지 않고 화재 발신기를 눌렀다. 동시에 사이렌이 울리며
잠든 병원을 흔들어 깨웠다. 수십 명의 환자와 보호자가 놀란 얼굴
로 한꺼번에 복도로 뛰어 나왔다. 삽시간에 복도는 수십 명의 사람
들로 북적거렸고, 소리를 지르며 우는 아이들과 의사를 부르는 보호
자의 외침이 좁은 복도를 가득 메웠다. 그 틈을 이용한 강인후가 필
사적으로 돌진해 두 사람을 들이받고 내달렸다. 죽을힘을 다해 현관
으로 빠져나가는 그를 두 사람이 뒤쫓았다. 쫓고 쫓기는 숨 막히는
추격전이 다시 펼쳐졌다. 강인후는 땀으로 흠뻑 젖어 있었고, 이를
증명이라도 하듯 그의 얼굴에선 굵은 땀방울이 쉬지 않고 흘러내렸
다. 이윽고 힘이 빠진 두 다리가 휘청거리며 의지를 무너뜨리려 할
때였다. 끼이익! 새벽을 흔드는 급제동의 소음이 들리더니 승용차가
그의 앞을 막아섰다.

"강인후 씨, 어서 타시오!"

일순간 망설이던 강인후가 열린 차문으로 무작정 몸을 날렸다.

바로 눈앞에서 강인후를 놓친 위무광과 리홍빈이 참담한 얼굴로
멀어지는 승용차를 바라보았다.

헉헉거리는 숨소리가 좁은 차안을 가득 채웠다.

강인후는 백미러에서 시선을 떼지 않았다. 승용차가 커브를 돌자, 자신을 쫓던 두 사람은 이내 시야에서 완전히 사라졌다. 그의 입에서 안도의 숨이 깊게 터져 나왔다.

가슴을 진정시킨 그는 시선을 돌려 운전석의 사내를 바라보았다. 그의 가슴이 다시 요동치기 시작했다. 운전석의 사내는 다름 아닌 이상문의 저택에서 자신을 지나쳤던 덩치였다.

'실수다. 여길 빠져나가야한다. 그리고 이 자는 나를 알고 있다.'

그는 긴박한 상황에서 사내의 얼굴을 살피지 못한 것을 후회했다. 덩치는 아무 말 없이 운전에만 열중해 있었다. 달리던 승용차가 교차로의 붉은 신호등 앞에서 서서히 멈춰 섰다. 기회를 포착한 강인후가 차문을 열어젖히고 나가려고 할 때였다.

"강인후 씨, 안심하시고 문을 닫으시오."

사내가 호의적인 얼굴로 말했다.

강인후는 사내의 호의 있는 말투를 이해하기 어려웠다.

신호를 받은 승용차가 다시 출발했다.

"저는 강인후 씨가 언젠가 이상문 청장 앞에 모습을 드러낼 것으로 생각하고 있었소."

점점 더 이해하기 어려웠다. 적대감이 느껴지지 않는 얼굴에는 분명 안도의 표정이 서려있었다. 그것은 위험에 처한 자신을 구해주었다는 표정인 것 같았다.

"그럼, 이상문 저택에서부터 저를 계속해서 미행했었다는 말인가요?"

"그렇습니다."

사내는 망설이지 않고 대답했다.

"무슨 이유로 저를 미행했습니까? 당신은 누구세요?"

강인후의 물음에 사내의 눈길이 내려앉았다. 그 눈길은 분명 어딘가 슬픈 듯 보였다.

"저는 백웅민이라고 합니다. 전직 경찰입니다."

소스라치게 놀란 강인후가 백웅민을 바라보았다.

"전직 경찰관이 살인과 탈주범인 저를 왜 도와주시는 거죠?

"강인후 씨, 사건은 아주 복잡하게 꼬여 있어요. 설명하려면 강인후 씨의 도움이 필요합니다. 그래서 저는 우선적으로 이상문이 정말로 강인후 씨를 쫓고 있는지. 확인해볼 필요가 있었구요. 우리의 짐작은 맞았습니다. 이제 강인후 씨가 사건에 휘말리게 된 경위부터 알고 싶습니다."

백웅민은 분명 자신이 누명을 쓰고 있다는 사실을 알고 있고 그것을 묻고 있었다. 그리고 그는 우리라고 말했다. 그렇다면 이상문 세력에 맞서는 또 다른 세력이 존재한다고 볼 수 있었다. 백웅민이라고 말한 이 사내는 분명 그 세력의 일원일 것이다. 강인후는 그를 믿고 싶었다. 아니 믿어야만 했다. 끝이 보이지 않는 어두운 터널에서 하루빨리 벗어나고 싶었다. 마음을 정한 그의 눈앞으로 예비군훈련장이 떠올랐다. 목적 없고 할 일 없는 인생이었다. 하지만 지금에 비하면 그때가 행복했다. 과거는 현재를 보상해주기 위해 존재하는 시간이란 말인가. 여기서 벗어나면 무슨 일이든 할 수 있을 것만 같았다. 그의 입가에 쓴 웃음이 드리웠다. 괴한에게 쫓겨 자신의 차로 뛰어 들어온 한미정이 떠올랐다. 사건의 시작이었다. 눈을 감은 강인후는 결코 떠올리고 싶지 않은 사건을 모두 설명했다. 잠시 후, 말을 마친 그의 눈이 파르르 떨리며 떠졌다.

"그렇게 됐군요."

백웅민은 무언가 잊은 게 있는 듯 다시 말했다.

"참, 조금 전에 나성국 씨의 스마트폰을 이용했다고 말했습니까?"

"네. 왜 그러시죠?"

"스마트폰을 주시오. 추적의 단서가 될 수 있습니다."

강인후가 그에게 스마트폰을 건넸다.

"강인후 씨의 누명을 벗겨주기엔 두 사람이 제일 적격인 거 같네요."

두 사람은 신수정과 나성국을 말하는 것 같았다.

"헌책방으로 다시 가야한다는 말입니까? 그렇게는 할 수 없습니다."

"현실을 직시하세요. 두 사람이 아니면 강인후 씨는 평생을 도망자로 살아야 할지도 모릅니다. 그런 인생을 원합니까? 그리고 이상문이 과연 강인후 씨의 함정에서 빠져 나오지 못할 사람처럼 보이나요?"

한참을 생각한 강인후는 거부할 수 없고, 선택의 여지가 없는 현실에 암울한 기분이 들었다. 사내의 말대로 이상문은 어떤 수를 강구해서 빠져나올 수 있겠다는 생각이 들었다. 그렇게 되지 않기를 바랬지만, 사내의 표정은 그것을 확신하는 듯 보였다. 이상문은 다름 아닌 문화재청장이 아닌가.

그의 가슴이 신수정을 다시 볼 수 있다는 설렘과 위험에 빠뜨릴 수 있다는 걱정으로 교차했다. 그렇다고 지금 이대로 돌아가고 싶진 않았다.

"그럼, 일단 이상문의 결과를 보고 움직이는 게 좋을 거 같습니다."

강인후는 어떻게 해서든 신수정과 나성국의 안전을 보호하고 싶은 생각으로 가득했다.

백웅민은 한시라도 빨리 두 사람이 있는 곳으로 가고 싶었지만, 두 사람을 생각하는 강인후에게 더 이상 강요하고 싶지 않았다.

승용차를 운전해가는 백웅민은 유명을 달리한 권충대와 생사를 알 수 없는 윤철훈을 떠올렸다. 그의 눈가가 촉촉이 젖어왔다. 젖은 눈 속에서 사라지지 않고 머무르고 있는 여자가 있었다. 흔적도 없이 사라진 성윤지였다. 그녀는 대학교수도 아니었고, 고아원 출신은 더더욱 아니었다. 성윤지는 대체 누구란 말인가.

동터오는 새벽이 질주하는 승용차를 인도해 주고 있었다.

장저우 저택의 침입자

중국 상하이.

욕실바닥의 배수구는 벌컥벌컥 소리를 내며 흐르는 물줄기를 부지런히 먹어치우고 있었다.

입은 옷 그대로 샤워기에 몸을 맡긴 윤철훈의 어깨가 천천히 들썩거렸다. 이윽고 벽에 매달린 샤워기가 요동을 치며 강한 물줄기를 쏟아내기 시작했다. 천천히 들썩였던 그의 어깨가 격한 감정을 이기지 못하고 심하게 떨렸다. 한참 흐르는 물줄기를 먹어치운 배수구는 쏟아지는 물줄기를 감당하기 어려운 듯 먹었던 물줄기를 다시 게워내기 시작했다. 작은 경련을 보였던 그의 입술이 벌어지더니 급기야 오열이 터져 나왔다. 권충대의 비보를 알게 된 윤철훈은 믿을 수 없는 현실에 샤워기를 틀어놓은 채 오열하고 있었다. 누구에게도 보이기 싫은 눈물이었다. 아니 어쩌면 자신에게도 감추고 싶은 눈물이었는지 모른다.

물줄기 속으로 녹아들어간 눈물은 배수구 주위를 맴돌며 빙빙 돌고 있었다. 얼굴과 신분을 바꾼 그는 머나먼 이국땅에서 이방인이 된 채 정신적 지주 권충대를 잃은 슬픔에 눈물을 흘리고 있었다. 이

제 그와 한국을 이어주는 혈육 같은 존재 권충대는 가고 없다. 그의
가슴을 쥐어짜는 울음소리는 물소리에 묻혀 욕실을 넘지 못했고, 울
음소리를 집어삼킨 물소리만이 욕실을 넘어 정적이 흐르는 호텔방
을 맴돌았다. 잠시 후 욕실을 나온 윤철훈은 거울 앞에서 젖은 옷을
벗고 다른 옷으로 갈아입었다. 거울 속에서 자신을 밀어내고 희미하
게 비치는 얼굴은 분명 장저우였다. 결코 용서할 수 없는 인물이다.
거울을 바라보는 그의 무섭게 변한 얼굴은 더 이상 젖은 옷으로 샤
워기에 몸을 맡겼던 얼굴이 아니었다. 뚫어질 듯 자신을 바라보던
그는 무엇을 생각했는지, 무섭게 변했던 얼굴이 이내 평온함을 되찾
았다. 실로 놀라운 감정조절능력이었다.

잠시 후, 호텔방엔 가발과 분장도구가 그가 빠져나간 자리에 놓여
있었다.

잿빛 하늘이 서서히 어두워지기 시작한 시간은 한낮이었다. 이윽
고 잔뜩 먹구름으로 뒤덮인 우중충한 하늘은 낮과 밤을 구분하기 힘
들었다. 낮을 밤으로 바꿔놓은 구름 위에서 일순간 한줄기 섬광이
번쩍거리며 지나갔다. 그 기세는 흡사 거대한 하늘을 쪼개놓을 것처
럼 보였고, 지나간 자리에서 연이어 일어났다. 비를 동반하지 않은
마른번개는 컴컴한 어둠속에서 자신의 존재를 각인시키기라도 할
것처럼 기세를 누그러뜨리지 않았다.

마른번개가 하늘을 가르고 사라지려는 순간 장저우의 저택 근처
에서 서성거리는 남자의 모습이 보였다. 그의 옷차림은 몹시 초라해

보였고, 얼굴빛은 누렇게 떠있었다. 사흘을 굶은 것일까? 구부정한 허리와 떨어뜨린 시선은 먹을 것을 찾고 있는 것처럼 애잔하게 보였다. 흐느적거리는 걸음이 그의 모습을 더욱 초라하게 보여주었다. 그는 연신 땅바닥을 훑으며 장저우의 저택으로 가깝게 접근했다. 육중한 철대문은 마치 철옹성처럼 굳게 닫혀있었고, 경호원으로 보이는 건장한 사내가 철대문의 창살 사이로 보였다. 곳곳에 설치된 감시카메라가 바쁘게 움직이며 경계를 게을리 하지 않았다. 그때 경적이 울리며 최고급 자가용이 미끄러지듯 다가왔다. 초라한 남자는 들킬세라 잽싸게 담장으로 붙어 자신의 몸을 감췄다. 어두컴컴한 날씨가 남자의 숨은 곳을 은폐시켜 주었다.

그때 담장 건너, 역시 어두운 곳에서 초라한 남자의 일거수일투족을 주시하는 또 하나의 시선이 있었다. 작은 몸놀림에서도 빈틈을 찾기 힘들었고 고도로 훈련된 민첩함이 엿보였다. 초라한 남자는 자신의 행동을 주시하는 또 하나의 시선을 전혀 눈치 채지 못하고, 장저우의 저택에만 관심이 쏠려있었다.

잠시 후, 두 명의 사내에게 호위를 받으며 걸어오는 장저우의 모습이 보였다. 그는 무언가 급한 일이라도 있는 것처럼 정원을 가로질러 대문을 급히 빠져나왔다.

일순간 장저우를 살피는 초라한 남자의 눈빛이 사나운 기세를 드러냈다. 흡사 먹이를 찾아 헤매는 승냥이와도 같은 눈빛이었다.

초라한 남자로 변장한 윤철훈은 장저우와 경호원을 태운 자가용이 사라질 때까지 움직이지 않고 지켜보았다.

윤철훈은 사사키 고지로로 위장하고, 한 번 다녀간 저택의 내부를 머릿속으로 그려보았다. 이제, 저택을 지키는 경호원은 한 명 뿐이다. 기회는 지금이다. 무언가를 찾아야한다. 감시카메라를 의식했던 윤철훈은 장저우가 떠나자, 불편한 가면을 벗어던졌다. 팽팽한 긴장감이 몸을 타고 전해져왔다. 그는 긴장감을 유지한 채 철옹성과 같은 대문으로 향했다. 그리고 경호원에게 자신의 얼굴을 확인시켜 주었다. 경호원은 잠깐 동안 움직임이 없었다.

"아니, 네놈은 사사키 고지로…."

경호원은 자신의 사령관을 우롱하고 권충대에게 연결된 그를 보자, 성난 숨을 씩씩 몰아쉬며 대문을 열어젖혔다. 윤철훈이 기다렸다는 듯이 대문 안으로 뛰어들었다. 경호원의 주먹이 바람소리를 냈다. 윤철훈이 몸을 숙여 피하고 뛰는 탄력으로 경호원을 들이받았다. 미처 피하지 못한 경호원이 뒤로 밀리며 쓰러졌다. 윤철훈이 쓰러진 경호원의 목을 움켜잡았다. 그리고 경동맥을 찾아 힘껏 눌렀다. 아주 잠깐 사지를 떨던 경호원이 사지를 늘어뜨렸다. 윤철훈은 기절한 경호원을 커다란 정원수 뒤에 눕혀두고, 잽싸게 발을 놀려 집안으로 뛰어 들었다. 응접실로 들어서자, 전에 보았던 커다란 어항에서 관상어가 그를 바라보고 아무관심 없다는 듯 등을 돌렸다. 윤철훈은 카페트를 들어 자신이 숨겨두었던 도청장치를 찾아보았다. 이미 예상했던 대로였다. 도청장치는 보이지 않았고, 껌을 때어낸 시커먼 자국만이 남아 있었다. 그는 무언가를 찾아야한다는 일념으로 사방을 두리번거렸다. 그의 시선이 벽을 타고 흐르다 책장에서 멈췄다. 책장을 유심히 바라보던 그는 무언가 다른 느낌이 드는 서책에서 이상한 점을 발견했다. 다른 책에 비해 유난히 손때가 많이 묻어있는 서책은 주변의 다른 책들과 분명히 달라 보였다. 말로 설명할 수 없는 직감이었다. 윤철훈은 급히 책을 빼 들었다. 그리고 책장을 빠르게 넘겨보았다. 직감은 제대로 발동하지 않은 것 같았다. 자신이 찾고 있는 무언가는 책속에 있지 않았다. 책을 제자리에 꽂으려던 그의 손이 멈칫했다. 책장 바로 위에 걸려있는 잘 그린 풍경화에 직감이 꽂혔다. 그는 언젠가 영화에서 보았던 것처럼 풍경화를 천천히 잡아당겨 보았다. 잠시 빗나간 것처럼 보였던 직감은 제 제자리를 찾은 것 같았다. 벽돌 빠지듯이 벽에서 떨어져 나온 풍경화가 허공에서 멈췄다. 잠깐의 정적이 흘렀다. 스르륵, 소리와 함께 책장이 부드러운 소리를 내며 옆으로 밀렸다. 책장이 밀려난 자리에서 지하로 내려가는 통로가 거대하고 시커먼 입을 벌리고 있었다. 무언가 있겠다는 생각에 그의 가슴이 두근거렸다. 윤철훈은 손을 짚어가며 희미하게 보이는 계단에 조심스럽게 발을 내려놓았다. 이내 완전히 바닥에 내려선 그는 손을 더듬어 보았다. 스위치가 있으면 바로 여기에 있을 것이다. 더듬던 그의 손에 무엇인가 걸렸다. 손가락을 누르자, 계단 꼭대기부터 차례로 불이 들어오기 시작했다. 전등불이 하나, 둘 켜질 때마다 평범하게 만들어진 계단이 보였고, 바닥 전체를 덮고 있는 붉은 융단이 모습을 드러냈다. 이내 밝은 불빛이 잠들어있던 지하실을 완전히 깨워놓았다. 순간 그의 입에서 탄성이 흘러나왔다. 수많은 희귀골동품에 잠시 넋을 빼앗기고 있던 그는 정신을 차리고 무언가를 찾기 위해 빠르게 시선을 놀렸다. 사방 구석구석을 살피던 윤철훈은 무엇을 보았는지 온몸이 경직됐다. 그리고 믿을 수 없다는 표정을 지었다. 그는 부들부들 떨리는 손으로 원탁테이블에 있는 액자를 들어올렸다. 틀림없었다. 도저히 믿기 힘들었지만, 의심할 여지는 없었다. 사진 속에서 장저우가 어깨를 감싸고 있는 여자는 틀림없는 성윤지였다. 그녀 옆에 자리한 남자 또한 윤철훈이 익히 알고 있는 남자였다. 한쪽 눈동자가 상해있는 남자. 이상문 청장이 추진하는 백제문화센터에 엄청난 투자를 하고 있는 위무광이었다. 윤철훈의 두 눈이 절망감으로 물들었다. 사진을 뚫어지게 바라보는 그의 가슴에서 연민과 함께 분노가 끓어올랐다. 연민은 사랑하는 사람을 생각하는 연인의 마음이었고, 분노는 상반되는 국가적 이데올로기였다. 윤철훈은 순간 깨달았다. 이 모든 것은 국가가 만들어 놓은 보이지 않는 장벽인 것을. 그 것을 넘기에는 대한민국이라는 울타리가 너무 높았다. 이윽고 힘이 빠진 그의 손에서 액자가 떨어지며 소리를 냈다. 단장님은 내가 죽인 것이나 다름없다. 윤철훈은 자신의 허술함에 가슴을 쥐어뜯고 싶었다. 그는 현실을 직시하고 특유의 감정조절을 발휘했다. 성윤지와 위무광은 중국우익세력이다. 중국우익이 어떤 이유로 백제문화를 복원시키는 사업에 엄청난 투자를 한단 말인가? 짐작하기 어려웠다. 여기에는 필시 무언가 있을 것이다.

그때 문이 열리는 소리에 윤철훈은 급히 스위치를 눌렀다. 칠흑 같은 어둠이 그의 몸을 집어 삼켰다. 뒤를 이어 계단을 내려오는 소리가 천둥처럼 지하실에 울려 퍼졌다. 윤철훈은 너무 많은 시간을 지체한 걸 뒤늦게 깨닫고 후회했지만, 소용없는 일이었고 대책을 강구해야했다. 그는 지하실에 자리 잡은 골동품들의 위치를 머릿속으로 그려보았다. 그리고 무릎걸음으로 빠르게 이동해 청동으로 만들어진 거대한 기마병의 뒤로가 몸을 숨겼다.

"사사키 고지로 어서 나와라."

묵직하고 위엄 있는 말소리와 함께 지하실이 환해졌다.

"너는 여기를 빠져나갈 수 없다."

경호원들이 장저우의 수신호에 양옆으로 갈라져 조심스럽게 발을 놀렸다.

윤철훈은 기마병 뒤에서 두 명씩 짝을 지어 자신을 좁혀오는 경호원들을 보았다. 그들을 상대해 승산을 장담할 수 없었다. 그렇다고 가만히 앉아서 잡힐 수는 없는 일이었다.

경호원들을 지켜보는 장저우는 보물로 가득 찬 넓은 지하실이 이 순간만큼은 정말 싫었다. 사사키를 밖으로 유인해야 한다. 여기에서 싸움이 벌어진다면 일생을 공들여 수집한 보물들이 치명적인 손상을 입을 수도 있다. 그는 최대한 피해를 줄이면서 사사키를 유인하기로 마음먹었다.

장저우가 손을 들어 경호원들을 불렀다. 그리고 무언인가 지시했다. 경호원들이 다시 짝을 지어 양옆으로 갈라져 기마병이 있는 곳으로 뛰었다.

다다다다!

수많은 발소리가 궁지에 몰린 윤철훈을 압박했다. 앞서있던 경호원이 윤철훈을 덮쳤다. 윤철훈은 경호원을 피해 앞으로 내달렸다. 그의 옷에 걸린 유리 상자가 바닥에 떨어지며 와장창 소리를 냈다. 두 동강난 도자기가 바닥을 뒹굴었다. 윤철훈은 뛰면서 진열대의 도자기를 집어 들었다. 그리고 앞을 막아선 경호원의 머리를 내리쳤다. 경호원이 거꾸러졌다. 별안간 옆에서 주먹이 날아들었다. 주먹은 살짝 피한 윤철훈의 이마를 치고 나갔다. 이마가 찢어지며 피가 흘렀다. 윤철훈은 즉각 방어태세를 취했다. 흘러내린 피가 눈 속으로 들어가 극심한 통증을 유발했다. 앞이 흐려지며 사물을 분간하기 힘들었다. 설상가상이었다. 그는 진열대에서 무엇이든 손에 잡히는 대로 마구 휘둘렀다. 둔탁한 소음과 유리 깨지는 소리가 지하실을 가득 메웠다.

장저우는 차마 눈뜨고 보기 힘들었는지, 감고 있는 두 눈이 파르르 떨렸다.

그때 윤철훈의 흐릿한 시선 너머로 지하실을 빠져나가는 계단이 보였다. 계단을 막아선 경호원은 보이지 않았다. 여기를 벗어날 수 있는 기회는 지금이다. 그는 사력을 다해 계단을 뛰어올랐다. 응접실로 올라선 그는 숨을 몰아쉬며 밖을 내다보았다. 대형 유리창 너머로 보이는 정원은 어느새 어둠이 짙게 내려앉아있었다. 계단을 밟고 올라오는 소리가 가까워지고 있었다. 윤철훈은 중앙 탁자를 뛰어넘어 현관으로 달렸다. 그때 현관문이 열리며 대여섯 명의 건장한 사내들이 응접실로 들이닥쳤다. 계단을 완전히 올라선 장저우와 경호원들이 뒤에서 좁혀왔다. 이제 더 이상 빠져나갈 길이 보이지 않았다. 계단을 지키지 않았던 것은 유물을 보호하기 위한 술책인 것 같았다.

"사사키, 이제 그만 포기해라."

장저우가 사납게 말하고 이마에 흐르는 땀방울을 닦았다.

윤철훈의 머릿속은 오직 이곳을 빠져나가야 한다는 일념뿐이었다. 그는 천천히 고개를 좌우로 돌려 자신을 좁혀오는 사내들을 노려보았다. 철통같이 움직이는 사내들은 결코 빈틈을 보여주지 않았다.

'내가 여기서 잡힌단 말인가.'

급기야 다리에서 힘이 빠지며 천근 무게와도 같은 몸이 바닥으로 허물어져 내렸다. 만면에 회심의 미소를 머금은 사내들이 빠르게 윤철훈을 에워쌌다. 그 순간, 윤철훈은 분명히 보았다. 정원을 가로질러 비호같이 움직이는 그림자가 대형 유리창에 흔적을 남기고 사라진 것을. 찰나의 시간이 흘렀다. 틱 소리와 함께 칠흑 같은 암흑이 응접실을 집어삼켰다. 아마도 전기차단기가 내려간 것 같았다.

"무슨 일이냐!"

장저우가 다급하게 내뱉었다.

또, 한번 찰나의 시간이 흘렀고, 무언가 쩍쩍거리며 갈라지는 소리가 소름끼치도록 들려왔다. 뒤를 이어 귀를 찢는 굉음이 소름 돋는 소리를 살벌하게 증폭시켰다. 쇠처럼 단단하게 보였던 대형 유리창이 비명을 지르며 힘없이 주저앉았다. 차가운 바람이 응접실로 휘몰아쳤다. 그림자가 바람과 함께 깨진 유리창을 뛰어넘어 들어왔다. 동시에 우당탕거리는 소리와 사내들이 내지르는 비명이 함께 들렸다. 바람소리가 연이어 들렸고, 미처 대처하지 못한 사내들이 그림자의 번개 같은 손놀림에 픽픽 쓰러졌다. 크게 벌어진 장저우의 두 눈이 흐릿하게 보였다. 그때 귀청을 울리는 사이렌이 저택을 휘감았다. 누군가 비상라인을 작동시켰음을 알 수 있었다.

윤철훈은 생각할 겨를도 없이 깨진 유리창을 뛰어 넘었다. 대문 너머에서 수많은 공안차량의 경광등이 요란하게 돌아가고 있었다. 윤철훈은 빠르게 뒤로 돌아 담장을 타고 대문 반대쪽으로 뛰었다. 다행히 공안원의 움직임은 보이지 않았다. 그는 고양이 같은 몸놀림으로 높은 담장을 뛰어 도로에 안착해 뒤를 돌아보았다.

그림자는 대체 누구란 말인가? 덩치와 몸놀림으로 보아 백웅민은 아닌 것 같다. 이상한 건 자신을 구하러 온 게 아닌 것이 분명해 보였다. 그렇다면 그림자의 표적은 장저우가 아닐까? 의문은 벌어진 상황으로 보아 확신으로 바뀌어갔다. 저택을 빠르게 벗어나는 윤철훈은 얽히고설킨 무언가가 있음을 직감했다.

잠시 후, 윤철훈이 사라진 자리에 중무장한 공안원들이 사방을 수색하고 지나갔다.

청나라는 과연 중국의 역사인가

호텔방 앞에서 주머니를 뒤적거리던 윤철훈은 다급하게 겉옷을 벗어 털어보았다. 하지만 찾고 있는 방 열쇠는 보이지 않았다. 아마도 장저우의 저택 어딘가에서 떨어뜨린 것 같았다. 실로 난감한 상황이었다. 이곳이 발각되는 건 시간문제다. 공안부와 장저우 세력은 여기로 들이닥칠 것이다. 내 흔적을 최대한 없애야 한다. 그는 급히 프런트로 달려가 비상키를 챙겨 방문을 열고 들어갔다. 스위치를 올리자, 잠들어 있던 방안이 환해지며 깨어났다. 그가 움직일 때마다 구둣발자국은 방안을 더럽혔다. 그는 여행용 가방을 꺼내 자신의 짐을 급히 챙겨 넣었다. 이윽고 방안에는 짐을 잔뜩 먹은 가방이 배를 크게 불리고, 주인의 손길을 기다리고 있었다. 윤철훈은 다시 한 번 방안 곳곳을 살피고 천천히 뒤로 돌아섰다. 방을 빠져나오려던 그의 눈길이 순간 멈췄다. 눈 아래로 보이는 희미한 발자국은 분명 자신의 발자국이 아니었다. 그리고보니, 문을 열 때 자신이 끼워두었던 머리카락을 확인하지 않았음을 뒤늦게 알아챘다. 급한 마음에 치명적인 실수를 범했다고 생각했다. 그의 가슴이 심하게 두방망이질 쳤나. 애써 가슴을 진정시킨 그는 발자국의 행보를 추적했다. 바닥을 따라가다 보니, 발자국은 드레스 룸을 지나 욕실로 이어져 있었다. 발자국이 하나인 것으로 보아 침입자는 한 사람임을 말해주고 있는 게 분명해 보였다.

침입자는 나의 어떤 것을 가지고 있는지 모른다. 여기를 그냥 나갈 순 없다. 윤철훈은 가방을 열어 급히 대검을 빼 들고 천천히 발을 옮겼다. 욕실로 가까워질수록 긴장된 가슴은 심하게 요동쳤다. 드디어 굳게 닫힌 욕실 문 앞에 선 그는 한 차례 심호흡을 내뱉은 뒤, 급하게 문을 열어젖혔다. 아무도 없었다. 텅 빈 욕실은 사람의 흔적을 찾을 수 없었다. 그의 눈이 의문을 표했다. 순간 속은 것을 알아챈 윤철훈이 급히 돌아서려고 할 때였다. 느닷없이 드레스 룸의 문이 벌컥 열렸다. 동시에 휙 소리와 함께 발차기가 날아왔다. 윤철훈은 발차기의 엄청난 위력에 대검을 떨어뜨렸다. 팔이 욱신거렸다. 처음 느껴보는 엄청난 위력에 잠시 주춤했다. 윤철훈은 침입자가 장저우의 저택에서 보았던 그림자라는 걸 알았다. 기회를 놓치지 않은 침입자가 주먹을 날렸다. 간발의 차이로 주먹을 피한 윤철훈이 반격을 가했다. 주먹과 발길질이 오가는 난타전이 일었다. 침입자의 손과 발은 마치 번개와 같이 빨랐고, 윤철훈의 몸 구석구석을 파고들었다. 틈새를 비집고 들어온 발길질이 윤철훈의 가슴을 강타했다. 엄청난 충격으로 뒤로 밀리며 벽에 머리를 찧었다. 숨쉬기가 어려웠고, 정신이 어질어질했다. 가까스로 정신을 차린 그는 정면대결은 승산이 없다고 판단했다. 윤철훈은 침입자가 잠시 공격을 멈춘 사이에 드레스 룸의 커튼을 잡아챘다. 동시에 커튼을 침입자의 얼굴로 날렸다. 자만에 빠져있던 침입자가 커튼을 피했지만, 때는 이미 늦었다. 윤철훈의 발길질이 복부를 강타했다. 침입자가 바람 빠지는 소리를 내며 바닥에 얼굴을 박았다. 캄캄한 세상이 그를 덮었다.

줄에 묶인 침입자는 속옷차림이었고, 수치심과 분노로 몸을 떨었다.

"깨끗하게 승복하겠소. 어서 죽이시오."

침입자가 부정확한 중국어로 말하고 눈을 감았다.

윤철훈은 침입자의 발음에서 무언가 공통점이 있음을 발견했다. 그리고 장저우의 저택을 침입한 것으로 보아 무언가 있음을 직감했다.

윤철훈은 침입자의 벗긴 옷에서 소지품을 꺼내 바닥에 쏟아 살펴보았다. 자신이 떨어뜨린 호텔방 열쇠가 보였고, 홀쭉한 지갑이 모습을 드러냈다. 지갑은 몹시 낡아있었다.

"당신의 정체를 말하시오."

윤철훈이 말하고 침입자의 지갑을 살펴보았다. 달러와 중국 위안화가 몇 장 있을 뿐, 침입자의 신분을 확인할 단서는 보이지 않았다.

"다시 한 번 묻겠소. 왜 장저우의 저택을 침입했는지 말하시오."

침입자의 감은 눈이 파르르 떨릴 뿐, 입은 벌어지지 않았다.

화가 치밀어 오른 윤철훈은 지갑을 팽개치듯 바닥에 던졌다. 동시에 자리에서 벌떡 일어서서 침입자를 노려보았다. 그때 지갑이 바닥에 떨어지며 금속성의 작은 울림이 들려왔다. 소리에 놀란 침입자가 크게 눈을 뜨며 바닥을 뒹굴고 있는 둥근 물체를 바라보았다. 지갑 어디서 튀어나왔는지 회중 목걸이 시계는 바닥에 떨어진 채 입을 벌리고 있었다. 은색이 검게 변한 것으로 보아 매우 오래돼 보였다.

"안 돼!"

침입자가 절규에 가까운 소리로 울부짖듯 외쳤다. 그는 무릎걸음으로 다가가 입이 벌어진 회중 목걸이 시계를 슬픈 눈으로 바라보았다.

윤철훈이 다가가 뚜껑을 살며시 열어보니 작은 시침과 분침 아래로 바닷가를 배경으로 찍은 빛바랜 사진이 보였다. 노부부로 보이는 내외 중간에서 침입자가 활짝 웃고 서 있었다. 짐작컨대 부모와 함께 찍은 가족사진인 것 같았다. 사진 아래로 보이는 글씨는 세월의 흔적을 말해주 듯 약간 지워져 있었고, 흐릿하게 보였다. 글씨를 바라보는 윤철훈의 눈이 의문을 표했다. 사진 속 글씨는 분명 한글이었다. 글씨는 앞, 뒤로 지워져 있었다. 그렇지만, 원산시, 송도원이라고 쓰여진 부분은 확실히 알아볼 수 있었다. 생각하는 침묵의 시간이 잠깐 흘렀다. 일순간, 눈을 크게 뜬 윤철훈이 침입자를 바라보았다. 원산시, 송도원은 북한에 위치한 바닷가 휴양지였다. 이건 또 무엇이란 말인가.

비로소 윤철훈은 침입자의 부정확한 중국어 발음을 이해했다. 그는 가까스로 물었다.

"당신은 북한사람이오?"

침입자가 들려오는 한국어에 충격을 받은 듯 크게 벌어진 두 눈이 의문을 표했다. 그 역시 가까스로 물었다.

"그럼, 당신은 남조선 동무란 말이오?"

북한 작전국 요원 김철호는 복잡한 얼굴로 윤철훈을 바라보았다.

그리고 만주족 지도자 진가위를 떠올렸다.

'거사가 성공하는 날, 남한과 북한에 제의해 3자회담을 열어 연방제를 제의할 것이오,'

진가위의 말이 김철호의 머릿속에서 맴돌았다.

차가운 날씨는 겨울의 문턱을 서서히 넘어오고 있었다.

칼바람이 대나무 숲을 지나며 내는 소리는 마치 울부짖는 소리처럼 들렸다.

윤철훈이 벽에 걸린 청태조 누루하치와 청의 마지막 황제 푸이의 초상화를 바라보았다. 그는 무엇을 묻고 있는지, 얼굴은 복잡한 표정을 가득 담고 있었다.

윤철훈은 은신처를 진가위의 저택으로 옮겼다. 그가 북한 작전국 요원 김철호를 따라 이곳으로 오게 된 이유는 어쩌면 지극히 당연한 결과였는지도 모른다. 권충대의 죽음에 직접 관여한 중국우익의 핵심세력 장저우의 움직임을 북한에서도 예의주시하고 있다는 사실을 알았고, 또한 만주족의 부활을 꿈꾸는 진가위의 엄청난 거사에 장저우는 강력한 장애요인이었다. 장저우는 남과 북, 그리고 만주족의 의심할 여지없는 공동의 적이었다.

인기척에 윤철훈의 시선이 초상화에서 떨어졌다. 바라보니 복도를 따라 두 사람이 다가오고 있었다. 진가위와 김철호였다.

"우리 시장한데 식사나 하면서 얘기합시다."

진가위가 다가오며 말했다. 그의 목소리는 여유만만했고, 가슴은 활짝 열려있었다.

윤철훈은 긴장된 상황에서도 여유를 보이는 진가위의 배포에 민족지도자다운 카리스마를 느꼈다.

잠시 후, 식탁으로 옮긴 세 사람 앞에 두꺼운 황토를 몸에 바른 요리가 날라져 왔다.

진가위가 앞에 놓인 고무망치를 들어 능숙한 솜씨로 두드리자, 연잎에 싸여 머리를 통째로 구운 닭요리가 모습을 드러냈다. 닭을 연잎에 싸서 진흙을 발라 달궈진 모래 속에 넣어 익혀 만든 요리였다.

"이 요리가 무슨 요린지 아시오?"

진가위가 묻고 대답했다.

"이 요리는 청의 황제였던 건륭제가 즐겨 드셨던 일명 거지닭요리라고 부릅니다. 황제께서는 여행을 좋아하셨고, 여행 중 거지들의 조리방법을 본떠 만든 것이구요. 하하하."

진가위가 두 사람의 접시에 닭요리를 놓아주었다.

"나는 가끔 거지닭요리를 즐깁니다. 요리를 먹으면 옛 황제들의 기상을 느낄 수 있거든요. 아울러 거지들의 애환도 함께 느낀답니다. 같은 요리에서 상반된 감정을 동시에 맛보다는 것. 최상의 동기부여가 아닐까요? 추락하느냐, 정상에 서느냐…."

진가위는 말을 멈추고 윤철훈과 김철호에게 살짝 미소를 날렸다. 한 동안 세 사람은 식사에만 열중했다.

식사를 끝내자 진가위가 기다렸다는 듯이 과실주를 개봉하자, 향긋한 과일향이 코를 간지럽혔다.

"부탁드린 건 어떻게 됐습니까?"

윤철훈의 물음은 장저우 저택에서 보았던 사진 속 인물들이었다.

진가위가 술잔을 들어 한 모금 삼키고 대답했다.

"두 사람은 인민해방군출신 군인으로 위무광과 리홍빈으로 파악 됐소."

그런 자들이라면 권충대 단장님을 충분히 살해할 수 있다. 그토록 순수하게 보였던 얼굴이 가면이라니. 윤철훈은 순수한 성윤지의 얼굴을 떠올렸다. 명성산에서 자신을 바라보던 그녀의 눈빛은 맹세코 이성적 호감을 담고 있는 눈빛이었다. 그것이 거짓이라면 그녀는 타고난 연극배우이다. 하지만 그것이 사실이라면…. 그는 사실이 아니길 바랬다. 그때 가슴 깊은 곳에서 메아리치며 올라오는 소리가 들렸다. 사실이길 바라는 이율배반적인 목소리. 그는 순간적으로 자신의 남성을 경멸했다.

진가위의 목소리가 그를 현실로 떠올렸다.

"중국의 역사왜곡은 거대한 중국을 이념적으로 통합시켜 소수민족의 분열과 움직임을 막자는데 저의가 있다고 봐야 합니다. 거기에는 물론 동북아 역사의 시발점과 이를 사실로 받아들이는 자국민의 자긍심을 심어주자는데 목적이 있구요."

"이를 사실로 받아들인다구요? 그럼, 사실이 아닐 수도 있다는 말씀인가요?"

윤철훈이 의문의 시선을 던졌다.

진가위는 윤철훈의 물음에 순간 놀라움을 표했다. 그리고 한국의 절름발이식 역사교육의 실상을 이해하고 표정을 바로하고 말했다.

"지금도 한국은 단군의 역사를 신화로 알고 있는 국민들이 대다수입니다. 혹시 단군의 역사가 몇 년을 지속해 왔는지 알고 있나요?"

윤철훈이 대답이 없자, 진가위가 살며시 웃었다. 김철호는 무언가알고 있는 표정이었지만, 나서지 않았다.

"삼국유사에 보면 단군은 1908세의 일기로 세상과 작별해 신선이되었다고 기록하고 있습니다. 신화로 취급하기에 적법한 기록이지요. 여기서 1908년은 고조선을 건국한 단군왕검으로부터 시작해 44대 구물단군의 재위기간을 말하는 것입니다. 그리고 '대부여'로 국호를 개칭해 47대 고열가단군으로 이어져 왔다는 기록이 한단고기桓檀古記에 실려 있습니다."

"그 말씀은 중국이 동북아 역사의 주체가 아닐 수도 있다는 겁니까? 그리고 한단고기는 사학계에서도 위서로 취급받고 있는 실상입니다."

윤철훈의 반론에 살며시 미소를 띤 진가위가 또박또박 말했다.

"한단고기는 조선이 일제강점기로 접어든 후인 1911년 운초 계연수桂延壽라는 분에 의해 편찬된 책입니다. 동이족의 단군시대 이전, 한인과 한웅시대를 기록한 '삼성기'와 '단군세기', '북부여기', 그리고 단군시대 이전부터 고려시대의 연대기를 기록한 '태백일사'를 기록해 놓은 사서입니다."

김철호가 진가위의 비어있는 술잔에 술을 따랐다. 진가위의 말은계속 이어졌다.

"지금 시점에서 한단고기의 진위여부를 밝히는 일은 쉽지 않습니다. 하지만, 짚고 넘어갈 부분이 있습니다. 한단고기 기록 중에 기원전 1733년 7월, 그러니까 13대 흘달단군 재위 무진 50년에 별자리 움직임을 관측해 기록한 '오성취루'라는 내용이 있습니다. 오성취루는 화성, 수성, 토성, 목성, 금성이 일렬로 늘어선 천문현상입니다. 그런데, 현대에 와서 천문학적으로 계산해 본 결과 그 시대에 일어난 사실이었음을 한국의 대학교수가 입증했습니다."(네이버 발췌)

"그 기록이 맞다 하더라도 너무 빈약한 주장이 아닐까요?"

윤철훈은 놀라움을 표했지만, 태연하게 물었다.

"맞는 말입니다. 하지만 중요한건 오성취루 현상이 최근 들어 천문학 연구결과로 밝혀졌다는 사실에 주목할 필요가 있어요. 한국의 사학계가 위서로 취급해 연구할 가치도 없는 책이라고 규정해버린 후에 밝혀진 사실입니다. 이건 무엇을 말하고 있는 것이죠?"

"음…."

"한국은 자국의 역사를 해석하고 규정하는 부분에서도 중국의 심기를 고려해 눈치를 보고 있다고 생각할 수밖에 없습니다. 국가적 주체성에 문제가 있지 않을까요?"

윤철훈은 부끄러움에 절로 고개가 숙여졌다.

진가위가 말을 마치자 김철호가 대신했다.

"윤동무, '규원사화'에 대해서 들어본 적 있소?"

윤철훈이 고개를 저었다. 그가 무슨 말을 해올지 내심 긴장했다.

"규원사화는 1675년 조선 숙종 2년에 북애노인北崖老人이란 분이

지은 역사책입니다. 한인, 한웅과 고조선을 세운 단군왕검, 대부여의 고열가단군까지 47대 단군의 재위기간과 치적 등을 기록한 사서입니다. 우리 북조선은 2010년 4월에 김일성종합대학에서 이 사서를 편찬한바 있습니다."

말하는 김철호를 진가위가 지그시 바라보았다. 진가위는 빠트렸던 내용을 설명했다.

"지금 한국의 국립중앙도서관이 소장하고 있는 규원사화는 사학계에서도 진본임을 인정하고 있습니다. 그런데 한단고기와 규원사화 모두 동이족의 역사가 한인, 한웅, 단군으로 이어졌다고 동일하게 말하고 있는데도 규원사화는 진서고 한단고기는 위서라 주장하고 있습니다. 앞, 뒤가 안 맞지 않습니까?"

자국의 역사를 이국땅에서 듣고 있는 윤철훈은 부끄러움에 얼굴이 벌게졌다.

진가위의 말은 계속 이어졌다.

"규원사화의 내용에 의하면 '고조선의 강역은 북쪽으로는 대황과 연결되어 있고, 서쪽은 알류를 거느리고 남쪽은 회대, 동쪽은 창해였으며 대국이 아홉이고 소국은 열둘이며 70여 제후국을 거느렸다.'라고 기록돼 있습니다. 기록대로라면 현재 어마어마한 아시아대륙이 고조선의 강역이었고 단군의 통치를 받았다고 볼 수 있는 대목입니다."

진가위가 술잔을 들어 남아있는 술을 한 입에 털어 넣었다.

윤철훈은 언젠가 이병호 교수의 경찰대 특강을 떠올렸다.

'동북아 고대사에서 단군조선을 제외하면 아시아 역사는 이해할 수가 없다. 그만큼 단군조선은 아시아 고대사에 중요한 위치를 차지한다. 그런데 한국은 어째서 그처럼 중요한 고대사를 부인하는지 이해할 수가 없다. 일본이나 중국은 없는 역사도 만들어 내는데, 당신들 한국인은 어째서 있는 역사도 없다고 그러는가. 도대체 알 수 없는 나라이다.'

러시아 역사학자 U.M푸틴의 세미나 연설내용이라고 했다.

우리 한국은 한인, 한웅은 신화이고, 단군조선의 강역은 한반도 이북지방으로 축소시켜 놓았다. 아직까지도 어두운 터널에서 벗어나지 못하고 있는 것이다. 이 얼마나 개탄스러운 현실인가. 윤철훈은 쥐구멍이라도 있으면 숨고 싶은 심정이었다.

"한국은 자국의 역사를 깎아내려 스스로 약소민족으로 전락시키고 있습니다. 이처럼 역사를 왜곡하기에 좋은 토양이 어디에 있겠습니까? 중국은 동북아 역사를 통째로 왜곡해 자국의 역사로 편입시키려 하고 있는 시점에서 한국은 어떠한 대비책도 내놓지 못하고 있는 실정입니다. 스스로를 약소민족으로 전락시키고 있는데 당연한 결과겠지요."

불어오는 바람에 창문이 흔들리며 소리를 질렀다.

"한국 국민들의 역사인식은 동이족이 중원대륙을 지배했다고 하면 마치 큰일이라도 저지른 것처럼 호들갑을 떨고 있습니다. 한국은 동이족이, 고대에 중원을 지배했으면 안 되는 이유를 찾아야 할 것입니다."

진가위의 발언은 분명 한국의 역사교육을 통틀어 비아냥거리는 발언이었다.

"우리 만주족도 이 역사적인 음모에 희생양으로 전락해 민족 전체가 사라질 수 있는 위기에 처해 있습니다. 역사를 알아야 음모에 대처할 수 있지 않을까요? 우리 만주족이 살아남을 수 있는 유일한 길입니다."

어느 듯 세 사람의 술잔은 모두 비어있었다.

윤철훈이 부끄러움을 무릅쓰고 물었다.

"그런데, 어떻게 우리 국민들도 제대로 알지 못하는 한단고기와 규원사화에 대해 그렇게 많이 알고 계시는 겁니까?"

"이제야 물어보시는군요. 하하하."

진가위가 너털웃음을 터트렸다. 그의 입에서 믿을 수 없는 대답이 흘러나왔다.

"동이족은 바로, 우리 만주족의 조상입니다."

"네…?"

윤철훈은 충격으로 잠시 할 말을 잃었다. 그리고 김철호가 왜 자신을 이곳으로 이끌었는지 이해했다. 비장한 표정의 김철호는 말없이 윤철훈을 바라보았다.

위기를 벗어나는 이상문

경찰서로 연행된 이상문은 난국을 헤쳐나갈 방법을 찾고 있었다.

'묘안을 찾아야 한다.'

경찰은 강인후의 신고로 극히 일부분만 알고 있었다. 자신이 이병호의 USB를 탈취하기 위해 강인후를 쫓은 사실. 그 이상, 그 이하도 아니었다. 어차피 USB의 내용은 모두가 모르고 있는 사실이다. 빠져나갈 구멍은 충분해 보였다.

한참 생각에 집중해 있던 이상문은 이병호를 충분히 이용하기로 했다. 잠시 후, 취조실의 문이 열리며 나이가 들어 보이는 경찰이 들어왔다.

"이 청장님, 계속해서 행사하시는 묵비권은 법정에서 불리하게 작용할 수도 있다는 걸 명심하셔야 합니다. 다시 한 번 묻겠습니다. 왜 강인후를 쫓고 있었는지 이유를 말씀하세요."

이상문이 틀어 앉았던 몸을 바로 했다. 그의 바른 자세는 이제부터 정식으로 취조에 응하겠다는 무언의 표현이기도 했고, 경찰의 환심을 사려는 계산된 술책이기도 했다.

"좋습니다. 말하죠. 저는 그날 분명 한 사람의 시민으로서 강인후를 쫓고 있었습니다. 순순히 인정합니다. 제가 왜 흉악범 강인후를 쫓고 있었겠습니까?"

이상문은 잠시 형사의 얼굴을 살피고 말을 이었다.

"흉악범 강인후는 그날 저녁, 선량한 시민인 저에게 전화를 걸어와 이런 말을 했습니다."

그는 흉악범 강인후를 계속해서 언급했다. 자신을 선량한 시민으로 표현하는 것도 빼놓지 않았다. 그것은 흉악범과 선량한 시민의 차이를 상기시키는 방법이었고, 선량한 시민이 흉악범에 의해 피해를 당할 수도 있다는 사실을 무의식에 각인시키는 교묘한 심리전술이었다.

"강인후는 이병호 교수가 평생을 공들여 연구했던 연구물을 자신이 갖고 있다고 말했습니다. 그것을 찾고 싶으면 서울역 광장으로 오라고 하더군요. 이 교수는 제 친구였습니다. 저는 친구가 살아생전 연구했던 결과물을 빼앗아 널리 공표하고 싶었습니다. 그것이 고인이 된 친구에게 보내는 마지막 보답이라고 생각했었죠. 그 생각은 지금도 변함이 없습니다."

"그런데 왜 경찰에 신고하지 않고 단독으로 강인후를 쫓았는지 납득할 수 없습니다. 뭔가 숨기고 있는 게 아닙니까?"

잠시 뜸을 들인 이상문이 경찰을 지그시 응시했다. 그의 눈빛은 슬픔이 감돌고 있었다.

"맞습니다. 저는 숨기는 게 있었습니다. 그것은 두려움입니다. 저는 경찰이 두려웠습니다. 친구의 연구물이 경찰의 손에 들어가는 날

엔, 그것은 범죄인의 강력한 증거물이 될 것입니다. 그럼 애석하게
도 연구물이 학자의 손에 들어갈 날은 언제가 될지 모를 것으로 생
각했습니다. 친구의 마지막 소망을 들어주지 못할 것 같다는 생각.
그것은 진정 우정을 지켜주지 못하는 참담한 두려움이었습니다."

경찰의 흔들리는 눈빛, 그는 이미 이상문의 언변에 동요된 듯 보
였다.

이상문이 마지막으로 못을 박았다.

"저는 법에 앞서 우정을 선택했습니다. 신고를 하지 않은 죄는 달
게 받겠습니다."

강인후와 백웅민이 나성국의 헌책방에 도착한 시각은 이상문이
연행된 지 사흘이 지나서였다. 강인후가 염려한대로 이상문은 불과
사흘 만에 미꾸라지처럼 경찰의 손에서 빠져나갔다. K일보 최영돈
을 통해 알아낸 결과였다.

최영돈은 전화통화에서 신변보장을 약속하고 만나주기를 극구 청
했지만, 강인후는 거절할 수밖에 없었다. 이상문이 빠져나간 시점에
서 그를 다시 유인하기는 거의 불가능해 보였고, 최영돈이 요구한
USB를 그에게 넘겨줄 수는 없었다. USB는 최후의 보루로 남아있어
야 했다. 그러나 강인후가 무엇보다도 염려한 건 신수정과 나성국의
안전이었다. 기자는 세상의 이목을 먹고 사는 직업이었다. 기자의
손에서 안전을 보장받을 수는 없다고 생각했다.

차에서 내린 강인후가 고개를 들어 헌책방을 바라보았다. 사흘이

채 안돼서 돌아왔지만, 지나간 사흘은 마치 삼년의 시간처럼 느껴졌다. 벽난로를 지피고 있는 것인지 높게 솟은 굴뚝에서 하얀 연기가 모락모락 피어오르고 있었다. 강인후는 마치 집에 돌아온 느낌에 편안함을 맛보았다. 순간 엄청난 배고픔이 밀려왔다. 생각해보니 사흘이 넘는 시간 동안 먹은 건, 고작 빵과 우유가 전부였다. 강인후가 잠시 주춤하는 사이에 헌책방의 문이 열렸다. 놀란 신수정이 들고 있던 책을 떨어뜨리며 강인후를 바라보았다. 한동안 움직임이 없던 그녀가 한달음에 달려가 강인후를 끌어안았다. 그녀의 두 눈에서 눈물이 흘러내렸다. 기쁨과 원망이 배어있는 눈물이었다.

'난, 이 여자를 끝까지 지킬 것이다.'

강인후는 속으로 외쳤다.

"어디 봐요. 다친대는 없어요?"

신수정은 반가움에 강인후의 얼굴을 두 손에 받쳐 들고 살피기에 바빴다. 무사한 얼굴을 확인한 그녀가 재차 강인후를 끌어안았다.

"어떻게 그렇게 무모한 행동을 할 수 있어요? 혼자 이상문을 찾아가서 어떻게 하려고 했어요? 얼마나 걱정했는지 알아요?"

신수정은 기쁨에 겨워 쉬지 않고 말했다.

강인후는 자신을 안고 있는 신수정의 품에서 빠져나오기 싫었지만, 나성국이 마당으로 나오자 팔을 풀었다. 그제서야 신수정은 자신의 마음을 들킨 것 같아 황급히 팔을 풀었다. 그녀의 두 볼이 갓 시집온 새색시처럼 붉게 물들었다.

"인후 씨, 무사해서 다행입니다. 얼마나 걱정했는지 알아요?"

나성국이 안도한 얼굴로 말했다.

그때 느닷없이 신수정이 비명을 지르며 뒤로 물러섰다.

언제 내렸는지, 백웅민이 승용차 앞에 우뚝 서있었다. 붉은 노을을 받은 그의 모습은 흡사 사찰 입구를 지키는 신장神將같은 모습이었다. 신수정은 그를, 자신들을 쫓던 살인청부업자로 착각한 모양이었다.

"안심하세요. 저를 구해주신 분입니다. 제가 다 얘기해 드리겠습니다."

공포에 질린 신수정은 강인후의 목소리가 들리지 않는지 사시나무 떨 듯 몸을 떨었다.

"수정 씨, 안심하세요."

억지로 신수정을 끌어안은 강인후가 재차 그녀를 안심시켰다.

그제서야 다소 안정을 찾은 신수정이 깊은 숨을 내쉬었다.

"놀라게 해드렸으면 미안합니다. 백웅민입니다."

멋쩍은 표정의 백웅민이 나성국에게 바위 같은 커다란 손을 내밀었다.

나성국이 백웅민의 바위 같은 손을 어정쩡하게 마주잡았다.

잠시 후, 네 사람을 수용한 벽난로 옆의 원탁테이블에 저녁만찬이 차려졌다. 게 눈 감추듯 없어지는 음식은 강인후의 시장기를 대변해 주고도 남았다. 그를 바라보는 신수정은 묘한 감정에 가슴이 일렁거렸다. 그녀는 강인후의 접시에 음식을 연신 담아 주기에 바빴다. 그녀의 표정으로 보아 그가 먹는 모습만 봐도 행복해 보였다. 그들은 한동안 말없이 식사에 열중했다. 차려진 음식이 거의 바닥을 보일 무렵, 강인후가 입을 열어 이상문을 유인한 과정을 빠짐없이 사실적으로 설명했다. 나성국과 신수정은 이상문이 서울역 대합실에서 쓰레기통을 뒤지는 대목이 나오자 배꼽을 잡고 웃었고, 국립극단에서 경찰들에 의해 이상문이 연행되는 대목에선 박수를 치기도 했다. 그리고 소화아동병원에서의 쫓고 쫓기는 숨막히는 추격전에서는 숨쉬는 것도 잊은 듯 그의 입만 바라보았다. 강인후가 백웅민의 도움으로 위험천만한 사태에서 빠져나온 상황을 마지막으로 설명했다.

"전직 경찰이라구요? 그럼, 현직 경찰도 인후 씨의 누명을 알고 있을 거 아닙니까?"

나성국이 의문을 표시했다.

"현직 경찰은 강인후 씨의 누명을 모르고 있습니다. 그렇기 때문에 수배를 풀지 않고 있는 것이죠. 사실 저도 최근 우연한 기회에 강인후 씨의 누명을 알게 됐습니다."

그는 강인후가 국가의 필요에 의해 누명을 쓴 사실을 말하려다 그만두었다. 자칫하면 활활 타오르는 격앙된 감정에 기름을 붓는 격이라고 판단했다. 그리고 무엇보다도 그의 임무는 장저우와 이상문이 무슨 일을 꾀하고 있는지 그것을 알아내는 게 목적이었다.

나성국은 말하는 와중에도 백웅민의 얼굴을 하나하나 살펴보기에 바빴다. 그는 지난여름 두 명의 경찰이 한강다리 위에서 세상을 떠들썩하게 만들고 투신했던 TV중계를 떠올리고 있었다. 이름은 같았지만, 한강다리에서 시민들을 향해 태극기를 휘날리던 비장한 얼굴은 분명 아니었다. 동명이인이라고 생각한 그는 시선을 거두고 말했다.

"전직 경찰이 왜, 강인후 씨 사건에 매달리고 있는 것입니까?"

"사명감이라고 해두죠."

잠시 생각한 그는 세 사람이 알아야 할 내용만 간추려서 말했다. 모든 내용을 수용하기는 일개 시민으로서 감당하기 어렵다고 생각한 것 같았다. 그는 강인후에게 들었던 얘기와 지금까지 사건 해결 과정에서 파악했던 이상문의 개입을 종합해서 말했고, 그리고 암암리에 중국우익의 수장 장저우가 사건에 깊이 개입돼 있을 것 같다고 조심스럽게 피력했다.

"그럼, 장저우가 이상문과 연계해 인후 씨를 누명 씌웠다는 얘긴가요? 중국우익이 무슨 이유로 그런 짓을 하는 거죠?"

신수정의 말투에 분한 기색이 역력했다.

"그것을 파악하는 게 우리의 핵심 과제입니다."

"그럼, 지금이라도 인후 씨가 누명을 쓰고 있다는 사실에 힘을 써주시면 안될까요?"

백웅민은 신수정의 물음에 난처한 기색을 보였다.

"그게 여간 어려운 문제가 아닐 수 없습니다. 장저우와 이상문의 선이 어디까지 연결돼 있는지 알 수 없는 상황에서 경찰에 알린다는 건, 자칫하면 누명을 벗지 못하고 평생을 감방에서 썩을 수도 있다는 걸 명심해야 합니다."

잠시 말을 멈춘 백웅민이 마지막으로 못을 박았다.

"강인후 씨가 누명을 벗을 수 있는 유일한 길은 장저우와 이상문에게 있습니다."

나성국은 지금까지 이상문의 선에서 사건의 꼬리를 잡을 수 있다고 생각했었다. 그러나 전혀 예기치 않은 중국우익의 등장에 머릿속이 과부하를 일으킬 것만 같았다. 말없이 한참 앉아있던 그는 희미하게 떠오르는 무언가에 최대한 생각을 집중했다.

"사건의 시작은 이병호 교수의 메시지로부터 시작됐다. 스승님과 이 교수는 한결같이 중국의 고대역사를 말하고 있었다. 두 사람과 적대관계에 있는 이상문은 강단사학계의 중추적 핵심인물이다."

그는 혼잣말처럼 목소리를 작게 흘렸다.

"무언가 정리 되는 거 같아요."

나성국의 작은 소리를 유심히 듣던 신수정이 끼어들었다.

"그렇다면 중국우익이 이상문과 손을 맞잡은 이유는 분명해져요. 바로 역사왜곡이에요. 우리나라의 고대역사는 중국을 떠나 설명할 수 없어요."

"맞아, 그럼, 중국 고대역사에서 왜곡된 부분이나, 왜곡시킬 부분이 있다는 얘기가 돼. 이 교수님의 메시지는 그 진실을 담고 있는 것이야. 즉, USB는 역사왜곡을 심판할 수 있는 도구로 보아야해."

나성국과 신수정은 사건의 본질에 점점 가까워지고 있는 것 같았다.

백웅민과 강인후가 두 사람의 대화에 바짝 귀 기울였다.

"하지만, 복희씨의 하도는 중국역사잖아요."

"그게 최대의 난국이야."

나성국의 말투에 실망의 기색이 역력했다.

벽에 부딪친 그들은 역사를 더 이상 풀어나갈 수 없었다. 복희씨와 하도는 분명 중국역사였기 때문이었다. 그들은 이 교수의 메시지에서 무언가 빠트리고 있는 느낌에 사로잡혔다. 생각할수록 꼬인 역사적 사슬은 그들의 몸을 더욱 단단히 옥죄어 들어가고 있는 것 같았다. 도대체 뭐란 말인가. 감이 잡히지 않았다. 나성국은 급기야 머리를 세차게 흔들었다.

아이신줴뤄愛新覺羅

진가위의 별장.

찻잔이 식어있는 것으로 보아 세 사람이 앉아있던 시간은 한참이 지난 듯 보였다.

"공안요원의 시체가 발견된 게 언제입니까?"

김철호가 다급하게 물었다.

"바로 어젯밤, 조업 중인 어부에 의해 발견됐소."

진가위의 목소리는 침울하게 흘러나왔다.

"이미 삼 개월이 지난 시점에서 어떻게 공안요원으로 단정할 수 있다는 것이죠?"

"공안당국은 그가 실종된 시점과 발견된 지점, 그리고 그의 옷차림으로 공안요원일 것으로 판단하고 유전자 감식을 했던 것 같소."

무거운 대화를 증명이라도 하듯 주변의 담배연기는 자욱했다.

"매우 우려스러운 건, 장저우가 나를 유력한 용의자로 보고 암암리에 내 뒷조사를 하고 다니는 것으로 파악됐소."

김철호는 장저우를 없애지 못한 게 크나큰 실수로 다가오고 있음을 알았다.

"장저우가 무슨 근거로 위원님을 용의자로 보고 있는 겁니까?"

"공교롭게도 살해된 공안요원은 중국우익의 행동요원으로 밝혀졌소. 그리고 장저우는 사방에 눈을 두고 나를 감시하고 있었던 것 같습니다. 내 모습이 어딘가에서 포착된 모양입니다. 커다란 실수죠."

"이제 방향을 어떻게 잡아야 하죠?"

묵묵히 듣고 있던 윤철훈이 식은 찻잔을 들어 단숨에 삼키고 물었다.

"내가 아는 정저우는 뛰어난 지략과 지칠 줄 모르는 근성을 가지고 있는 인물입니다. 그는 무슨 수를 써서라도 윤철훈 씨의 행방을 파악할 것입니다. 장저우에게 꼬리를 들키기 전에 여기 중국을 빠져나가세요."

"저 보고 도망치라는 얘깁니까?"

윤철훈이 불쾌함을 내비쳤다.

"자칫하면 우리 만주족의 거사는 시도하지도 못하고 수포로 돌아갈 수 있습니다. 한국으로 들어가서 장저우가 왜, 이상문이 추진하는 백제문화센터에 엄청난 자금을 투자하는지 진짜 의도를 파악해 그들을 견제해야 합니다."

어느새 새벽이 다가오고 있었다.

"장저우는 중국우익을 통솔하는 인물입니다. 장저우의 지원은 중국우익의 지원이라고 보아야 합니다. 또한 중국우익은 국가의 숨은 정책을 암암리에 추진하기도 하는 곳이기도 하구요. 이것은 무엇을 말하고 있는 것일까요?"

잠시 말을 멈춘 진가위가 두 사람의 표정을 살폈다.

"이는 곧 중국정부가 깊이 개입돼 있다는 걸 뜻합니다. 태극기 반환 주장과 백제문화센터지원, 그리고 소수민족정책, 짐작컨대 어떤 연결고리가 있을 것입니다."

윤철훈이 두 주먹을 움켜쥐었다.

"윤철훈 씨는 모든 사정기관에 집중 표적이 돼 있는 상태입니다. 김철호 씨도 크게 다를 바 없습니다. 우리의 연대가 장저우에게 꼬리를 잡히는 날엔 그 파장은 어디까지 미칠지 모릅니다. 다시 한 번 말하지만 여기 중국이 아닌 한국으로 가서 장저우를 견제해야 그들을 혼란에 빠트릴 수 있습니다. 여기 중국은 아이신줴뤄의 후예인 나에게 맡겨주시오."

진가위가 일어서 악수를 청했다.

"건투를 빌겠소."

새벽 햇살이 창문을 비집고 들어오고 있었다.

경기 화성시 궁평항 선착장.

바닷바람은 차갑고 매서웠다.

칠흑 같은 어둠에 싸인 새벽의 궁평항은 정적만이 감돌고 있었다.

지나가던 구름이 달을 삼키자, 시커먼 바다 위로 희미한 불빛이 보이기 시작했다.

한 척의 어선이 희미한 불빛에 의지해 소리 없이 선착장으로 들어서고 있었다. 부는 바람에 작은 어선은 몹시 출렁거리며 힘겹게 선착장에 무사히 정박했다.

조타실에 있던 사내가 갑판으로 뛰어내렸다. 그는 인적 없는 선착장을 둘러보고 생선창고를 열어 젖혔다.

"어서 나오시오."

사내가 소리쳤다.

생선창고에서 사다리를 올라오는 두 사람은 매우 민첩하게 갑판으로 올라섰다.

윤철훈과 김철호는 밀항선을 이용해 한국으로 무사히 들어왔다.

"이거 받으시오. 차번호는 5613이요."

사내는 돈이 든 두툼한 주머니를 만지작거렸다. 그의 입술에 흡족한 미소가 서렸다. 아마도 두 사람을 밀항시킨 비용 같았다.

"무슨 일을 하는지 묻진 않겠소. 하지만, 내가 알기로 한국은 그렇게 호락호락한 나라가 아니오. 몸조심들 하시오."

사내의 말투로 보아 밀항을 전문으로 시켜주는 것 같았다.

두 사람을 내려준 사내는 뱃머리를 돌려 시커먼 밤바다를 차고 나갔다. 어선이 시야에서 완전히 벗어나자, 다시 칠흑 같은 어둠이 찾아왔다. 진원지를 알 수 없는 살을 에는 바닷바람이 역시 종착지를 알 수 없는 곳으로 달려갔다.

두 사람은 선착장을 벗어나 주차장으로 들어서서 손전등을 비추었다. 바라보니 녹이 잔뜩 슬어 운행이 의심스러운 트럭이 보였고, 조금 떨어진 곳에 자신들이 찾던 승용차가 창문이 조금 열린 채로 서 있었다. 승용차는 진작 폐차를 했어야 마땅할 것처럼 낡아 있었다. 그들은 서둘러 승용차에 올라탔다. 차키를 돌리자, 몇 번을 쿨럭거린 승용차는 매우 지친 엔진소리를 내며 힘겹게 시동이 걸렸다. 윤철훈은 능숙한 운전솜씨로 차를 몰아 주차장을 빠져나왔다. 속력이 붙은 승용차가 시원하게 뚫려있는 도로를 질주했다. 김철호가 열린 창문으로 매섭게 들이치는 차가운 바람에 몸을 잔뜩 웅크렸다.

오래된 승용차는 어디가 고장인지 히터가 들어오지 않고 있었고, 열린 창문은 이미 오래전에 제 기능을 잃어버린 것처럼 닫히지 않았다.

"윤 동무는 내 어릴 적, 고향 친구 같소. 이름도 철훈, 철호 비슷하지 않은가요?"

김철호가 추위를 잊으려는 듯 말을 꺼냈다.

"하하하. 그렇군요."

"우리 나이도 비슷한 거 같은데 친구합시다."

김철호가 호기 있게 제의했다.

"친구는 싫습니다."

"아니, 왜 그러시오. 나한테 섭섭한 거라도 있는 것이오?"

김철호는 무안함에 얼굴을 붉혔다.

"친구는 싫고…. 음…. 동무는 어떻습니까? 하하하"

윤철훈이 능청을 떨었다.

하하하. 진한 동포애를 담은 두 사람의 웃음소리가 좁은 승용차 안에 울려 퍼졌다.

웃음소리가 그치자, 김철호가 담배를 빼 물었다. 그의 입에서 나온 연기는 차안에 머물기도 전에 차창 밖으로 빠져나가 순식간에 형

체도 없이 사라졌다.

진가위 위원장은 반드시 해낼 것이다. 승용차에 몰아치는 찬바람과 함께 섞여 들어오는 웃음소리가 있었다. 웃음소리는 그의 의지를 더욱 굳건히 받혀주는 소리였고, 의심할 여지없는 진가위의 호탕한 웃음소리였다.

"윤철훈 씨, 아이신줴뤄愛新覺羅의 뜻을 알고 있나요?"

진가위가 물었다.

"청나라 황제의 성씨로 알고 있습니다."

"역시 절반만 알고 있군요."

"무슨 말씀이신지…."

"긴 설명이 필요하겠군요."

진가위가 잠시 생각하는 듯하더니 천천히 입을 열었다.

"서기 1125년 북방의 여진족을 통일한 아골타가 이끄는 금나라 군대는 강대국 요나라를 정벌하고 여세를 몰아 송나라로 쳐들어가 송나라 왕 희종을 생포합니다. 이후, 송나라를 그들의 영토에서 쫓아 버리죠. 그 후, 5백여 년이 지난 1619년에 금나라의 후예 '후금'의 누르하치가 이끄는 팔기군 2만이 거의 30만에 가까운 명나라 군대와 맞붙습니다."

윤철훈은 그의 얘기에 점점 빠져 들고 있었다.

"누르하치가 이끄는 팔기군은 수적 열세에도 불구하고 대군 명나라 군대를 쓸어버립니다. 누르하치는 조상 대대로 내려오는 숙원사업인 고토회복에 나섰던 것이고 정권을 이어받은 청태종 홍타이시가 국호를 청으로 칭합니다. 하지만 그는 안타깝게도 명나라와 전쟁 중에 사망하죠. 결국 그의 아들 성종成宗이 명나라를 멸망시켜 고토회복의 위업을 달성하게 됩니다. 동양 최고의 대제국, 청의 탄생이죠."

말하는 진가위의 얼굴은 아주 통쾌한 듯 만면에 화색이 돌았다.

"여기서 주목해야 합니다."

윤철훈이 무언가 있을 것 같다는 생각에 귀를 바짝 기울였다.

"청태조 누르하치는 분명 금나라의 후예입니다. 그럼 여기서 금나라의 시조를 주목할 필요가 있습니다. 그는 누구였을까요?"

잠시 말을 멈춘 진가위는 윤철훈의 표정을 살피고 다시 입을 열었다.

"금나라의 역사서인 금사金史를 보면 '금지시조휘함보金之始祖諱函普 금나라 시조의 이름은 함보이다.'라는 기록과, '금의 시조는 함보로서 처음 고려에서 나왔다金之始祖諱函普初從高麗來'라는 기록이 있습니다. 그리고 청나라 황실의 역사서인 만주원류고에 보면 '금나라의 태조가 신라왕의 성을 따라 국호를 金이라한다.'라고 기록돼 있습니다."

"신라왕의 성씨라구요?"

윤철훈이 놀란 얼굴로 물었다.

"그렇습니다. 아이신줴뤄愛新覺羅 한국어발음으로 '애신각라' 신라를 잊지 말고 사랑하자. 무엇이 떠오릅니까?"

윤철훈은 거듭되는 충격에 정신을 차릴 수 없었다.

"중국은 아이신줴뤄가 한자를 음차한 것이라고 말하고 있지만, 설명했다시피 아이신줴뤄는 한자를 음차한 것이 아닙니다. 지금 중국 정부는 '중화주의'의 기조 아래 중원대륙에서 일어났던 역사를 모두 한족의 역사로 규정해버리고 있어요. 역사를 감추기 위한 처절한 몸부림입니다. 대륙에서 일어난 신라와 고려의 후예 여진족, 과연 어느 나라 역사일까요?"

진가위의 얼굴은 매우 진지했다.

"민족의 결집력과 자긍심을 공고히 하는 수단이 역사만한 것도 없습니다. 일본과 중국의 역사왜곡이 그것을 웅변적으로 보여주고 있는 것이죠. 한국이 계속해서 역사적 복지부동자세를 유지하는 한 일본과 중국의 역사왜곡은 그치지 않을 것입니다. 역사적 진실이 시급한 시점이죠. 대제국 청은 신라에서 고려로 이어지는 중국의 역사가 아닌 한국의 역사입니다."

윤철훈은 진가위의 말에서 어떤 전율을 느끼고 있었다.

"어떻습니까? 왜 우리 만주족이 거사를 거행하려고 하는지 그 이유를 아시겠죠?"

말을 마친 진가위가 호탕하게 웃었다.

승용차를 몰아치는 찬바람 속에 섞여 들어오는 진가위의 호탕한 웃음소리가 그의 귓전을 울리며 사라졌다.

"윤 동무, 어디서부터 시작할 생각이오?"

김철호의 물음이 그를 생각에서 깨웠다.

"일을 시작하기에 앞서 먼저 찾아뵐 분이 있습니다."

"전에 말했던 권충대 단장님을 말하는 것이오?"

윤철훈이 고개를 끄덕였다.

승용차는 찬바람을 가르며 용인으로 질주했다.

신갈톨게이트를 벗어나 오거리에서 좌회전을 받은 승용차가 경찰대학 방향으로 질주했다.

신호를 주시하며 운전하는 윤철훈은 머리 위로 지나가는 이정표를 바라보았다. 그것은 경찰대학의 방향을 알려주는 이정표였다. 이정표를 지나치는 그는 이미 경찰대학 재학시절로 돌아가 있었다.

"이곳을 거쳐 가는 이여 조국은 그대를 믿노라."

경찰대학 '정의탑' 앞에 선 윤철훈은 새겨진 문구를 소리 내어 읽어 보았다.

"자네, 민족의 이정표에 대해서 생각해보았나?"

언제 다가왔는지 상무관 무도교관 권충대가 물었다. 그는 경찰간부와 상무관 무도교관을 병행하는 매우 이례적인 인물이었다.

윤철훈이 황급히 예의를 갖추려하자, 권충대가 다시 말했다.

"인사는 생략하고 대답해 보게. 민족의 이정표에 대해 평소 생각한 바를 얘기해보게."

"우리나라는 경제, 정치, 문화적으로 외세의 간섭을 많이 받고 있는 현실을 부인할 수 없습니다. 강대국들에 의해 만들어진 개념이 우리의 의식세계를 흔들고 있다고 해도 과언이 아닙니다. 이는 곧 민족의 숙원사업인 남북통일에도 큰 지장이 있을 것으로 생각하고 있습니다. 그래서 민족의 이정표는 외세의 간섭을 벗어난 자주적 결정이 민족의 이정표가 되어야 한다고 생각합니다."

윤철훈은 평소의 소신을 한달음에 쏟아놓았다.

지그시 바라본 권충대가 입을 열었다.

"자주적 결정은 그것을 굳건히 받칠 수 있는 튼튼한 결집력이 있어야 가능한 것이네. 제아무리 자주권을 외친다 해도 결집력을 보이지 않는 민족은 수많은 잡음 속에서 방향을 잡을 수가 없는 법이야."

잠시 말을 멈춘 권충대가 정의탑을 가리키며 다시 말했다.

"저 문구를 다시 한 번 읽어주겠나?"

"이곳을 거쳐 가는 이여 조국은 그대를 믿노라."

윤철훈이 매우 힘 있게 읽었다.

"바로 그것이야. 조국이 믿는 그대, 조국이 바라는 그대, 조국이 사랑하는 그대. 그것이 바로 민족의 이정표이네."

선명단의 맥을 이어온 권충대가 윤철훈을 선택하는 순간이었다.

권충대와 윤철훈이 고개를 들어 유난히도 반짝이는 밤하늘을 말없이 바라보았다.

어느새 승용차는 경찰대학을 바로 앞에 두고 있었다. 길 건너편에 차를 정차시킨 윤철훈은 경찰대학을 바라보았다. 잠시 후, 차에서 내린 윤철훈이 경찰대학을 향해 두 번 큰절을 올렸다. 한 번은 자신의 굳건한 의지를 키워준 경찰대학에 올리는 절이었고, 또 한 번은 인생의 길을 열어준 권충대에게 올리는 절이었다. 절을 올리는 그의 어깨가 떨리고 있었다. 묵묵히 다가간 김철호가 그의 어깨를 살며시 감싸주었다.

삼천궁녀낙화암은 진실인가

그 무렵 이상문은 삼천궁녀낙화암 복원현장에서 바삐 움직이는 사람들을 바라보고 있었다.

강인후의 함정에 빠져 하마터면 큰 봉변을 치를 뻔했던 그는 극도로 몸을 사리고 있는지 발걸음 하나에도 조심스러운 기색이 엿보였다.

"컷! 이봐, 정선희 거기서 그런 표정을 지으면 어떡해?"

턱수염을 기른 감독은 못마땅한 기색이었다.

이상문이 고개를 돌려 바라보자, 여배우는 무안함에 고개를 떨어뜨렸다.

"좀, 쉬었다 합시다."

감독의 소리에 카메라와 촬영 장비를 손에든, 스텝진들이 곳곳에서 피어오르는 모닥불로 달려갔다.

지금 이곳은, 이른바 삼천궁녀낙화암을 소재로 한 영화제작현장이었다. 실로 막대한 자금이 투입됐고 등장인물만도 엑스트라를 포함해 5백여 명이 넘는 인원이 투입된 대작이었다. 막대한 자금은 물론, 사업가로 위장해 들어온 위무광이 지원한 것이었다. 이제 영화

'삼천궁녀낙화암'은 막바지 촬영에 박차를 가하고 있었고, 미국 할리우드와 계약해 전 세계 동시개봉을 바로 눈앞에 두고 있었다.

영화적 메시지는 인간의 의식에 깊게 침투해 강하게 각인될 것이다. 또한 인간의 의식을 좌우할 수 있는 충분한 문화적 도구이다. 백제문화를 만방에 알리는데 이만한 도구가 또 어디 있겠는가? 이상문은 영화제작현장을 돌아보며 진행되는 상황을 지켜보고 있었다. 작전을 짜서라도 영화는 흥행시킬 것이다. 그것이 이병호의 메시지를 상쇄시키는 길이다. 한번 각인된 인식은 쉽게 바뀌지 않는다. 강인후로 인해 우울했던 얼굴이 제 빛을 되찾으려 할 때였다.

"청장님, 안녕하세요."

이상문이 들려오는 소리에 고개를 돌렸다. 그의 얼굴이 금세 우울한 표정으로 돌아갔다.

모래땅을 뛰어오는 K일보 최영돈은 발이 빠지는지, 그의 마른 몸이 흐느적거렸다. 이상문은 저렇게도 찰거머리 같은 인간이 또 있을까 생각하며 바닥에 침을 뱉었다.

"아, 이놈의 모래땅 정말 싫네."

이상문 앞에 도착한 최영돈은 그대로 주저앉아 구두를 벗어 털었다. 털털한 건지, 아니면 일부러 그러는 건지 좀처럼 분간하기 힘든 행동에 이상문은 얼굴을 구길 대로 구겼다.

"제기랄, 제 구두 좀 보세요. 우리 기자들이 이렇게 삽니다."

그의 구두는 입이 벌어져 있었고, 너덜너덜한 구두끈은 금방이라도 떨어져 나갈 것처럼 보였다. 머리는 며칠을 감지 않았는지 심하게 헝클어져 있었다.

"오늘은 또 무슨 일로 왔소?"

이상문이 몹시 불쾌하게 물었다.

"아따 급하기도 하시네요."

사람이 싫으면 그 사람의 말투도 싫은 것인가, 도무지 출신 지방을 알 수 없는 말투에 부아가 치밀어오를 지경이었다. 표준말과 사투리를 번갈아 쓰는 그의 어투가 몹시 귀에 거슬렸다. 어떻게 이런 자가 기자가 됐는지 이해하기 힘들었다.

"제 구두가 왜 이렇게 됐는지 생각해 보셨나요?"

자다가 봉창 뜯는다는 말은 이런 경우를 두고 하는 말 같았다.

이상문은 어이없는 얼굴로 최영돈을 빤히 바라보았다.

"왜 그런고 허니, 그날 청장님이 국립극단으로 담 넘어가는 것을 보고 저도 따라서 넘어가다 이렇게 돼 부렀소. 그래도 다행인건, 불알이 걸리지 않아서 다행이지만."

듣고 있던 이상문이 마침내 폭발했다.

"이것 보시오! 기자면 기자답게 행동해야지 지금 뭐하자는 것이오."

"청장님, 말씀 한번 잘 하시네요. 청장이면 청장답게 행동해야지 왜 그 시간에 월담을 했단 말입니까?"

이상문은 순간 깨달았다. 이 자는 상대방의 부아를 돋우어 교묘한 말장난으로 대상을 유인하고 있는 것이다. 말려들지 말아야 한다.

"그건 이미 경찰서에서 말하지 않았소?"

"그날 저는 경찰에 말하지 않은 내용이 있습니다. 강인후는 저에게 전화를 걸어와 무엇을 말해 줄 수 있다고 했습니다."

이상문이 순간 긴장했다. 흔들리는 눈빛은 무엇을 말해주고 있었다.

"어떤 물건을 말하는 것이오?"

순간 최영돈이 두 눈을 빛냈다.

나는 물건이라고 말한 적 없다. 무엇이라고 말했을 뿐이다. 무엇은 정보일 수도 있고 개념일 수도 있다. 그런데 이 청장은 무엇을 바로, 물건으로 연결시켰다. 물건이 무엇인지 모르겠지만, 그는 그 물건을 찾고 있는 것인지 모른다. 그것은 아마도 강인후가 말한 USB 임에 틀림없을 것이다. 그렇다면 강인후가 전화 상으로 말한 내용은 거짓이 아님이 분명하다. 흔들리는 눈빛은 무언가 숨기는 게 있다는 걸 말해주고 있지 않은가. 경찰조사에서 이 청장은 강인후가 이병호 교수의 무엇을 가지고 있다고 진술했다. 내용은 그저 학문적인 내용이라고만 말했다. 이미 알고 있는 내용을 약간 돌려서 물었을 뿐인데, 심히 당황하는 눈빛은 무엇이란 말인가. 그렇다면 우리가 모르는 내용이 있을 수도 있다는 얘기가 된다. 그럼 이 청장의 진술은 경찰의 손을 빠져나오기 위한 진술이었다고 생각해볼 수 있다. 강인후는 이 청장의 안위를 흔들 수 있는 내용을 가지고 있는 것이다. 그것이 USB에 담겨있다. 때문에 그는 기를 쓰고 강인후를 추적했던 것이다. 최영돈은 비로소 강인후 사건이 정리되는 느낌을 받았다. 강인후와 이상문 사이에 어떤 일이 벌어지고 있는 것인가. 최영돈은 강인후 사건에 큰 음모가 있음을 직감했다.

"또 오겠습니다. 아, 이놈의 모래땅 정말 싫네."

최영돈은 능청스런 표정을 짓고 돌아섰다.

모래언덕을 넘어가는 최영돈의 모습은 사라졌다.

멍하니 있던 이상문이 일순간 휘청거렸다. 머릿속이 쿵하고 울렸다. 그는 최영돈의 덫에 걸렸다는 걸 뒤늦게 알아챘다. 또 다른 난국이 찾아왔다.

이상문은 거듭되는 난국에 앞날이 불길했다. 머리가 지끈거렸다. 편두통이 찾아온 것 같았다. 그는 머리를 감싸 쥐고 촬영장을 빠져나갔다.

창문 하나 없는 사각공간은 날짜와 시간이 정지돼버린 것처럼 보였다. 맨살을 드러낸 시멘트벽은 쩍쩍 갈라져 있었고, 심한 얼룩이 곳곳에 자리 잡고 있었다. 긴 시간동안 이곳은 누구하나 출입한적 없었는지 음산한 느낌마저 들었다. 그때 한쪽 구석에서 무언가 시커먼 물체가 꿈틀대며 일어서고 있었다. 그 모습은 흡사 거대한 그림자가 일어서고 있는 것처럼 보였다. 마침내 완전히 일어선 물체는 기괴한 소리를 내며 벽에 손을 짚었다. 드디어 정지 된 시간이 돌아왔음을 알려주었다.

크아악! 벽에서 손을 땐 그는 사정없이 벽을 후려쳤다. 시멘트벽이 흐르는 핏물을 서서히 머금었다. 그는 마치 종교의식을 수행하는 수도자처럼 무릎을 꿇고 낮게 중얼거렸다.

"이제는 이상문도 용서할 수 없다. 이 벽을 강인후와 이상문의 피로 덧칠해 줄 것이다."

　살인청부업자 명은, 빛 한줌 들어오지 않는 이곳에서 몇 달을 보냈는지 모른다. 그것을 증명하기라도 하듯 그의 얼굴은 온통 수염으로 뒤덮여 있었고, 붉은 점이 선명히 드러났던 머리는 난잡한 산발이 자리 잡고 있었다. 과거 그의 모습은 찾아보기 힘들었다. 그는 연이은 수치심에 목숨을 끊을 생각도 해봤다. 하지만 그것은 수치심을 해소하고 난 후에, 기쁜 마음으로 차분히 거행할 생각이었다. 경건한 종교의식처럼. 태어난 그 순간부터 이방인이었던 그는 세상에 대한 미련 따윈 추호도 없었다. 과거 그에게 죽어간 사람들은 그를 이방인으로 만든 세상에 대한 복수였고, 또한 무엇과도 비교할 수 없는 즐거움이었다. 그는 충분한 복수를 했고 또한 그것을 즐겼다. 이제는 마지막이다. 강인후를 마지막으로 내 복수심과 즐거움은 극도로 승화된 감정을 맛볼 것이다. 그날을 생각하자, 몸이 후끈 달아올랐다. 한동안 잠자고 있던 피가 용솟음치며 올라오는 것을 느낄 수 있었다. 그 순간 그는 깨닫는 것이 있었다. 지금까지 자신은 실패를 두려워하고 있었던 것이다. 실패는 과정이다. 나는 지금까지 과정만을 생각해왔다. 앞으로는 결과만을 생각하자. 거듭된 실패는 결과를 더욱 공고히 해줄 것이다. 내 결과는 내가 만들어간다. 실패를 두려워 말자. 내 결과를 장식해줄 강인후를 끝까지 쫓을 것이다.

　명은 일어서서 녹슨 철문을 열어젖혔다. 끼이익거리는 소음과 동시에 강한 햇빛이 쏟아져 들어왔다. 놀란 짐승들이 잽싸게 숲속으로 몸을 감추었다. 그는 심한 눈부심에 급히 손을 들어 햇빛을 가렸다.

동시에 무엇을 생각했는지 햇빛을 가렸던 손이 내려갔다. 그는 사납게 눈을 부릅뜨고 강한 햇빛을 정면으로 응시했다. 그 모습은 마치몹시 피에 굶주린 악마와도 같았다. 핏빛으로 이글거리는 태양이 그의 두 눈에서 강하게 타올랐다. 그는 마음속으로 외쳤다.

'수치심을 안은 채, 다시는 이곳을 찾지 않으리라.'

명은 무기를 챙겨들고 천천히 문턱을 나섰다.

노크 소리에 강인후와 신수정이 동시에 고개를 돌렸다.

백웅민이 먼저 들어오고 나성국이 뒤를 따라 들어왔다. 나성국은 백웅민의 엄청난 덩치에 가려 그의 왜소한 몸은 보이지 않을 정도였다.

세 사람이 마주 앉은 테이블에 신수정이 따뜻한 차를 내밀었다. 벽난로에서 장작이 활활 타오르고 있었고, 잠깐의 침묵이 흘렀다.

"이상문의 동태는 어떻게 됐습니까?"

강인후가 침묵을 깨고 물었다. 그의 물음으로 보아 나성국과 백웅민은 이상문의 동태를 파악하고 돌아온 것 같았다.

"뭔가 이해할 수 없는 부분이 있어요."

나성국이 말했다. 그는 도무지 이상문의 의도를 짐작하기 어려운듯 고개를 갸웃거렸다. 그가 재차 말했다.

"이상문은 백제의 문화와 역사를 알리는 영화를 제작하고 있어요. 그것도 엄청난 자금을 들여서. 그런 그가 어떤 이유로 이 교수님, 그리고 스승님과 적대관계에 있었는지 이해하기 힘듭니다."

"선배는 바로 몇 일 전에 강단사학계가 이 교수님과 스승님을 눈엣가시 같은 존재로 여긴다고 하지 않았나요?"

신수정이 물었다.

"분명히 그랬지, 그래서 인후 씨를 누명 씌운 이상문을 찾을 수 있었고. 그런데 지금 이상문은 우리 역사를 알리는데 총력을 기울이고 있어. 그 점을 이해할 수 없단 말이야. 혹시 인후 씨를 누명 씌운 다른 이유가 있었던 건 아닐까?"

"선배는 생각이 너무 많아서 탈이에요. 쉽게 생각해봐요. 이상문이 추진하는 영화는 잘못된 역사를 알리는 것이다. 이런 가정은 어때요? 그럼, 이 교수님과 스승님, 그리고 이상문 맞아떨어지지 않나요?"

신수정이 명쾌하게 정리했다.

"그럼, 삼천궁녀낙화암이 잘못된 역사란 말인가?"

나성국의 물음에 묵묵히 듣고 있던 백웅민이 나섰다.

"이 교수님은 경찰대 특강에서 우리의 고대역사는 총체적으로 잘못돼 있다고 말했습니다. 그리고 중국의 역사왜곡은 하루, 이틀 전이 아닙니다. 수십 년 전부터 철저한 계획 하에 이루어 놓은 결과물이죠. 우리의 역사인식은 그들의 손아귀에서 놀아나고 있는 것인지도 모릅니다."

충분히 일리 있는 말이었다. 나성국은 급히 일어나 책장으로 달려가 역사서적을 모조리 끄집어냈다. 그의 눈길을 붙잡는 두 권의 역사서가 있었다. 진실은 언제나 가까이 있고, 이미 세상에 나와 있다. 다만 그것을 보는 눈이 없을 뿐이다. 이 교수와 스승의 메시지. 이 교수와 스승은 백제역사를 한 눈에 알 수 있는 삼국사기와 삼국유사를 말하는 것이었다. 그제서야 그는 모든 메시지의 내용을 알 것 같았다.

"해답은 여기에 있어!"

나성국이 테이블에 책을 내려놓으며 소리쳤다.

장저우는 사사키 고지로와 그를 탈출시킨 침입자를 찾는데 자신의 세력을 대거 투입했다. 그러나 놈들은 어디로 숨었는지 행방이 묘연했다. 놈들만 생각하면 자다가도 벌떡 일어나 이가 갈릴 정도였다. 사사키 고지로는 의심할 여지없는 권충대의 선이다. 그럼 침입자는 누구란 말인가? 저택 곳곳에 설치돼 있는 CCTV는 침입자와 사사키 고지로가 같은 일당이 아닌 것을 말해주고 있었다. 어떻게 한 패가 아닌 놈이 비슷한 시각에 같이 침입할 수 있단 말인가? 그는 퍼뜩 떠오르는 생각에 정신을 집중했다. 머릿속으로 자리 잡는 한 사람이 있었다. 그는 분명 만주족 출신 정치국위원 진가위였다.

'혹시 그놈이…?'

장저우는 여러 군데서 포착된 만주족의 비밀회동과 성윤지로 행세한 리홍빈의 보고가 어떤 연결고리가 있을 것처럼 보였다. 그리고 자신이 통솔하는 우익의 계획, 이 모두는 역사에 기반을 두고 있다. 권충대 세력은 나를 노리고 있었다. 침입자 또한 나를 노리고 침입했다. 장저우는 침입자가 진가위 세력일 것으로 가정해 보았다. 무언가 가닥이 잡혀갔다. 두 세력은 서로를 모르고 있었을 것이다.

CCTV가 그것을 말해주고 있지 않은가. 그럼 진가위는 대체 무슨 일을 꾸미고 나를 노렸단 말인가? 한참을 생각한 그의 두 눈이 크게 벌어졌다. 개연성은 곧 확신으로 굳어졌다. 권충대의 사사키 고지로, 진가위의 침입자. 모든 것이 맞아떨어졌다. 자신도 모르게 큰 소리가 튀어나왔다.

"이는 곧 역사 찾기다!"

그는 거친 숨소리를 간신히 억눌렀다. 놈들은 대체 어디로 갔단 말인가. 어쩌면 놈들은 이미 중국을 빠져나갔을 공산이 크다. 그의 얼굴이 낭패감으로 물들었다. 놈들이 중국을 빠져나갔다면 한국인가, 일본인가. 분명한 건 놈들은 정상적인 방법으로 중국을 빠져나가진 않았을 것이다. 불길한 예감이 들었다. 크게 심호흡을 한 그가 인터폰을 눌렀다.

잠시 후, 건장한 사내들이 문을 열고 들어와 무릎을 꿇었다.

"지금부터 모든 항만과 공항을 샅샅이 조사해서 두 놈의 흔적을 찾아내라."

그로부터 이틀 후, 한 선착장.

진눈깨비를 동반한 살을 에는 바닷바람이 불어대고 있었다.

칠흑 같은 어둠속에서 움직이는 사람들은 한쪽 방향으로 부지런히 발을 옮겼다. 그들의 모습은 몹시 남루해 보였고, 손에는 커다란 보따리와 가방이 들려있었다. 그들의 행색으로 보아 먼 길을 떠나고 있는 것 같았다. 이윽고 그들이 도착한 곳은 선착장에서 한참을 벗어난 갯벌이었다. 갯벌에 모인 사람들은 모두 삼십여 명이 넘을 것 같았고, 늙은이와 젊은이들 틈에 간혹, 젊은 여자의 모습도 보였다.

잠시 후, 수염이 덥수룩한 사내가 모습을 드러냈다. 그의 등 뒤로 희미하게 불을 밝힌 어선이 보였다.

"자, 어서들 서두르시오."

사내의 말에 수십 명의 사람들이 발이 빠지는 갯벌을 누비며 지나갔다.

그들은 모두 제3국으로 밀항하는 사람들이었다. 승선 완료한 어선이 힘찬 엔진소리를 내며 육중한 몸을 움직이려고 할 때였다. 급히 뛰어오는 첨벙거리는 소리와 함께 이리저리 흔들리는 랜턴의 불빛이 어선으로 집중 쏟아졌다.

"출항 금지하라!"

들려오는 소리에 사람들의 눈동자가 공포에 흔들렸고, 여기저기서 울부짖는 여자들의 울음소리가 들렸다. 어선으로 올라탄 건장한 사내들이 조타실로 들이닥쳤다. 스로틀 레버를 움켜쥐고 있던 수염사내의 손이 힘없이 떨어졌다. 앞서있던 건장한 사내가 수염사내의 멱살을 움켜잡고 사납게 말했다.

"잘 들어, 우리가 찾고 있는 사람이 있다. 만약 거짓을 말할 때는 당신의 앞날은 상상에 맡기겠다."

수염사내는 이들이 공안원이 아님을 직감했다. 공안원이 아니면 이들은 대체 누구란 말인가. 타협의 여지가 없어 보였다. 급기야 수염사내가 부들부들 떨기 시작했다. 그때 조타실로 들어서는 또 다른 사내가 있었다. 작은 체구였지만, 범접할 수 없는 위엄이 풍겼다. 그가 눈짓하자, 건장한 사내가 멱살을 잡았다.

"당신이 하는 일은 우리의 관심사항이 아니다. 사실대로 말해라. 사실대로만 말하면 당신이 지금까지 한 일은 모두 눈감아 주겠다."

장저우가 두 장의 사진을 내밀었다. 수염사내는 눈을 크게 뜨고 사진속의 인물들을 자세히 들여다보고 사내들을 바라보았다.

"이놈들을 밀항시킨 적이 있나?"

사내가 겁먹은 얼굴로 고개를 끄덕였다.

"확실한가? 자세히 살펴봐."

"맞습니다. 확실합니다."

"언제, 어디로 밀항시켰나?"

"이틀 전입니다. 한국의 궁평항이었습니다."

그렇다면 놈들은 서로 연대했다는 얘기가 된다. 잠시 생각한 장저우가 '헉' 하고 숨을 몰아쉬었다. 놈들은 나와 이상문의 관계를 알아챘다. 곳곳에 뚫린 구멍은 점점 커져가고 있는 느낌이었다. 놈들이 이상문에게 접근하기 전에 막아야한다. 그의 양미간에 깊은 주름이 잡혔다. 보안을 유지하고 신속하게 움직여야 한다. 그의 두 눈이 사나운 빛을 뿜었다.

이상문의 저택 근처 공원에서 움직임이 없는 그림자가 있었다. 두 개의 그림자는 크기가 몇 배로 늘어나 있었다. 그림자의 크기가 늘어난 것으로 보아 그들이 서있던 시간은 오래전인 것 같았다. 결코 움직이지 않을 것처럼 보였던 그림자가 무엇을 보았는지 신속하게 움직이기 시작했다.

이상문이 나오자, 두 개의 그림자가 마구 흔들렸다.

윤철훈과 김철호의 눈길은 이상문을 놓치지 않고 따라갔다. 곧이어 이상문은 차고로 들어가 승용차를 몰고 나왔다.

잠시 후, 두 대의 승용차가 경부고속도로를 시원하게 질주하고 있었다. 어둠이 내려앉은 도로는 한산했고, 가는 눈발이 흩날렸다. 윤철훈이 운전하는 승용차는 이상문의 승용차를 힘겹게 따라 붙었다.

"윤 동무, 저 자가 어디로 가고 있는지 알겠나?"

"가는 길로 보아 백제문화센터로 향하는 거 같아."

두 사람의 어투는 어느새 존칭에서 편한 어투로 바뀌어 있었다.

어느새 이상문의 승용차는 고속도로를 벗어나 국도로 들어섰다. 국도를 한참 달리던 승용차가 속도를 줄이더니 갓길에 정차했다. 윤철훈은 낭패감에 이상문을 지나쳐 천천히 차를 몰았다. 갓길에 잠시 서있던 이상문의 승용차가 천천히 움직였다. 이렇게 되니 이제는 입장이 바뀌었다.

"혹시 이 청장이 눈치 챈 건 아닐까?"

윤철훈도 같은 생각이었다. 그렇다고 다시 뒤에 서서 그를 따라 붙을 수도 없었다. 그것은 미행을 공표하는 것이나 다름없었다. 조금 달리니 2차선도로는 4차선으로 넓어졌고 차들이 드문드문 지나갔다. 바로 앞 교차로에서 붉은 신호등이 들어왔다. 두 대의 승용차는 나란히 신호를 기다렸다. 황색불이 꺼지며 녹색불이 들어올 찰나였다. 이상문의 승용차가 갑자기 U턴을 하며 맹렬하게 반대편 차선으로 진입했다. 윤철훈이 따라붙었다. 이렇게 된 이상, 놓칠 수 없었다. 노후된 엔진이 비명을 질러대고 있었고, 가로수가 순식간에 지나갔다. 경음기와 급제동의 소음이 바람을 갈랐다. 윤철훈이 이상문을 따라잡을 무렵이었다. 그때 느닷없이 앞으로 끼어드는 차가 있었다. 윤철훈이 급히 핸들을 틀어 간신히 피했다. 끼어든 차는 무서운 속도로 이상문을 따라붙었다.

룸미러를 바라본 이상문은 가속페달을 더욱 힘껏 밟았다. 더는 의심할 여지가 없었다. 저 놈은 명이다. 놈은 집에서부터 나를 따라왔다. 놈은 나를 노리고 있다. 처음부터 놈을 고용한 게 실수였다. 질주하던 이상문이 잽싸게 좌측으로 핸들을 틀었다. 명이 저돌적으로 따라붙었다. 윤철훈이 급히 핸들을 틀었다. 마주오던 차량들이 급정거를 했고, 타이어에서 뿜어져 나오는 연기가 자욱했다. 명은 미친듯이 이상문을 추격했다. 한참을 달리니 공사장을 알리는 표지판이 불을 밝히고 있었다. 비포장도로였다. 이상문은 가속페달에 더욱 힘을 주었다. 차에 받힌 원뿔표지판이 하늘을 날았고 거대한 물통이 쓰러졌다. 돌 파편과 흙먼지가 열린 창문으로 튀어 들어왔다.

김철호가 머리를 감쌌다. 이상문의 승용차를 따라붙은 윤철훈이 핸들을 조작했다. 저 놈은 대체 누구란 말인가? 생각할 시간이 없었다. 바로 눈앞에서 도로가 갈라졌다. 중앙에 쌓아놓은 석조물이 순식간에 다가왔다. 명이 이상문을 쫓고 윤철훈이 옆길로 달렸다. 순간 윤철훈이 헉하고 숨을 뱉었다. 거대한 모래 산이 앞을 가로막고 있었다. 그는 급히 옆을 바라보았다. 석조물은 조금씩 간격이 벌어져 있었다. 몇 번을 지나쳐 갔다. 모래 산이 바로 코앞이었다. 선택의 여지가 없었다. 그가 핸들을 거머쥐었다.

"윤 동무, 미친 짓이야!"

들리지 않았다. 윤철훈이 핸들을 꺾었다. 김철호가 눈을 감았다. 귀를 찢는 소음이 들렸고, 석조물에 차체가 쓸리며 수많은 불꽃이 일었다가 사라졌다.

명이 불꽃을 일으키며 갑자기 튀어나온 차를 간신히 피했다. 순간 중심을 잃은 차가 기우뚱거리며 거대한 물통을 들이받았다. 하늘 높이 솟아오른 물통은 윤철훈의 차를 덮쳤다. 가까스로 물통을 피한 윤철훈이 급정거한 명의 차를 치고 나갔다. 명의 차가 충격으로 앞으로 튕겨져 나가 석조물을 들이받고 멈춰 섰다.

뒤를 돌아본 이상문이 안도의 숨을 내뱉었다. 앞이 심하게 우그러진 명의 차는 연기를 뿜어내며 움직이지 않았고, 또 다른 차는 브레이크가 고장 났는지 논으로 추락하고 있었다. 이상문은 순간 이상한 느낌에 급히 고개를 바로 했다. 하지만, 때는 이미 늦었다. 거대한 컨테이너가 앞을 가로막고 있었다. 자신이 가속페달을 계속 밟고 있었다는 걸 알았다. 핸들에 머리를 심하게 부딪친 그는 숨쉬기가 어려웠다. 마침내 의식이 끊어졌다.

한편 윤철훈은 미친 듯이 브레이크를 밟았지만, 소용없었다. 이윽고 작은 벼랑을 넘어선 차가 기우뚱거리며 옆으로 쓰러졌다. 몇 바퀴를 구른 차는 차가운 논바닥으로 추락했다. 의식이 가물가물했다.

서서히 감겨지는 눈꺼풀 사이로 컨테이너를 들이받은 이상문의 차가 보였고, 그를 쫓던 덩치가 차를 내려 이상문에게 다가가고 있었다. 얼굴을 피로 적신 김철호는 죽었는지 미동이 없었다. 일순간 바람이 불어왔다. 바람이 덩치의 머리카락을 쓸고 지나갔다. 윤철훈이 사력을 다해 가까스로 감기는 눈에 힘을 주었다. 그는 분명히 보았다. 핏빛보다 선명한 머리의 붉은 점을. 마침내 힘을 잃은 그의 눈이 감겼다. 캄캄한 세상이 찾아왔다.

모든 일엔 반드시 대가가 따라 온다

백제문화센터.

좁은 복도에는 서성이는 발걸음 소리가 그치지 않고 들렸다. 시간이 지날수록 서성이는 발걸음은 점점 빨라졌다.

장저우의 지시로 급히 이곳으로 온 위무광은 이상문에게 연락을 취했다. 이 청장이 도착할 시간은 이미 두 시간을 넘어가고 있었다. 교통체증을 고려해도 벌써 도착하고도 남을 시간이었다.

"위 소교님, 누군가 들어오고 있습니다."

리홍빈이 급히 계단을 내려오며 말했다.

바라보니 택시가 전조등을 밝히고 커브를 돌아 주차장으로 들어서고 있었다.

주차장으로 완전히 들어선 택시는 주어진 주차공간을 무시하고 두 선을 밟은 채 멈춰 섰다. 차문이 열렸지만, 승객은 내리지 않고 있었다. 시간이 한참 흐른 후, 누군가 몹시 힘겹게 발을 내려놓는 모습이 보였다. 거리가 있어서인지 승객을 알아보기는 힘들었다. 차를 잡고 서 있는 것으로 보아 어디가 불편한 듯 보였다. 이윽고 승객을 알아본 위무광이 빠르게 주차장으로 달렸다. 그는 다름 아닌 이상문이었다.

그의 모습은 땀에 흠뻑 젖어 있었고, 진흙으로 뒤집어쓴 온몸은 몹시 지저분했다. 천식환자처럼 들리는 거친 숨소리는 무언가 큰일을 당한 것 같았다.

"어떻게 된 일입니까?"

위무광이 이상문을 부축하고 물었다.

"무엇을 하고 있었단 말이오!"

이상문이 소리치며 위무광의 뺨을 갈겼다. 그리고 멱살을 움켜잡았다.

"이 청장님, 지금 뭐하시는 겁니까!" 뒤늦게 달려온 리훙빈이 이상문을 뜯어 말렸다. 위무광이 급히 손을 들어 그녀를 제지했다. 이상문은 씩씩거리며 두 사람을 바라보았다.

"죄송합니다."

위무광은 무슨 일이 있었는지 대강 짐작했다. 그가 덧붙여 말했다.

"제 불찰은 인정하지만, 다시는 이런 무례를 용서하지 않겠습니다."

그제야 이상문은 자신의 행동이 지나쳤음을 알아챘다. 엄연히 따지면 위무광의 잘못이 아니었고 자신으로부터 비롯된 결과였다. 하지만 사과하고 싶지는 않았다. 명분을 잃은 손에 힘이 빠져나갈 무렵, 구원의 목소리가 들려왔다.

"손님, 택시비를 주셔야죠."

이상문은 화가 덜 풀린 듯 신경질적으로 멱살을 풀었다.

"나머지는 세차비라도 하시오."

수표를 받아든 택시기사는 만면에 웃음을 머금고 주차장을 벗어났다.

집무실은 따뜻하고 아늑했다. 리홍빈이 건네주는 차를 마신 이상문은 긴장이 풀리며 편안한 안도감이 들었다. 일찍이 느껴보지 못한 기분이었고, 따뜻한 차 한 잔이 이렇게도 고맙게 느껴질 수 있을까. 그는 세삼 깨달았다.

"청장님, 누구의 짓입니까?"

위무광의 물음이 편안한 의식을 흔들었다.

컨테이너를 들이받은 그는 잠시 의식을 잃었다. 요란한 소음과 덜컹거리는 차체가 의식을 깨웠다. 얼마나 시간이 지났는지 짐작하기는 어려웠다. 바로 눈앞에 바위 같은 넓은 등판과 천장에 머리가 닿을 듯 큰 덩치를 가진 사내가 핸들을 움켜쥐고 있었다. 순간 그의 눈이 공포로 물들었다. 운전석의 사내는 명이었다. 최악의 상황이었고, 위기를 벗어날 구멍이 보이지 않았다. 어떻게든 여기를 빠져나가야한다. 이상문은 자는 척을 하며 그를 지켜보기로 했다. 그때 운전석에서 저승사자도 같은 목소리가 들려왔다.

"당신은 나를 고용하지 말았어야 했소."

혼잣말인지 아니면 자신이 깨어난 걸 알고 하는 말인지 판단이 서지 않았다. 명의 말은 계속 이어졌다.

"사람들이 흔히 착각하는 게 있소. 그것은 모든 일에는 대가가 따른다는 걸 모르고 일을 시작한다는 것이오."

이상문은 명이 무슨 말을 하는지 이해하기 어려웠다.

"내가 지금까지 했던 일은 세상이 나에게 저지른 일에 대한 대가였소. 물론 내가 하는 일에도 대가는 반드시 따라올 것이오. 나는 그 것을 스스로 짊어지기로 했소."

들고 있던 이상문이 하마터면 소리를 지를 뻔했다. 그것은 분명 모든 일의 원인을 스스로 해결한다는 말과 같았다. 그 원인 속에는 자신도 포함돼 있을 것이라는 사실은 두말할 나위도 없었다.

간신히 정신을 수습한 그는 살며시 눈을 뜨고 명을 바라보았다. 자세히 보니 그의 얼굴은 고통을 참고 있는지 몹시 일그러져 있었 고, 핸들은 한 손으로 쥐고 있었다. 아마도 다른 한 손을 심하게 다 친 것 같았다. 이상문은 가만히 손을 움직여 주머니를 뒤졌다. 적당 한 물건이 손에 잡혔다. 그것은 만년필이었다. 그는 만년필의 뚜껑 을 열고 날카로운 펜촉을 살며시 눌러보았다. 충분했다. 무자비한 놈을 제압할 기회는 오직 한 번뿐이다. 그렇지 않으면 내가 죽는다. 이상문은 계속 자는 척하며 기회를 노렸다.

덜컹거리며 한참을 달리던 승용차가 정지한 곳은 온통 숲으로 둘 러싸인 건물이었다. 차에서 내린 명은 지금까지 겪었던 수치심을 보 상받으려는 듯 심호흡을 들이켰다. 작은 만족이 찾아왔다. 이제 남 은 것은 강인후다. 이로써 순간의 만족은 영원한 희열로 승화될 것 이다. 그리고 나는 아주 기쁜 마음으로 세상과 작별할 것이다. 명은 자기만족에 취해 승용차 뒷문이 조금 열려있는 것을 전혀 눈치채지 못했다. 명이 천천히 뒷문으로 다가갔다. 그때였다. 별안간 차문이 벌컥 열리며 이상문이 튀어나왔다. 그는 한달음에 주춤하는 명의 옆으로 다가갔다. 만년필을 잡은 손이 하늘 높이 치켜 올라갔다. 명이 엄청난 고통의 비명을 질렀다. 다친 팔이 떨어져 나가는 극심한 통증에 팔을 부여잡고 필사적으로 이상문에게 돌진했다. 순간을 기다렸던 이상문이 돌진하는 명의 얼굴에 흙을 뿌렸다. 명이 고통의 비명을 내질렀다. 이상문은 비명소리를 뒤로 한 채 무작정 숲길을 내달렸다.

"으아악."

소름끼치는 소리가 메아리쳤다.

말을 마친 이상문이 두 사람을 번갈아 바라보았다.

리홍빈은 이상문이 가여운 인간이라는 생각이 들었다. 이 자는 출세를 위해서라면 무슨 일이든지 할 인간이다. 이보다 더 가여운 인간이 어디에 있겠는가. 그녀의 머리에 떠오르는 남자가 있었다. 아니 정확히 말하면 언제나 떠나지 않고 있는 남자라고 봐야 했다. 윤철훈, 그는 출세와 명예에 앞서 민족을 선택한 인물이었다. 그래서 목숨까지 과감히 버릴 수 있지 않았는가. 눈앞으로 권충대와 백웅민이 차례로 지나갔다. 그들과 함께 한 시간은 짧은 시간이었지만, 그녀의 가슴 깊은 곳에 그리움과 존경으로 각인된 의식적인 시간은 마치 영원히 떠나지 않을 것처럼 느껴졌다. 그녀의 가슴이 아려왔다.

위무광이 상념에 빠져있는 그녀를 질책의 눈길로 바라보았다.

"놈에게 끌려갔던 곳을 찾을 수 있겠습니까?"

위무광을 의식한 그녀가 표정을 바로하고 물었다.

"거기를 어떻게 다시 찾는단 말이오. 나는 계속 눈을 감고 있었고, 놈에게서 도망칠 때는 논과 밭을 얼마나 지나왔는지 기억이 나질 않소."

위무광은 명의 차를 들이받은 자들이 사사키 고지로와 장저우 사령관 저택의 침입자일 것으로 판단했다. 사령관이 보내온 정보는 그것을 뒷받침하고도 남았다. 놈들을 어떻게 찾는단 말인가. 그는 무언가 빠트리고 있다는 느낌을 지울 수 없었다. 바로 사사키 고지로였다. 사사키는 정말로 일본인일까? 자신이 알아본 바로는 사사키는 틀림없는 일본인이었다. 그는 일본에서 태어나 한 번도 일본을 떠난 적이 없는 사람이었다. 그런 그가 어떻게 권충대와 연결될 수 있단 말인가? 도무지 모를 일이었다. 또 하나 소화아동병원에서 강인후를 도와준 덩치가 걸렸다. 얼핏 보았지만 범상치 않은 위압감을 느낄 수 있었다. 순간 그의 얼굴이 심하게 구겨졌다. 살인청부업자 명이 떠올랐기 때문이었다. 도무지 명분을 짐작할 수 없고, 무모하다 싶을 정도로 저돌적인 놈을 어떻게 상대해야 된단 말인가. 사방에서 적들이 시시각각 좁혀오고 있는 느낌이었다. 적이 너무 많다. 왠지 불안하다. 위무광은 밀려드는 불안감이 착각이길 바랬다. 그러나 그것을 부정할수록 불안감은 점점 커지고 있는 것 같았다. 이제는 우리의 힘만으로는 부족하다. 지원군이 있어야 한다. 위무광이 무섭게 얼굴을 일그러뜨렸다.

"이제부터 모든 일은 우리의 지시대로 따라주시기 바랍니다."

처음 느껴보는 위압감에 이상문이 고개를 돌렸다. 어찌됐든 이 난국을 빨리 해결해야 했다. 바람이 유리창을 흔들고 지나갔다.

며칠 사이로 계절은 완연한 겨울로 들어섰다.

꽁꽁 얼어붙은 강가에서 아이들이 얼음을 지치며 뛰놀고 있었고, 한쪽에선 불꽃이 보이지 않는 모닥불의 연기가 하늘로 날아올랐다. 아이들이 다가가 입을 모아 바람을 불어댔지만, 모닥불은 쉽게 타오르지 않았다.

"우리가 해볼 테니 잠깐만 비켜줄래?"

윤철훈과 김철호는 꺼져가는 모닥불에 바람을 힘껏 불었다. 몇 번의 입 바람에 모닥불이 활활 타올랐다.

"와~!"

아이들이 기쁨의 함성을 질렀다.

"나도 이다음에 크면 아저씨들처럼 힘센 어른이 될 거예요."

옆에 있던 종수가 코를 훌쩍거리며 다가왔다. 종수는 그들이 머무르는 집 아들이었다. 김철호는 대견함에 아이의 머리를 쓰다듬어 주었다. 며칠 전, 두 사람이 보여주었던 무술시범에서 아이는 감탄의 탄성을 연이어 질러댔다. 그날의 경험이 아이의 의식 속에 깊이 각인된 게 틀림없었다.

윤철훈과 김철호가 사고가 있었던 그날 그곳은 개발의 바람이 피해간 외딴 곳에 위치한 작은 산골마을이었다. 정신을 잃고 쓰러져 있던 두 사람을 발견한 사람은 다름 아닌 종수였다. 이에 종수는 급히 마을 어른들에게 알렸고, 마을 어른들이 생사의 갈림길에 선, 두 사람을 병원으로 옮겨 살렸던 것이다. 마을에서 도시까지는 자동차 시간으로 한 시간은 족히 걸리는 고립된 산골마을이어서 조금만 늦었더라도 두 사람은 목숨을 잃었다고 봐야 했다. 두 사람에게 있어서 종수는 하늘이 내려준 천운이었다. 또한 김철호가 급조한 위조신분증은 이들을 평범한 시민으로 만들기에 충분했다. 두 사람은 퇴원 즉시 자신들을 살려준 마을로 찾아왔고, 당분간 이곳에서 다친 몸을 회복시키기로 결정했다. 하지만 김철호가 쉽게 이곳을 떠나지 못하는 또 다른 이유가 있었다. 그것은 난생 처음 느껴보는 이성의 끌림이었다.

"근데 궁금한 게 있어요."

종수가 물었다.

"아저씨, 둘이 싸우면 누가 이겨요? 나는 싸움 잘하는 남자가 제일 좋아요."

실로 아이다운 물음이었고, 말에서 느껴지듯 호불호가 강한 아이였다.

두 사람이 한바탕 웃음을 터트렸다.

"그런 말 물어보는 게 아냐."

여자의 목소리에 두 사람이 고개를 돌렸다. 여자의 얼굴은 계란형의 얼굴에 정갈한 이마가 돋보이는 얼굴이었다. 꾸미지 않은 아름다움이 산골풍경과 잘 어울리고 있었다.

부모를 일찍 여윈 그녀는 젊은 여자의 몸으로 어린 남동생인 종수를 부양하고 있었고, 가끔 찾아오는 여행객들에게 숙식을 제공해 생계를 꾸려 나갔다. 보기와는 달리 억척스러운 면이 있는 것 같았다.

"피… 누나도 이 아저씨 좋아하고 있으면서…."

종수는 혀를 삐죽 내밀고 쏜살같이 도망쳤다. 도망치던 종수가 급히 돌아서 외쳤다.

"주홍이 누나, 파이팅!"

주홍이 순간 당황하며 급히 고개를 숙였다. 붉게 물든 얼굴은 분명 차가운 겨울바람 탓만은 아닌 것 같았다.

윤철훈이 김철호를 바라보고 의미 있는 미소를 지었다. 김철호가 매우 어색한 동작으로 담배를 빼 물었다. 그 역시 싫지 않은 표정이었다. 인간병기로 만들어진 그에게도 애정의 감정이 존재한다는 게 믿기 어려웠다. 남녀관계는 인간이 넘어설 수 없는 신의 영역이었고, 인간은 신이 만들어놓은 절대적인 법칙에서 벗어날 수 없다는 사실을 새삼 깨달았다.

"이렇게 돌아다니시면 상처가 덧날 수 있어요."

애써 침착함을 회복한 주홍이 조용히 말했다.

"여행 중에 길을 잃고 헤맨 우리의 잘못입니다. 어떻게 감사를 드려야 할지 모르겠군요."

윤철훈이 말했다. 그의 말로 보아 두 사람은 여행객으로 입장을 밝혔음을 알 수 있었다. 그들은 철저히 여행객으로 가장하고 있었다. 이상문을 쫓던 날, 얼마나 달렸는지 짐작하기가 어려웠다. 지나간 시간이 마치 한순간 찰나의 시간처럼 느껴졌다.

"식사 준비됐으니 어서 들어오세요."

시계를 바라보니 어느새 점심시간을 훌쩍 넘기고 있었다.

"정말 감사합니다."

김철호가 그녀를 바라보고 말했다. 그녀는 말없이 고개를 숙이고 한쪽으로 비켜섰다. 먼저 들어가라는 그녀의 배려였다. 몸에 밴 전통적인 유교적인 관습이 넓은 기와집과 잘 어울렸다. 그녀를 지나쳐 들어가는 김철호는 자신의 임무를 잊은 것 같았다. 아니 그녀와 함께 있는 순간만큼은 임무를 잊고 싶었는지도 모른다.

나는 북남 조선이 미래에 통합된 혁명정부를 수립할 수 있도록 일조해야한다. 그것이 내 삶의 수단이고 목적이다. 내 삶은 그 이상, 그 이하도 아니다. 나는 김정은 지도자님의 뜻을 받들어 주체사상의 혁명의 깃발을 남조선 인민들의 가슴에서 펄럭이게 만들어야 한다. 나는 그 목적으로 남조선에 왔다. 그런데 이건 무엇이란 말인가. 김철호는 고개를 돌려 그녀를 바라보았다. 주홍은 여전히 땅에 못 박힌 듯 고개를 숙인 채 자리를 지키고 있었다. 그녀는 자신이 떠나도 그 자리에서 움직이지 않을 것처럼 보였다. 가슴 한구석이 두 갈래로 갈라져 심한 갈등이 찾아왔다. 그것은 그녀를 향한 설렘과 혁명정부 수립을 이루지 못할 것 같다는 두려움이었다. 태어나 처음 느껴보는 두려움이 여자로부터 비롯될 수 있는가. 그는 갈등하는 자신이 믿어지지 않았다.

마당을 딛는 그의 발걸음이 아주 무겁게 보였다.

대책 없는 국무회의

청와대 국무회의실.

국무회의실의 공기는 차가운 바깥 날씨만큼이나 차가웠다.

중국대사관에 게양된 태극기가 국무회의실 정면에 자리 잡은 대형모니터 속에서 펄럭이고 있었다. 천천히 떨어지는 태극기는 떨어지지 않으려는 듯 심하게 몸부림치고 있는 듯 보였다.

박미혜 대통령은 중국의 국권침탈행위에 강한 유감을 표하고 모든 외교적 수단을 동원했지만, 중국의 반응은 냉담했다. 아울러 국제사회의 호소는 한국이 문화, 역사적으로 중국의 아류국가임을 선전하는 역효과를 가져다주고 있었다. 결국 중국은 한국이 어떤 입장을 취해도 결코 손해 보지 않을 패를 쥐고 있는 형국이었다. 실로 한국은 진퇴양난에 빠져 있었고, 주변국은 한국의 정치적인 행태를 묵묵히 지켜보고 있었다.

대통령은 권충대의 죽음에 엄청난 충격을 받았고, 청와대의 크고 작은 행사를 최대한 보류하는 조치를 취했다. 그것은 권충대의 죽음에 조금이나마 보답하는 길이라고 생각한 듯 보였다. 정적과 침묵으로 일관하는 회의실은 무겁다 못해, 금방이라도 질식할 것 같은 숨

막히는 시간이 계속 흐르고 있었다.

　권충대 서장의 죽음은 무엇을 말해주고 있는가. 한 차례 머리를 흔든 대통령은 좌중을 둘러보고 무겁게 입을 열었다. 비분한 마음을 억누를 수 없는 기색이 역력해 보였다.

　"태극기 반환 주장의 진짜 의도가 무엇인지 파악된 거라도 있나요?"

　"아직까지 파악이 안 되고 있습니다. 죄송합니다."

　듣고 싶지 않았고, 누가 말하는지 알고 싶지도 않았다.

　혹시 윤철훈이 누구와 같이 있어 난감한 상황에 빠져있는 것은 아닐까? 그래서 정보를 보내오지 못할 피치 못할 사정이라도 생긴 것인가? 그것이 아니면 권충대와 같이 죽임을 당한 건 아닐까? 의문은 꼬리를 물고 이어졌다.

　대통령이 다시 고개를 숙였다.

　윤철훈은 권충대가 살해당한 후, 감쪽같이 모습을 감췄다. 백웅민 또한 마찬가지였다. 대통령이 알고 있는 건, 사사키 고지로로 위장한 윤철훈이 장저우에게 무사히 접근했다는 사실, 거기까지였다. 그 직후 권충대가 의문의 살해를 당했다. 그가 사망함으로써 두 사람에 대한 모든 정보는 그와 함께 흔적도 없이 사라진 것이었다. 그 흔적을 처리한 장본인이 권충대 살해 용의자일 것은 의심의 여지가 없었다. 혹시 장저우가 윤철훈의 신원을 파악한 건 아닐까? 그래서 권충대를 살해했을 것이라는 유추는 가능하다. 하지만, 증거 없는 심증일 뿐이다. 장저우는 중국우익의 핵심이다. 자칫하면 또 다른 무엇을 들고 나올 수 있다. 예로부터 중국은 우리 한국에 형 노릇을 해왔다. 역사가 그것을 말해주고 있지 않은가. 대통령은 자신도 모르게 한숨을 내쉬었다. 중국이 조용한 걸로 보아 윤철훈의 신원은 들키지 않았다고 보아야한다. 만약 윤철훈의 신원이 파악됐다면 중국은 그 것을 태극기 반환 주장과 함께 정치적으로 이용했을 가능성이 컸다. 철두철미한 권충대는 윤철훈과 백웅민에 대한 정보를 서툴게 보관하진 않았을 것이다. 대통령은 그렇게 믿고 싶었다. 중국은 총성 없는 역사전쟁을 선포한 것이나 마찬가지다. 최대한 중국을 자극하는 외교를 자제해야한다. 그것이 한국의 경제발전에도 유익할 것이다. 그러나 우리 대한민국의 상징인 태극기는 어쩌란 말인가. 고구려, 백제, 신라시대에도 태극문양은 엄연히 존재한다. 우리 조상들이 그 것을 무단 차용했단 말인가? 풀리지 않는 수수께끼였다. 대통령은 갑자기 권충대가 몹시 보고 싶었다. 그와 함께 포장마차에서 소주잔을 기울이며 허심탄회하게 대화를 하고 싶었다. 대통령의 눈가에 작은 이슬이 맺혔다. 이내 감정을 수습한 대통령이 권위 있게 입을 열었다.

"여러분도 보시다시피 태극기는 심하게 몸부림치고 있습니다. 언제 바닥으로 떨어질지 모르는 상황입니다. 그런데 애석하게도 우리는 그에 따른 마땅한 대응책을 찾지 못하고 있습니다. 국가의 중대사를 맡고 계시는 분들이 어떻게 이럴 수가 있는 겁니까?"

"중국과 거래를 해보심이 어떻겠습니까?"

그는 정무수석 임병민이었다.

"어떤 거래를 말하는 것이죠?"

"지금 우리나라에는 중국 노동자들이 대거 불법체류하고 있습니다. 그들의 권익을 최대한 보장하는 우호정책을 실시하는 성명을 발표하시는 것도 한 방법이라고 생각합니다."

대통령이 한숨을 내쉬었다. 그의 발언은 한국을 한 번 더 국제사회에 중국의 입김에 놀아나는 국가로 선전하는 꼴을 보여주자는 말과 같았다.

"참, 한심하십니다."

거침없는 말을 유감없이 내뱉으며 자리에서 일어선 그는 문화부장관 박상헌이었다. 백발에 굵은 뿔테안경이 인상적이었다.

"말조심 하세요!"

눈꼬리가 치켜 올라간 임병민이 소리쳤다. 박상헌은 임병민이 안중에도 없는 듯 표정변화 없이 말했다.

"우리가 왜 이런 꼴을 당해야 하는 겁니까. 그것은 새로운 우리역사를 만들어내지 못해서 나온 결과입니다. 어차피 역사란 지나간 과거의 기록이고 기록은 얼마든지 조작할 수 있는 것입니다. 지금 중국이, 그리고 일본이 그렇게 역사를 조작하고 있습니다. 미국도 예외가 아닙니다. 일례로 노예해방의 영웅, 링컨을 보세요. 그가 진정으로 인권을 생각해 노예를 해방시켰다고 보십니까? 링컨은 사실 심각한 인종 차별주의자였습니다."

그는 분에 받힌 듯 잠시 말을 끊고 다시 말했다.

"만약 연방을 위한 일이 모든 노예를 해방시키는 것이라면 나는 그렇게 하겠다. 만약 단 한 사람의 노예도 해방시키지 않는 것이 미연방을 위한 일이라면 그 역시도 나는 서슴없이 할 것이다. 이것이 링컨이 했던 말입니다. 링컨은 미국이 남북으로 갈라져 내전에 빠졌을 때 남부의 노예를 해방시켜 남부의 경제를 마비시키는 정책을 펼친 것입니다."

"박 장관, 지금 무슨 얘기를 하시는 겁니까? 여기에서 왜 링컨이 나온단 말이오. 당신이야말로 상황에 맞지 않는 발언을 삼가세요."

듣고 있던 임병민이 말했다. 그의 어투는 분명 조금 전, 자신의 발언을 비하했던 복수심리가 깔려있었다. 하지만 박상헌은 여전히 눈도 깜짝하지 않았다.

"제 얘기는 아직 끝나지 않았습니다. 이런 링컨을 미국은 박애주의자 노예해방의 영웅으로 둔갑시켰습니다. 이것이 조작이 아니고 무엇이겠습니까?"

"박 장관, 지금 미국을…."

임병민이 끼어들려고 하자, 대통령이 눈짓해 그를 말렸다. 잠시 말이 끊긴 박상헌은 좌중을 둘러보고 다시 말했다.

"중국과 일본은 끊임없이 역사를 조작하고 있습니다. 하지만 우리나라는 어떻습니까? 신화로 취급했던 단군의 역사를 최근에 와서야 실재했던 역사로 복원시켰습니다. 그럼 단군의 역사를 최근에 들어서 알았단 말입니까? 단군의 역사는 이미 오래전부터 신화가 아니라고 무수한 논쟁이 있었습니다. 지금 인터넷에 떠돌고 있는 우리 역사는 거의 미스터리에 가깝습니다. 이것은 무엇을 반증하는 것인가요? 우리는 자국의 역사를 스스로 폄훼하는 웃지 못 할 나라에 살고 있습니다."

"이보시오. 박 장관, 입장을 정확히 하세요. 지금 박 장관의 발언은 우리도 중국과 일본처럼 역사를 조작해야 된다는 말처럼 들리는데, 박 장관은 지금까지 미국과 중국, 일본의 파렴치한 행태를 꼬집어 왔습니다. 그럼 결과적으로 박 장관의 발언은 우리도 파렴치한 행렬에 동참하자는 말과 다름없습니다. 정치인으로써 적격한 말이라고 생각하나요?

임병민이 말하고 헛웃음을 터트렸다. 국무회의는 두 사람의 언쟁처럼 보였다.

"제 말은 지금이라도 중국과 일본이 역사조작을 못하도록 대대적으로 우리의 역사서와 중국의 역사서를 재해석하는 역사적 작업을 할 때라고 말하는 것입니다. 즉 새로운 역사서가 필요할 때입니다. 소 잃고 외양간을 고치는 격이지만, 우리 후손들이 더 이상 소를 잃지 말아야 되지 않겠습니까."

"두 분 다, 그만 하세요. 우리가 지금 언쟁을 하고 있을 때라고 생각하나요?"

보다 못한 대통령이 두 사람을 중재했다.

중국의 통보는 바로 코앞이었지만 대응책을 찾지 못한 국무회의는 해결의 실마리를 찾지 못하고 유야무야 끝나고 말았다. 대통령의 입에서 무거운 한숨이 새 나왔다.

인천국제공항.

크고 작은 가방을 든 관광객들이 열 지어 있는 게이트를 부지런히 빠져나오고 있었다. 한쪽에서 한국의 날씨를 감안하지 못한 관광객이 가방을 열어 두꺼운 점퍼를 꺼내는 모습이 보였다. 로비를 벗어난 그들은 대기하고 있는 버스에 올랐다. 45인승의 육중한 버스에 올라탄 관광객의 인원은 버스를 절반 이상을 채우고 있었다. 관광객은 모두 짧은 머리를 하고 있었고 탄탄한 몸에서 느껴지는 기운은 예사롭지 않게 보였다. 버스가 영종대교를 지나 서울 방향으로 달릴 무렵, 제일 앞자리에 앉아있던 남자가 일어섰다. 그 역시 탄탄한 몸을 하고 있었고 상대를 충분히 제압하고도 남을 강인한 눈빛을 지니고 있었다. 한 쪽 눈동자가 약간 상해있었지만, 물씬 풍기는 강인한 매력을 상쇄시키지는 못했다.

"한국에 오느라 모두 수고 많았다."

위무광이 매우 흡족한 얼굴로 말하고 바로 자리에 앉았다. 눈빛만으로도 모든 것을 전달했다는 암묵적인 무엇이 있는 것 같았다.

사내들이 깊이 고개를 숙였다.

관광객으로 위장한 그들은 모두 인민해방군소속의 군인들이었다. 장저우를 영웅으로 떠받들고 중국우익의 정치적 영향에 깊이 동요돼, 그것이 국가를 위한 일이라면 어떤 일이든지 마다하지 않을 군인정신으로 똘똘 뭉친 사람들이었다. 그들은 모두 무술고단자들로 구성됐고, 한국어에 능통한 자들이었다. 철저히 신분세탁까지 완료한 그들의 지휘자는 바로 인민해방군 소교 위무광이었다.

한참을 달리던 버스가 향하는 곳은 서해안고속도로에 인접한 휴게소였다. 버스가 휴게소에 완전히 정차하자, 천천히 다가온 승합차와 검은색의 지프가 멈춰 섰다. 위무광이 지도를 펼치고 말했다.

"사사키 고지로가 사고 났던 지점이 바로 여기다."

사내들의 눈동자가 손가락을 따라 움직였다.

"근처에 있는 모든 병원과 약국, 숙박업소를 샅샅이 조사해서 조그만 단서라도 놓치지 말고 찾아라."

지시를 내리는 그의 목소리는 매우 권위적으로 들렸다.

"그리고 여기는 강인후의 은신처로 예상되는 곳이다."

그의 손가락이 미끄러지듯 움직였다.

"놈이 사용했던 스마트폰이 이곳에서 감지됐다."

"만약에 놈이 거기에 있다면 우리를 유인하고 있는 게 아닐까요?."

눈매가 날카로운 사내가 물었다.

"유인책이 도사리고 있다 하더라도 우리는 그것을 피할 수 없는 입장이야."

위무광이 얼굴을 구길 대로 구겼다.

"놈은 이 청장에게 모든 내용을 폭로하겠다고 협박했어. 놈의 말로 보아 무엇을 알고 있을 가능성이 크다고 봐야해. 한 시가 급하다. 어서 빨리 움직여라."

위무광이 말을 마침과 동시에 일부의 사내들이 급히 일어서 고개를 숙였다. 버스를 내린 그들은 리홍빈이 운전하는 승합차로 갈아탔다. 지프와 승합차가 강인후와 사사키 고지로를 향해 맹렬하게 질주했다.

기상예보를 빗나간 많은 눈이 작은 산골마을을 하얗게 뒤덮었다. 눈을 만난 아이들은 눈싸움을 벌이며 신나게 뛰놀고 있었고, 장단을 맞춘 새소리가 겨울풍경을 한층 아름답게 꾸미며 깊어가는 겨울을 만끽하고 있는 듯 보였다.

집에서 나온 윤철훈은 조그마한 야산을 혼자 거닐고 있었다. 그를 따라가는 발자국은 하얀 눈밭에 선명한 자국을 남겼다. 하얀 눈 위로 그날의 사고 장면이 선명히 그려졌다. 지금 생각해도 무모할 정도로 아찔한 순간순간이 소음과 함께 지나갔다. 만약 그런 상황이 또다시 반복된다면 그날처럼 할 수 있을까? 할 수 없을 것만 같았다. 고갯짓하는 그의 눈 사이로 머리의 붉은 점이 지나갔다. 그는 분명히 붉은 점이었고, 피가 흐르는 한쪽 팔을 움켜쥔 채 이상문에게 다가갔다. 그 다음은 알 수 없었다. 하지만 신문과 뉴스에 보도되지 않은 것으로 보아 이상문은 무사하다고 봐야 했다.

이제 이상문은 철저히 몸을 사릴 것이다. 너무 무모하게 그를 쫓았다는 생각이 들었다. 아니 정확히 말하면 이상문은 자신이 쫓은 게 아니라 붉은 점이 쫓은 것이다. 붉은 점은 이병호 교수와 구영민을 살해한 놈이고, 이상문의 하수인이다. 그런데 왜 이상문을 쫓은 것일까? 짐작하기 어려웠다. 이제 어디서부터 시작해야 하나. 난감했다.

"윤 동무, 여기서 뭐하고 있나?"

들려오는 소리가 그를 생각에서 깨웠다.

"윤 동무?"

재차 들려오는 소리에 그는 급히 고개를 돌리고 주변을 살폈다.

"안심해. 내가 아무 때나 동무란 말을 할 것으로 보이나? 그리고 동무는 자네가 먼저 제의하지 않았나?"

김철호가 웃음을 터트리며 다가왔다.

"아니 벌써 왔나? 주홍 씨는 어떻게 하고?"

윤철훈이 피식 웃음을 흘리며 말했다. 그의 물음으로 보아 김철호와 주홍이 어디를 다녀온 것 같았다.

"막상 시내에 나가보니 무슨 말을 해야 하고, 어디를 가야할지 난감하더군."

김철호가 머리를 긁적였다.

"사람하군, 아니 내가 자네를 생각해서 자리를 마련해 준건데 이렇게 빨리 들어오면 어떻게 하겠다는 건가? 그럼 시내에 나가서 뭘 하고 왔나?"

"영화 한 편 보고, 커피 한잔하고 왔지."

"영화 한 편에 커피 한잔이라…. 그럼 할 건 다했네. 처음 데이트에 그 정도면 됐지 뭘 더 바라나…? 아니 이사람 그러고 보니…."

"왜 그러나?"

김철호는 자신이 무엇을 잘못한 거 같아 동그랗게 눈을 떴다.

"처음부터 그 순수한 주홍씨를…."

"뭐야!"

말뜻을 알아차린 김철호가 눈을 뭉쳐 윤철훈의 얼굴에 비볐다. 두 사람의 호쾌한 웃음소리가 울려 퍼졌다. 눈싸움을 벌이는 두 사람은 그 순간만큼은 천진난만한 어린아이로 되돌아간 것 같았다. 눈밭에서 한참을 뒹군 두 사람이 나무 그루터기에 걸터앉았다. 그들의 얼굴에서 김이 피어올랐다.

"내가 남조선에 와서 가장 이해가 안 되는 부분이 뭔지 아나?"

윤철훈이 물음표를 던졌고, 김철호가 담배를 빼 물면서 말했다.

"시내에서도 보았지만, 남조선의 도시는 온통 십자가뿐이야. 흡사 도시 전체가 묘지 속에 빠져있는 것 같더군."

윤철훈은 충분히 이해했다. 하지만 그의 표현이 몹시 귀에 거슬렸고, 인권의 사각지대인 북한의 참상은 그것을 거론할 여지가 못된다고 생각했다.

"우리 대한민국은 종교에 대한 자유가 보장돼 있는 국가이네. 그 안에는 인권이 크게 숨을 쉬며 민중을 보호하고 있지. 하지만 북한의 실상은 어떤가? 인권이 유린되고 수많은 민중이 굶주림에 허덕이며 고통에 신음하고 있는 시점에서 전쟁준비에만 혈안이 돼있어. 전쟁으로 무엇을 얻을 수 있다는 생각은 망상에 불과해. 그리고 기본 생존권도 보장이 안 된 국가 체제가 얼마나 오래갈 것으로 생각하나"

김철호의 얼굴이 벌겋게 달아올랐다. 날카로운 눈매가 치켜 올라가며 화를 참고 있는 모습이 역력했다. 그가 신경질적으로 담뱃불을 비벼 껐다.

"종교에 대한 자유? 남조선은 그래서 탈이야. 기독교가 어디에서 건너온 종교인가? 과연 기독교가 이슬람국가나 아프리카국가에서 건너왔다면 지금처럼 그렇게 널리 퍼졌을 거 같나? 남조선의 의식은 사대주의에 철저히 물들어있어. 태극기 반환 주장이 어디에서 비롯 됐다고 생각하나? 주체성이 결여돼 있기 때문에 생겨난 결과라고 보 아야 해."

"주체성, 주체사상, 알맹이 없는 껍질에 불과해. 북한 주민들이 과 연 주체사상을 얼마나 알고 있고, 얼마나 이해하고 있다고 생각하 나? 설령 그것을 알고 있다 하더라도 내일이 없는 사람들에겐 한낱 허상일 뿐이고, 현실을 동반하지 않아. 현실을 동반하지 않은 사상 은 죽어 있는 사상과 다름이 없어."

"뭐야! 말 다했어!"

김철호가 자리에서 튕기듯 일어섰다. 윤철훈이 따라 일어섰다. 두 사람은 서로를 노려보았고, 전의에 불타는 눈동자는 금방이라도 폭 발할 것처럼 보였다. 간신히 화를 누른 김철호가 천천히 말했다.

"윤 동무, 삼시세끼 하얀 쌀밥과 고깃국을 먹는다고 해서 내일이 보장된다고 생각하나? 남조선인민들은 서구사대주의 이념에 사육 되고, 서구적 가치에 인생을 걸고 있어. 우리 북조선 인민들이 왜 굶 주림을 참고 있는지, 왜 고통을 감내하고 있는지 동무는 몰라. 그것 은 남조선을 미제의 압제에서 해방시키기 위함이고, 내일을 보장받 기 위한 과정일 뿐이야. 주체사상이 북남조선에 확고히 뿌리내리는 그날까지 우리 북조선 인민들은 고통을 감내하고 투쟁을 멈추지 않을 것이야."

"삼일을 굶은 사람들에게 가장 필요한 건 식량이야. 기본 생존권도 보장 못하는 사회가 사상을 논할 수 있다고 생각하나? 그것은 주객이 전도된 상황이야. 그 어떤 사상도 생존권보다 우선시 될 순 없어. 주체사상은 위정자들이 민중을 옭아매기 위해 만들어 놓은 허울 좋은 구실에 지나지 않아. 현실을 직시해."

"이 종간나 새끼!"

김철호가 윤철훈의 멱살을 움켜잡았다. 잠깐 부르르 떨던 그의 손이 이내 땅으로 떨어졌다. 그때 들려오는 소리가 있었다. 두 사람이 시선을 돌렸다.

"아저씨들, 여기서 뭐하세요?"

언제 다가왔는지 종수가 두 사람을 보고 말했다. 아이의 밝은 표정으로 보아 싸움 직전의 모습은 보지 못한 것 같았다. 아이를 바라보는 두 사람이 매우 어색한 웃음을 흘렸다.

"아저씨가 무등 태워 줄까?"

김철호가 어색한 분위기를 환기시키기 위해 웃음을 머금고 말했다.

"야호! 아저씨 최고, 우리 누나한테 잘 말해 줄게요."

하하하. 종수의 말에 두 사람이 서로를 바라보며 크게 웃었다. 웃음 한바탕에 조금 전, 불꽃논쟁의 적의가 씻은 듯이 사라지는 것 같았다. 역시 웃음은 만국의 공통어였고, 갈등을 해소시키는 최고의 수단이었다.

집에 도착하니 부엌에서 나온 주홍이 무언가 황급히 감추고 있는 게 보였다. 일순간 김철호는 가슴이 찡하고 울려옴을 느꼈다. 그것은 다름 아닌 깨끗하게 씻은 커피 용기였다. 그녀가 자신과 함께 마셨던 커피 용기를 몰래 챙겨 왔음을 알 수 있었다. 그녀는 자신과 함께한 일말의 흔적도 지우기 싫었고 그것의 소중함을 간직하고 싶었던 것이다. 또 다시 재현되는 설렘과 두려움. 심한 갈등이 찾아왔다. 가슴이 먹먹했다.

잠시 후, 안방에 차려진 저녁상은 푸짐한 반찬으로 가득했다. 반찬을 바라보는 종수가 탄성을 질렀다. 그녀가 차려낸 음식은 생일잔치에서나 볼 수 있는 요리로 가득했다. 김철호를 생각하는 마음이 고스란히 담겨있었다.

수저를 드는 윤철훈은 문득 성윤지가 떠올랐다. 성윤지와 리홍빈 도저히 연결되지 않을 것 같은 두 얼굴이 서서히 하나로 포개졌다.

그의 입에서 무김치를 씹는 소리가 크게 들렸다.

한편, 승합차에서 내린 건장한 사내들이 공사가 중단된 현장을 살펴보고 있었다. 그들이 살펴보는 곳은 사사키 고지로가 사고 난 지점이었고, 벌써 두 번째 탐색 중이었다. 겨울 탓인지 사고 현장은 비교적 잘 보존돼 있었다. 이상문의 차는 위무광의 조치로 이미 사고 현장에서 사라진지 오래였다. 그의 차에 받힌 찌그러진 컨테이너가 그날의 사고현장을 말해주고 있었다. 칼날 같은 차가운 바람이 사나운 소리를 내며 사고현장을 핥고 지나갔다.

그때 바람을 맞으며 승합차를 내리는 여자의 모습이 보였다. 지성적인 얼굴에 긴 생머리가 바람에 흩날렸다.

"리 소교님?"

누군가 부르는 소리에 리훙빈이 고개를 돌렸다.

사사키 고지로의 추적조는 리훙빈이 지휘를 맡고 있었다.

"간과하고 지나간 게 있는 거 같습니다."

리훙빈이 사내가 가리키는 곳으로 눈을 돌렸다. 사내가 파헤친 흙 속에는 검붉은 색깔의 액체가 흙과 함께 딱딱하게 굳어있었다. 의심할 여지없는 놈들의 피였다.

"흘린 피의 양으로 보아, 아마도 놈들은 죽거나 의식불명의 상태까지 갔을 것으로 판단됩니다. 만약 놈들이 살아있다면 한시가 급한 놈들을 근처 병원으로 옮겨 수혈을 받게 했을 겁니다. 그리고 이건 제 느낌인데 놈들은 아마도 죽지 않았을 거 같습니다. 그렇다면 병원을 뒤져 수혈을 받고 입원해 있거나, 퇴원한 놈들을 찾아야 합니다."

놈들은 죽지 않았을 것이다. 그녀 자신도 그렇게 느끼고 있었다. 그녀가 고개를 끄덕이고 지도를 펼쳤다. 한 시간 남짓한 거리에 위치한 병원은 세 곳 뿐이었다. 사사키 고지로와 리훙빈의 만남, 아니 그것은 윤철훈과 성윤지의 만남이었다. 운명의 장난 같은 현실이 그들을 기다리고 있었다.

승합차가 요란한 소리를 내며 현장을 벗어났다.

의문의 삼국사기

그 무렵, 나성국의 헌책방은 삼국사기와 삼국유사를 분석하는 열기로 가득 차 있었다. 그러나 열기에 부흥하지 못하는 시간이 계속 흐르고 있었다. 한문을 많이 알고 있는 신수정과 나성국이 눈에 불을 키고 삼국사기와 삼국유사를 전부 다 읽었지만, 이병호와 스승의 메시지는 찾기 어려웠다. 나성국의 예리한 분석으로 쉽게 풀릴 줄 알았던 이 교수와 스승의 메시지는 의외로 해답을 보여주지 않았다.

"인후 씨, 사람들이 이곳처럼 서로 하모니를 이루며 살 순 없을까요?"

신수정이 말했다. 두 사람이 걷는 이곳은 거대한 농원이었다. 나성국이 만들어놓은 농원은 채소와 과일을 비롯해 보기 좋은 관엽식물들로 가득 차 있었다. 그녀의 등 뒤에서 탐스럽게 익은 방울토마토가 나란히 걷는 두 사람을 바라보고 있었고, 작은 바람에 흔들리는 은방울꽃은 귀를 기울이면 고운 선율이 들려올 것만 같았다. 수많은 선인장과 소나무 분재가 화분에 담겨 자태를 뽐내며 특유의 향기를 뿜어냈다. 곳곳에 자리 잡은 '안스리움'이 정열적인 붉은 꽃송이를 피워 올렸고, 분홍색의 작약이 수줍은 듯 꽃잎을 오므리고 두 사람을 지켜보았다. 높은 천장에 매달린 담쟁이넝쿨은 싱그러움을 선사하며 수많은 작은 손바닥으로 지친 두 사람을 어루만져 주고 있는 것 같았다.

신수정의 물음은 얼핏 가벼운 질문 같았지만, 결코 가볍게 대답할 수 없는 이념과 철학이 내제돼 있는 질문에 가까운 듯 보였다. 그녀의 질문 이면에는 이 교수와 스승, 그리고 이상문과 중국우익의 행태를 포괄하고 있는 것 같았기 때문이었다.

대답이 궁색한 강인후는 그저 말없이 식물들만 바라보았다.

"인후 씨는 운명을 믿으세요?"

잠시 뜸을 들인 신수정이 다시 말했다.

"만약 운명이라는 게 있다면, 미래는 어떤 운명이 우리를 기다리고 있을까요? 이 암울한 현실이 언제쯤 끝날 수 있을까요?"

그녀의 얼굴은 매우 침울해 보였고. 역학을 하고 있는 그녀가 운명을 논하기는 어울리는 것도 같았고, 한편으로 그녀의 평소 인생관에 비추어 볼 때, 어울리지 않는 것도 같았다. 그녀의 눈가에 영롱하게 빛나는 작은 이슬이 맺혔다. 강인후가 살며시 기대오는 그녀에게 어깨를 내주었다. 비로소 강인후는 그녀의 말뜻을 알아챌 수 있었다. 그녀는 언젠가 스승의 집에서 운명은 사주를 바탕으로 진로를 안내하는 이정표 같은 것이라고 말했고, 선택하는 길에 따라서 운명은 얼마든지 바뀔 수 있다는 걸 설명했다. 그녀는 운명론자가 아니었다. 다만, 그녀의 마음이 막다른 골목에 갇힌 것 같은 암울한 현실을 견뎌내기 힘들고, 지치고 힘든 영혼이 염세적으로 작용한 것 같왔다.

　수정 씨는 지금 몹시 지쳐있다. 지금 수정 씨가 필요로 하는 건 따뜻한 위로일 것이다. 강인후는 몸을 살짝 틀어 신수정의 눈물 젖은 얼굴을 말없이 가만히 바라보았다. 손을 뻗어 가녀린 그녀를 살며시 끌어안았다. 그의 품속에서 작은 떨림이 느껴졌다.

　농원을 나와 헌책방으로 들어선 신수정은 나성국의 곁으로 다가갔다.

　"선배, 어떻게 돼 가고 있나요?"

　"아직은 이렇다 할 내용을 발견하지 못했어."

　나성국이 침울하게 말했다.

　"건방진 말씀처럼 들릴지 모르지만, 두 분은 지금 그동안 우리가 알고 있는 역사적인 지식에 얽매어 있는 게 아닐까요? 스승님은 진실은 이미 세상에 나와 있지만, 그것을 보는 눈이 없다고 말씀 하셨습니다. 그 말씀은 고정관념을 의미하는 것으로 생각해 볼 수 있지 않을까요? 다시 한 번 정독하시는 게 좋을 거 같습니다. 이 교수님과 스승님의 메시지는 분명 그 안에 있을 것으로 생각합니다."

　강인후가 최대한 예의를 지켜 조심스럽게 말했다.

　충분히 일리 있는 말이었다. 신수정과 나성국이 동의의 고개를 끄덕였다.

　"강인후 씨, 좀 거들어 주겠소?"

　백웅민이 문을 열고 들어서며 말했다. 장작이 담겨있는 자루가 산처럼 큰 그의 어깨에서 흔들리고 있었다. 창가로 다가간 그가 커다란 자루를 거꾸로 들었다. 장작이 쏟아지는 소리는 헌책방의 분위기를 환기시키려는 듯 경쾌한 소리를 내며 떨어졌다.

"이만한 크기로 골라주시오."

"뭐에 쓰시게요?"

백웅민은 강인후의 물음에 아무대꾸 없이 장작더미 속에서 비슷한 크기를 골라냈다.

두 사람이 장작을 골라내는 사이 신수정과 나성국은 역사서를 처음부터 다시 읽기 시작했다. 결의에 찬 눈빛이 무언가를 반드시 찾아야 한다는 일념으로 가득 찼다. 그로부터 한 시간 남짓 흘렀을 때였다. 신수정이 무언가를 발견한 것 같았다.

"선배, 여기 뭔가 좀 이상한 게 있어요."

신수정의 목소리에 세 사람이 동시에 고개를 돌렸다. 그들의 눈동자는 기대감으로 반짝였다. 나성국이 가까이 접근해 그녀가 가리키는 문장을 바라보았다. 문장은 삼국사기 백제본기 온조왕 13년 5월이었다.

나성국이 문장을 소리 내어 읽기 시작했다.

"국가의 동쪽에는 낙랑이 있고, 북쪽에는 말갈이 있어 늘 강토를 침범하므로 조금도 편안한 날이 없고…."

"거기까지요."

신수정이 나성국의 말을 끊었다.

"이 부분이 뭐가 이상하다는 거지?"

"모르겠어요?"

"글쎄. 잘….".

급히 일어선 신수정이 벽에 걸려있는 커다란 한반도의 지도를 떼어내 고대 삼국의 위치를 연필로 표시했다.

"보세요. 백제의 강역은 경기 이남과 충청, 전라지역이에요. 그 위에는 고구려가 있고, 동쪽에는 신라가 있어요. 그런데 보세요. 온조왕은 국가의 동쪽에는 낙랑이 있고 북쪽에는 말갈이 있다고 말하고 있어요. 무슨 뜻일까요?"

그러고 보니 이상했다. 고개를 갸웃거린 네 사람이 다시 문장을 살펴보았지만, 그 뜻을 파악하기란 어려웠다.

"일단, 의심나는 사항은 표시를 해두고 다음으로 넘어가죠."

신수정의 말에 나성국이 자신이 읽던 고구려 편으로 눈을 돌렸다.

잠시 후, 나성국이 세 사람을 불렀다. 그도 무언가를 발견한 듯 눈동자가 의문을 표했다.

"뭐 발견한 거라도 있어요?"

신수정이 물었다.

나성국이 펼친 곳은 고구려 대무신왕 9월이었다. 그가 천천히 읊조렸다.

"9월에 후한 광무제後漢光武帝가 군사를 파견하여 낙랑을 정벌하고 그 땅을 취하여 군, 현을 만드니 살수薩水 이남이 한漢나라에 속하게 되었다."

나성국이 말하자, 신수정이 얼른 지도를 펼치고 말했다.

"내용은 살수 이남지역이 한나라에 속하게 되었다는 내용인데, 이상하네요. 살수는 지금의 청천강으로 평안북도와 평안남도를 경계로 흐르는 강이에요. 그럼, 평안남도와 그 아래 위치한 백제와 신라가 한나라였다는 건가요? 그리고 백제 온조왕은 국가의 동쪽에 낙랑이 있다고 말했어요. 도무지 이해할 수 없고, 모든 게 온통 뒤죽박죽이네요."

신수정의 말 그대로 알 수 없는 내용이 가득했다. 네 사람은 풀리지 않는 수수께끼라도 만난 듯 말없이 생각에만 집중했다. 하지만 생각할수록 점점 더 복잡해지기만 했다.

제일 먼저 침묵에서 깨어난 이는 강인후였다.

"도움이 될진 모르겠지만, 말할 내용이 있습니다."

세 사람이 고개를 들었다.

"중학교 때 국사시간에 배운 건데, 백제는 헤아릴 수 없을 정도로 말갈의 침략을 많이 받았다고 배웠습니다. 그때는 그냥 넘어갔었죠. 하지만 지금 생각해 보니 지금의 연해주 일대에 자리 잡고 있던 말갈이 어떻게 고구려 땅을 지나 백제를 그렇게나 많이 침략할 수 있었는지 의문이 드는 내용이라고 생각합니다."

신수정은 무엇이 생각난 듯, 얼른 백제 온조왕 편을 다시 펼쳤다. 역시 짐작대로 그냥 넘어간 부분이 있었다. 그녀가 천천히 읽어 내려갔다.

"온조왕 2년 정월에 왕이 군신에게 말하기를 말갈이 우리 북쪽 경계에 연하여 있는데, 그 사람들은 용맹하고 꾀가 많으니 마땅히 군사를 정비하고 양곡을 저장하여 그들을 막는 계책을 세워야 하겠다 말하였다."

한 번 찾으니 백제가 말갈의 침략으로 골머리를 앓고 있는 의문의 내용은 걷잡을 수 없이 많이 드러났다. 왜 지금까지 이런 부분을 아무 의심 없이 지나쳤는지 이해하기 어려웠다.

"백제사는 분명 말갈이 백제와 국경을 사이에 둔 아주 근접한 위치에 있었다고 말하고 있어요. 지금의 남, 북한처럼. 그렇기 때문에 백제는 말갈의 침략을 수도 없이 받았겠죠. 읽으면 읽을수록 너무나 의문투성이네요. 어디서부터 풀어가야 할지 모르겠어요."

신수정이 한숨을 내쉬며 말했다.

나성국이 다시 고구려 편을 읽어나갔다. 책장을 넘기는 소리가 몇 번 들리더니 나성국이 고개를 들고 말했다.

"수정아, 여기를 읽어봐."

신수정은 나성국의 손가락을 따라가며 천천히 읽었다. 기록은 고구려 동천왕 때에 위나라 장수 관구검이 고구려 침략을 논하고 있는 부분이었다.

"왕은 군사를 세 길로 나누어 급히 이를 격파하니 위군은 소란하여 진영을 갖추지 못하고 드디어는 낙랑을 거쳐 퇴각하였다."

"여기도 무언가 이상하지?"

"그러네요. 중원대륙의 위군이 고구려와 전투 중에 위로 퇴각한 게 아니라 백제와 인접한 낙랑을 거쳐 남으로 퇴각했다구요. 그렇다면 스스로 고립무원의 상태로 뛰어든 거나 마찬가지예요. 이해할 수 없겠네요."

"일단 또 접어두고 신라 편을 살펴보도록 하자."

나성국이 말하고 신라 편을 읽어 내려갔다.

20여 분이 흐른 후, 나성국은 어디서 들어본 듯한 이름에 고개를 갸웃했다.

"왜요? 또 뭔가 있어요?"

신수정이 물었다.

"벽골지라고 들어본 적 있지?"

"벽골지요?"

"어. 이 부분도 그때는 그냥 지나친 부분이었어. 하지만 지금에 와서 생각해 보니 그냥 넘어갈 수 없는 부분인 거 같아."

"벽골지는 어디를 말하는 겁니까?"

백웅민이 물었다.

"벽골지는 우리나라에서 가장 오래된 수리시설로 홍수와 가뭄, 기근 등에 대응하기 위해 지금의 전북 김제에 축조한 저수지를 말하는 겁니다."

"그런데 뭐가 이상하다는 거죠?"

나성국이 손가락으로 신라 흘해이사금 21년을 가리키며 말했다.

"흘해이사금 21년에 처음으로 벽골지를 개척하였는데, 그 연못의 언덕길이가 1천 8백보였다. 어떻게 신라가 백제의 한복판에 벽골지를 축조할 수 있었을까요?"

"그럼, 전북 김제가 신라 땅이었다는 겁니까?"

"내용상으로는 그렇습니다. 하지만 말도 안 되는 얘기죠."

바로 그 시각, 검은색의 지프가 숲속의 오솔길로 접어들어 멈춰섰다. 숲속은 어둑어둑해지고 있었고, 해가 진 숲속은 찬바람이 강하게 불어댔다. 차에서 내린 그들은 목적지를 발견하지 못한 듯 사방을 둘러보았다.

"강인후의 은신처로 예상되는 지점은 이 근처에 있다. 무슨 일이 있더라도 그 곳을 찾아야 한다. 어서 움직여라."

위무광의 위엄 있는 지시에 사내들이 발 빠르게 움직였다.

같은 시각, 나성국의 헌책방은 삼국사기의 의문나는 사항에서 한 발짝도 진전을 못하고 있었다. 그도 그럴 것이, 지금까지 자신들이 알고 있던 역사적인 지식과는 너무 많은 차이를 보이고 있기 때문이었다.

"지금까지 우리가 파악한 바로는 낙랑이 백제의 동쪽에 있었고, 말갈이 북쪽 경계, 그리고 살수 이남지역이 한나라였어요. 더더욱 가관인건 전북 김제가 신라 땅이었다니. 사기의 기록이 모두가 엉터리처럼 보이네요."

신수정이 언성을 높여 말했다.

"사기史記의 기록이 엉터리가 아니라 우리가 알고 있는 역사적인 지식이 엉터리가 아닐까요?"

강인후는 잠시 말을 끊었다가 다시 말했다.

"두 분이 파악하신대로 사기의 지정학적 위치는 우리가 알고 있는 역사적인 상식에 부합하지 못합니다. 그럼, 둘 중 하나는 잘못 됐다는 뜻이겠죠. 과연 어떤 게 진실일까요? 시대를 살았던 기록과 해석의 기록. 단순하게 생각해도 진실은 자명해집니다."

어느새 밤은 깊어졌고, 소쩍새 우는 소리가 창문을 넘어 들어왔다. 강인후의 분석은 계속되고 있었다.

"진실은 이미 세상에 나와 있다. 다만, 그것을 보는 눈이 없을 뿐이다. 스승님과 이 교수님의 말씀이죠. 두 분은 고대 삼국의 지정학적 위치를 말씀하셨던 거 같습니다. 이렇게 가정한다면 모든 게 맞아 떨어지지 않나요?"

"인후 씨, 말은 충분히 일리 있어요. 하지만 그 부분만으로 판단하기엔 조금 빈약한 주장이라고 생각해요. 결정적인 또 다른 무엇을 찾아야 될 거 같아요. 그리고 복희씨의 하도를 같은 맥락에서 생각하기란 많은 무리가 있어 보이네요."

신수정이 말했다.

네 사람은 시시각각 좁혀오는 위기를 짐작도 못하고 있었다.

숲속의 그림자들이 희미한 불빛을 발견한 건 바로 그때였다. 빠르게 걷던 그들은 최대한 보폭을 좁혀 불빛이 빛나는 지점으로 천천히 움직였다. 이윽고 건물에 도달한 위무광이 손을 들어 사내들을 멈춰 세웠다. 창가에 도착한 그는 안에서 들려오는 소리에 가만히 귀를 기울였다. 여자 목소리에 이어 굵직한 남자 목소리가 창가로 흘러나왔다. 그의 눈동자가 예리하게 빛났다. 목소리는 소화아동병원에서 들었던 강인후가 틀림없었다. 단 한마디였지만, 예리한 그는 그것을 알아챘다. 한참을 기다렸지만, 다른 목소리는 흘러나오지 않았다. 일이 의외로 쉽게 풀릴 것만 같았다. 하지만 강인후는 아주 위험한 놈이다. 섣불리 접근했다간 낭패를 볼 수도 있다. 놈은 결코 방심하지 않고 있을 것이라는 생각이 들었다. 이번에는 어떤 일이 있더라도 놈을 반드시 잡고야만다. 문득 그의 뇌리에 사사키 고지로를 쫓고 있는 리홍빈이 자리를 잡았다. 리 소교는 인민해방군 최고의 전사다. 한때 감상에 빠져있던 그녀는 이제 그것을 완전히 극복했다. 머지않아 모든 일은 제 자리를 찾을 것이다. 그는 흡족한 미소를 흘렸다. 이윽고 손을 들어 지시하려던 그가 일순간 동작을 멈췄다. 그의 손에 걸린 장작이 떨어지며 내는 소리는 마치 천둥치는 소리처럼 들렸다. 그는 급히 몸을 숙여 집안의 동정에 촉각을 곤두세웠다. 말소리는 멈춰 있었다. 무언가 눈치를 챘다는 직감이 들었다. 그는 손을 들어 빠르게 지시했다.

백웅민은 장작이 떨어지는 소리에 매우 민첩한 동작으로 급히 일어섰다. 창가에 올려두었던 장작은 짐승이 떨어뜨리기엔 무리가 있었다. 드디어 올 것이 왔다. 몹시 긴장한 백웅민은 입가에 손가락을 올려 조용하라는 신호를 보냈다. 그렇게 5분여의 시간이 흘렀다. 창문이 깨지는 소리와 함께 연기를 머금은 무언가가 들어왔다. 최루탄이었다. 헌책방은 순식간에 앞을 분간할 수 없는 매캐한 연기로 가득 찼다. 눈물과 콧물이 범벅돼 흘러내렸고, 심한 기침이 터져 나오며 숨쉬기가 어려웠다.

"농원으로 피해야 합니다."

나성국이 간신히 소리쳐 말하고 무릎걸음으로 기었다. 구석으로 다가간 그가 육중한 책장을 밀었다. 그곳에는 성인 한 사람이 족히 들어갈 수 있는 통로가 시커먼 입을 벌리고 있었다. 농원으로 이어진 통로였다. 나성국이 재미삼아 만들어 놓은 통로는 그들에게 사태를 모면할 기회를 만들어 주었다. 나성국과 신수정, 강인후가 들어가고 백웅민이 마지막으로 몸을 밀어 넣었다. 그때 우당탕거리는 소리가 들렸다. 창문을 뛰어넘는 소리 같았다. 잽싸게 책장을 밀어 입구를 봉한 백웅민은 무언가를 책장 틈에 끼워 넣고 귀를 집중했다. 묵직한 발소리는 족히 대여섯 명은 될 것처럼 들렸다. 그는 예상을 뛰어넘는 숫자에 잠시 망설였다. 어떻게 해서든 놈들을 잡아야한다. 그는 움직이는 와중에도 하나의 생각에만 골몰했다. 몸을 부지런히 움직여 통로 끝에 다다른 그들이 잽싸게 문을 열고 농장에 발을 들여놓았다. 나성국이 열쇠를 찾아 자물쇠를 채웠다.

"그런데 저들이 우리의 위치를 어떻게 알았을까요?"

신수정의 말에 강인후가 급히 백웅민의 곁으로 다가가 무섭게 그를 노려보았다.

"당신은 저들을 유인해 우리를 위험에 빠트렸어. 당신의 정체가 뭐야?"

강인후가 백웅민의 멱살을 움켜잡았다. 그의 눈에서 파란 불꽃이 일었다.

"인후 씨, 지금 무슨 말을 하는 거예요?"

강인후는 신수정의 말이 들리지 않는 듯 멱살 잡은 손을 풀지 않았다.

"맞습니다. 강인후 씨, 말대로 나는 저들을 유인했소. 입에 발린 사과는 하지 않겠소. 하지만 생각해 보시오. 강인후 씨는 누명을 벗어야하고 나는 저들의 정체를 파악해야 합니다. 분명히 말할 수 있는 건, 나는 처음부터 끝까지 여러분의 편에 있을 것입니다. 믿어주시오."

한편, 헌책방으로 들어선 사내들은 모두 방독면을 착용하고 있었고, 사방을 두리번거렸다. 마지막으로 창문을 뛰어넘어온 위무광은 자신의 눈을 의심했다. 어디에도 사람의 그림자는 보이지 않았다.

'어떻게 된 건가?'

위무광이 눈으로 물었다.

난감한 얼굴의 사내들이 고개를 흔들었다.

문이 안에서 잠겨있는 걸로 보아 놈들이 빠져나간 건, 문이 아니다. 그렇다면 여기 어디에 은신할 장소가 있거나 비상통로가 있다는 얘기다. 빨리 놈들의 흔적을 찾아야한다.

위무광이 손가락을 움직여 지시했다. 사내들이 사방으로 흩어졌다.

잠깐의 시간이 흐른 후, 한 사내가 손을 들어 위무광을 불렀다. 그는 무언가를 발견한 것 같았다. 위무광이 급하게 뛰어가 바라보니 책장 틈에 찢긴 옷가지가 끼어있었다. 그는 주저 없이 책이 가득한 육중한 책장을 밀었다. 시커먼 입을 벌린 통로가 그를 맞이했다.

그 시각, 농원에선 대책을 세우기에 바빴다.

"저놈들을 잡아야 합니다. 그래야 이상문의 의도를 파악할 수 있고 강인후 씨가 누명을 벗을 수 있습니다."

백웅민이 말했다.

강인후가 신수정을 돌아보았다. 그녀는 두려움에 떠는 듯 보였지만, 눈빛은 백웅민의 말에 동의를 표하고 있는 것 같았다. 그는 차마 그녀를 마주보기가 힘들었다.

그때 문틈 사이로 무슨 소리가 들렸다. 사람들이 뛰어오는 소리였다.

"통로가 발각됐습니다."

나성국이 소리쳤다.

"나성국 씨, 빨리 가서 무슨 수를 써서라도 책장을 완전히 봉쇄시키시오. 저들을 통로에 가두어야 합니다."

"제가 가겠습니다."

강인후가 나섰다. 그는 왜소한 나성국이 왠지 모르게 불안해 보였다. 그리고 사건은 엄연히 자신으로부터 비롯된 것이었다. 그가 문을 나섰다. 강인후를 놓치기 싫은 신수정의 슬픈 눈동자가 그의 모습이 사라질 때 까지 움직이지 않고 있었다.

하지만, 위무광은 통로에 갇힐 만큼 아둔하지도 않았고 호락호락한 인물이 아니었다.

책방에 도착한 강인후는 조심스럽게 문을 열었다. 매캐한 최루탄 냄새가 끼쳐왔다. 그는 손수건을 물에 적셔 코를 감쌌다. 눈에 따가움은 있었지만, 숨쉬기는 참을만했다. 책방을 두리번거리던 그가 적당한 크기의 장작을 손에 들고 열린 책장으로 다가가 힘껏 밀었다.

그러나 어찌된 일인지 책장은 꿈쩍도 하지 않았다. 다시 한 번 힘을 주어 밀어보았다. 여전히 책장은 전혀 움직이지 않았다. 자세히 바라보니 레일이 깨져있었다. 레일은 쉽게 깨지는 재질이 아니다. 이는 필시 누군가 깨 놓았을 것이다. 그가 불안한 표정으로 주변을 둘러보고 일어서려고 할 때였다. 우악스런 큰 손이 그의 뒷덜미를 움켜잡았다. 강인후가 무의식적으로 장작을 휘둘렀다. 사내의 비명이 책방을 흔들었다. 통로 안에서 뛰어나오는 소리가 들렸다. 강인후가 쏜살같이 문을 향해 뛰었다. 통로에서 급히 빠져나온 위무광이 쓰러진 부하를 바라보았다. 그는 급히 달려가 쓰러진 부하를 부축했다.

"괜찮나!"

그는 의식을 잃은 부하의 맥박을 짚어보았다. 다행히 생명에는 지장이 없을 것 같았다. 그는 한 사람의 부하도 희생시키고 싶지 않았다.

"어서 빨리 응급조치하고, 서둘러라."

이미 주변지형을 익힌 그는 손을 움직여 사내들을 지시했다.

책방을 완전히 벗어난 강인후는 칠흑 같은 어둠에 몸을 숨겼다. 숨이 턱까지 차오르며 가슴이 터질 것 같았다. 사방에서 손전등의 불빛이 혀를 날름거리며 다가왔다. 급히 바닥에 엎드린 그는 낙엽을 끌어와 자신의 몸을 덮었다.

"놈은 이 근처에 있다. 샅샅이 수색해라."

강인후는 어디선가 들어본 목소리에 귀를 세웠다. 그렇지만, 기억이 가물가물했다.

"강인후, 네놈이 이 근처에 있다는 걸 알고 있다. 넌 절대 여기를 빠져 나갈 수 없다. 순순히 나온다면 목숨만은 살려주마."

위무광은 숨은 자가 강인후란 사실을 알고 있는 듯 말했다.

강인후는 비로소 목소리의 주인이 생각났다. 목소리는 소화아동 병원에서 자신을 쫓던 남자였다. 그날의 악몽이 떠오르며 가슴이 무섭게 요동쳤다. 시시각각 좁혀오는 건장한 사내들의 낙엽 밟는 소리는 마치 예리한 화살촉이 되어 몸 구석구석을 파고드는 것처럼 느껴졌다. 잡히는 건 시간문제라고 판단한 그는 방향을 계산하기 시작했다. 그때 누군가 뛰어오는 소리와 함께 말소리가 들려왔다. 그는 숨을 죽인 채 낙엽 틈 사이로 가만히 바라보았다.

"위 소교님, 통로는 저기 보이는 하우스와 통하는 길 같습니다."

들려오는 소리는 알아들을 수 없는 중국어였다. 하지만 사내가 가리키는 손짓으로 보아 농원을 가리키는 것임을 알 수 있었다. 그의 눈앞으로 신수정과 나성국이 스쳐지나갔다. 선택의 여지가 없었다. 자신의 존재를 드러내야했다. 결심한 그는 낙엽을 헤치고 천천히 몸을 일으키며 말했다.

"당신들이 찾는 강인후는 여기 있습니다."

강인후를 발견한 건장한 사내들이 일제히 뛰었다. 그들이 낙엽을 밟으며 다가오는 소리는 마치 굶주린 맹수가 뛰어오는 소리와도 같았다. 사내들이 순식간에 그를 에워쌌다. 사내들 가운데 우뚝 선 위무광이 잠시 아무 말 없이 강인후를 바라보았다. 이윽고 천천히 다가간 그가 흡족한 미소를 흘리며 말했다.

"강인후, 정말 반갑다."

위무광은 마치 오랜 친구를 만난 듯 반갑게 강인후의 어깨를 감쌌다.

강인후가 사나운 눈으로 그를 마주 바라보았다.

같은 시각, 농원은 숨 막히는 침묵이 감돌고 있었다. 앉아있던 신수정이 급히 일어서 두 사람을 바라보았다. 그녀의 얼굴은 몹시 불안해 보였고, 두 다리는 약간 떨리고 있었다.

"인후 씨가 왜 이리 늦을까요? 혹시…."

그녀는 불길한 말을 하고 싶지 않았다. 그 말은 곧 현실로 이어질 것 같다는 느낌에 뒷말을 삼켰다. 그렇지만, 백웅민과 나성국은 그녀의 뒷말을 짐작하고도 남았다. 통로가 조용한 것으로 보아 침입자들은 이미 통로를 벗어나 책방으로 돌아갔음을 알 수 있었고, 이는 곧 강인후가 위험에 처했음을 증명해 준다고 봐야 했다. 유인책을 기대했던 백웅민은 난감한 상황에 대책을 강구하기 힘들었다.

"제가 나갔다 올게요."

신수정이 말하고 돌아섰다. 강인후를 생각하는 그녀의 마음을 알 수 있었다.

급히 일어선 백웅민이 그녀 앞을 막아섰다.

"안됩니다. 위험해요."

"인후 씨가 위험에 빠졌다면 모든 게 당신 때문이에요!"

신수정은 원망어린 눈으로 그를 바라보았다. 그리고 말릴 틈도 없이 농원의 문을 열어젖혔다. 찬바람이 훅 끼쳐오며 그녀의 머리카락을 쓸어 넘겼다. 순식간에 밖으로 나온 그녀는 무작정 헌책방으로 달렸다.

"위 소교님, 누군가 이쪽으로 오고 있습니다. 여자인 거 같은데요."

강인후를 포위하고 있는 사내가 급히 말했다.

"여자?"

바라보니 분명 여자가 달려오고 있었다. 아마도 신수정일 것이다. 위무광은 그제야 강인후의 행동을 이해할 수 있었다. 놈은 저 여자를 지켜주고 싶었던 것이다. 그는 급하게 뛰어오는 신수정을 바라보았다.

고개를 숙이고 있던 강인후가 사내들의 소리에 고개를 들었다. 일순간 그의 눈이 휘둥그레졌다. 그는 다짜고짜 앞서있던 사내의 면상을 후려쳤다. 불시에 일격을 맞은 사내가 비명을 지르며 쓰러졌다. 성큼 다가간 위무광이 강인후의 복부를 내질렀다. 바람 빠지는 소리와 함께 강인후가 바닥에 얼굴을 박았다.

"저 여자를 대리고 와. 그리고 하우스에 잔당이 있을 수 있다. 확인하도록."

위무광의 지시에 사내들이 발 빠르게 움직였다.

한편, 사내들을 피해 급히 농원을 빠져나온 백웅민과 나성국은 예기치 않은 긴급한 사태에 눈을 떼지 못했다. 신수정이 건장한 사내에게 잡혀가고 있었고, 사내들 틈 사이로 어렴풋이 쓰러져 있는 강인후가 보였다. 백웅민은 건장한 사내들을 헤아려 보았다. 농원을 수색하고 돌아가는 사내가 둘, 그리고 몸무게를 가늠하기 어려울 정도의 덩치가 둘이었다. 지휘자로 보이는 사내는 빈틈을 찾을 수 없을 것처럼 보였다. 그의 절제된 몸놀림으로 보아 고도의 훈련을 거친 사내라는 걸 알 수 있었다. 백웅민은 난감한 얼굴로 나성국을 바라보았다. 그의 벌어진 입과 떨리는 몸은 분명 추위 탓만은 아닌 것 같았다. 자신 혼자 훈련을 거친 총 다섯 명의 사내들을 상대할 수는 없는 일이었다. 그것은 무모한 도전이었고, 승산 없는 게임이었다. 그때 강인후와 신수정을 들쳐 업은 사내들이 지프에 몸을 실었다. 급히 헌책방으로 내달린 백웅민이 나성국의 차량에 올라타 문을 잠갔다.

"나성국 씨는 따라오지 마시오."

나성국이 그를 빤히 바라보았다.

"지금 그 말은 제가 도움이 안 될 것이라는 말입니까?"

"그렇게 들렸다면 사과하겠소. 하지만, 우리 모두 잘못되면 이상문과 장저우의 관계를 누가 파악하겠소? 그리고 이 교수님의 메시지는 영원히 사장될 수 있다는 걸 알아야 합니다."

백웅민은 주머니를 뒤져 강인후에게 건네받은 스마트폰을 내밀었다.

"강인후 씨가 통화했던 번호는 제일 위에 찍혀 있소. 기회를 봐서 그 번호로 연락해 주시오. 하지만 그 사람은 양날의 칼이 될 수도 있는 기자라는 걸 명심해야 합니다. 이제는 그 누구도 믿어서는 안 됩니다. 그 사람을 만나는 그 순간까지 긴장을 늦추지 마시고 그 사람이 맞는지 이차, 삼차 확인해서 만나야 합니다. 잘 판단해서 결정해 주시오."

말을 마친 백웅민은 차를 출발시켰다.

나성국은 우두커니 서서 멀어지는 차량을 바라보았다. 동터오는 새벽이 차량을 동행했다. 이제 그의 헌책방은 강인후와 신수정이 없었고, 느닷없이 등장한 백웅민도 없었다. 헌책방은 그가 산에 들어올 때처럼 처음으로 되돌아갔다. 분명 그것은 처음 그대로였고, 아무것도 변한 것이 없었다. 단지 변한 것은 엄청나게 밀려오는 공허함이었다. 마치 기나긴 꿈에서 깨어난 것 같았다. 그가 들고 있던 고개를 숙였다. 두 줄기의 눈물이 얼굴을 타고 땅으로 떨어져 내렸다.

좁혀지는 그물망

시골읍내로 들어선 승합차가 천천히 움직이고 있었다.

리홍빈이 운전하는 승합차는 움푹 들어간 아스팔트를 피해 중앙선을 넘어 다시 제 차선으로 돌아왔다. 곳곳에서 보수를 하지 않은 작은 구덩이가 승합차를 몹시 흔들리게 만들었다.

"저기에 있습니다."

리홍빈은 부하가 가리키는 곳으로 눈을 돌렸다. 그곳에는 낮은 건물 지붕에서 작은 녹색 십자가가 불을 밝히고 있었다. 작은 정원이 딸린 빛바랜 목조건물은 아주 오래된 건물처럼 보였다. 기둥에 매달린 현판은 최근에 만들어진 것 같았고, 검은 색의 고딕체로 새겨진 글씨는 이곳이 병원임을 알려주고 있었다.

"여기에서 놈들의 흔적을 발견했으면 좋겠습니다."

"나도 그러길 바라고 있어."

"리 소교님은 제 친누나 같습니다. 인민해방군에서 전역하면 누나라고 불러도 되겠습니까?"

부하의 말투로 보아 리홍빈이 부하들을 어떻게 대했는지 짐작할 수 있었다.

"내가 알기로 나보다 한 살이 많은 거 같은데 그래도 누나라고 부를 텐가?"

"그런가요? 그럼, 애인처럼 대해야겠군요."

"그럼, 미리 팔짱끼는 연습이라도 해야겠군."

리훙빈의 농담에 승합차 안이 부하들의 웃음소리로 가득 찼다. 이들의 모습에선 중대한 작전을 수행하는 긴장감은 찾아볼 수 없었다. 감성이 풍부한 리훙빈은 군인정신으로 투철한 부하들을 화기애애한 가족 같은 일원으로 만들어 놓은 것 같았다. 그녀는 권위주의를 내세우지 않는 가장 편안하고 화목한 분위기속에서의 작전이 최고의 성과를 거둘 수 있다고 생각하는 군인이었다.

한쪽에 차를 세운 리훙빈은 작은 병원을 빠르게 살폈다. 언뜻 보기에 그냥 지나치는 것 같이 보였지만, 그녀의 두 눈동자에는 병원 구석구석이 마치 카메라에 담기듯이 찍혀있었다. 긴장의 시간이 흐르고 시계바늘이 밤 10시를 가리키자, 창살 밖으로 나오던 불빛이 꺼지며 문이 열렸다. 의사와 간호사가 빠져나간 작은 병원은 시커먼 어둠속에서 몸을 잔뜩 웅크린 채 말없이 침입자들을 바라보았다. 출입문에는 숫자가 박힌 디지털 도어락이 찰싹 달라붙어 있었다. 리훙빈이 손을 가져가자, 도어락이 은은한 불빛을 쏟아놓았다. 그녀는 테이프를 꺼내 숫자판에 붙였다가 떼어냈다. 테이프를 자세히 살피던 그녀가 지문이 가장 두껍게 묻어있는 4개의 숫자를 골라냈다. 하지만 순서가 맞아야했다. 기회는 세 번이다. 만약 세 번을 잘 못 누르면 도어락은 자동으로 기능을 멈출 것이다. 그녀는 신중히 생각했다. 비밀번호는 직원 모두가 쉽게 기억해야 하고 잊어버릴 수 없는 번호로 설정해 놓았을 것이다. 병원이라는 특성이 응급 시에 직원 누구라도 착각을 하지 않는 번호로 사용하고 있을 가능성이 크다고 봐야 한다. 여기까지 생각이 미친 그녀는 4개의 숫자와 주변을 유심히 살폈다. 역시 연관되는 숫자가 눈에 들어왔다. 그것은 병원 간판의 전화번호와 일치했다. 회심의 미소를 흘린 그녀는 망설이지 않고 전화번호를 차례로 눌러나갔다.

'잘못 누르셨습니다.'

당연히 열릴 줄 알았던 도어락에서 예상 밖의 음성이 흘러나왔다.

"이럴 리 없어. 4개의 숫자는 분명히 전화번호야."

그녀의 입에서 끙 하는 신음이 흘러나왔다.

그럼, 전화번호를 순서 없이 정해놓았다는 것인가? 이렇게 되면 지금 여기에서 비밀번호를 찾는 일은 사실상 불가능하다.

그녀는 급한 마음에 숫자를 두 개로 나누어서 앞 ,뒤를 바꿔 다시 눌러보았다.

'잘못 누르셨습니다.'

역시 아니었다. 그녀의 얼굴이 몹시 굳어졌다.

이제 남은 기회는 마지막 한 번뿐이다. 만약 또 잘못 누른다면…

그녀는 생각을 멈췄다.

"리 소교님, 제가 해보겠습니다."

뒤를 돌아보니 험상궂은 부하가 전동드릴을 손에 쥐고 있었다.

"지금 제정신인가? 병원을 침입한 흔적이 남는다면 우리가 쫓는 놈들이 우리를 쫓을 것이야. 놈들은 사령관님을 우롱했어. 방심하는 날엔 우리가 당할 수 있다는 걸 명심해."

"죄송합니다."

부하는 무안한 얼굴로 뒤로 물러나며 고개를 숙였다.

리홍빈이 도어락을 다시 바라보았다. 초조한 시간이 계속 흘렀다. 병원으로 침입해 놈들의 흔적을 발견하기까지의 시간을 계산해야한다. 더 이상 시간을 지체할 여유가 없다. 만약 또 잘못 누른다면 부하의 말대로 물리적인 힘을 사용할 수밖에 없을 것이다. 하지만 그것은 어디까지나 차선책이었고, 위험을 감수해야 할 방법이었다. 그녀는 최대한 그 방법을 피하고 싶었다. 사령관을 노리고 침입한 것으로 보아 그들은 매우 위험인물임에 틀림없었다. 자칫하면 어항프로젝트에 막대한 피해를 가져올 수 있다고 판단했다.

전화번호를 어떻게 배열했을까? 최대한 단순하게 생각하자. 한참 생각에 잠겨있던 그녀가 눈을 들었다. 그렇다면 혹시…. 그녀는 전화번호를 하나하나 거꾸로 눌러나갔다. 그것은 쉽게 기억할 수 있으면서 단순하게 보이고 싶지 않다는 지식인들의 최소한의 자존심이었다. 그녀는 한국의 역사도 단순하게 생각해, 단순하게 해석했으면 지금의 결과를 가져오지 않았을 것이라는 생각이 들었다. 그녀가 마지막 남은 숫자 하나를 힘 있게 눌렀다. 곧이어 경쾌한 멜로디와 함께 도어락이 부드럽게 열렸다. 역시 예상은 적중했다. 그들은 급히 병원 안으로 뛰어 들어갔다.

"빨리 서둘러라."

리홍빈의 지시에 부하들이 빠르게 사무실로 들어가 책상서랍과 캐비닛을 뒤지기 시작했다. 그렇게 한참의 시간이 흘러갔지만, 반가운 소리는 들려오지 않았다.

이 병원이 아니란 말인가. 그녀의 표정이 복잡하게 변하려고 할 때였다.

"리 소교님, 여기 수혈을 받고 퇴원한 환자가 있습니다."

리홍빈이 급히 사내 앞으로 다가갔다.

"시기상으로 봤을 때 놈들이 확실한 거 같습니다."

리홍빈이 급히 서류를 낚아채 뚫어지게 바라보았다. 서류 하단을 살피던 그녀가 회심의 미소를 흘렸다. 그곳에는 당시 응급환자의 보호자 이름과 주소가 기록돼 있었다. 목적을 달성한 그들은 최대한 자신들의 흔적을 없앴다.

잠시 후, 그들이 빠져나간 작은 병원은 아무 일도 없었다는 듯 원래의 모습으로 되돌아갔다.

사나운 소리를 머금은 겨울바람이 산골마을에 휘몰아쳤다.

주홍은 마당을 내려서는 김철호를 바라보았다. 떠나가는 그를 붙잡고 싶은 생각이 간절했으나, 그저 묵묵히 그의 뒷모습만 바라볼 뿐 앞을 막아서지는 못했다. 김철호가 대문을 열자, 화려한 꽃밭이 펼쳐졌다. 주홍은 밀려드는 향기와 형형색색의 아름다운 꽃밭에 취해 잠시 넋을 잃고 너른 벌판을 지그시 바라보았다. 걷고 있던 김철호가 등을 돌려 그녀에게 손짓했다. 그녀의 눈에서 기쁨의 눈물이 흘렸다. 그녀는 김철호 앞으로 내달렸다. 그런데 어찌된 일인지 달릴수록 간격은 좁혀지지 않았고 점점 멀어지기만 했다. 그녀는 이해할 수 없는 상황에 김철호를 바라보았다. 김철호가 놀란 눈으로 뛰어오기 시작했다. 그 순간 그녀는 그 자리에 얼어붙었다. 아름다운 꽃송이가 눈물을 흘리고 있었고, 이내 붉은 색깔로 변한 눈물은 바닥에 떨어지며 핏빛 대지를 만들어놓았다. 급기야 김철호의 모습이 점점 작아지더니 이내 시야에서 완전히 사라졌다. 소스라치게 놀란 그녀가 힘껏 소리쳤다.

"안 돼!"

잠에서 깨어난 그녀는 땀으로 흠뻑 젖어 있었다. 사나운 바람이 창문을 때리고 지나갔다. 옆에서 자고 있던 종수는 소리에 깬 듯 잠시 몸을 뒤척이더니 다시 깊은 잠속으로 빠져들고 있었다. 잠시 멍해있던 그녀는 불을 밝혀 시계를 바라보았다. 새벽 3시를 갓 넘긴 시각은 멀리서 들려오는 개짖는 소리와 바람소리만 들릴 뿐, 여느 밤과 차이가 없어 보였다. 그녀는 불길한 마음에 창가로 다가가 건넌방을 바라보았다. 불은 꺼져 있었고, 마루 밑에 신발이 있는 것으로 보아 두 남자는 방안에서 깊이 잠들어 있는 것 같았다. 꿈은 잠재의식의 반영이라고 했던가. 그녀는 자신의 꿈을 이해할 수 없었다. 내가 저 남자를 이토록 깊이 사랑하고 있는 것일까? 일순간 그녀의 하얀 얼굴이 붉어지며 화끈거렸다. 마음을 진정시킨 그녀는 다시 자리에 누워 잠을 청했지만, 쉽게 잠이 오지 않았다. 캄캄한 방안에서 시계 초침소리가 유난히 크게 들렸다. 그때 어디선가 밤의 적막을 깨고 부스럭거리는 소리가 들렸다. 분명 바람소리는 아니었다. 그녀는 들려오는 소리에 귀를 집중했다. 무언가 움직이는 소리가 연이어 들렸다. 그녀는 황급히 일어나 창가로 다가가 조심스럽게 커튼을 들췄다. 놀란 그녀가 급히 손을 가져가 자신의 입을 틀어막았다. 능숙한 동작으로 담장을 뛰어 넘어온 사람들이 마당을 꽉 채웠다. 주홍은 눈을 떼지 않고 사람들을 바라보았다. 도둑일까? 아니면 강도? 두 남자를 깨워야 했다. 그렇지만, 방법이 떠오르지 않았다. 여기서 파출소까지는 상당한 거리다. 그래도 일단 신고를 해놓고 봐야 한다. 그녀는 떨리는 손으로 전화번호를 눌렀다.

한편 잠을 뒤척이던 김철호는 무언가 다가오고 있음을 직감했다. 다가오는 무엇은 강한 살기를 품고 있었다. 그것은 목숨을 건 거듭된 훈련으로 얻어진 직감이었다. 그의 뇌리에 주홍과 종수가 스치고 지나갔다. 이곳에서 너무 오래 머물렀다는 생각이 들었다. 급히 윤철훈을 흔들어 깨운 그는 손가락을 입에 가져가 조용하라는 신호를 보냈다. 금세 사태의 심각성을 깨달은 윤철훈이 급히 일어서 창가로 다가갔다. 드디어 올 것이 왔다. 긴장한 그는 마당으로 들어선 침입자들을 살폈다. 건장한 남자들이 다섯이었고 그 틈에 긴 생머리의 여자가 끼어 있었다. 여자를 살피던 그의 눈동자가 크게 벌어졌다. 그녀는 틀림없는 성윤지였다. 아니 리홍빈이었다. 권총대가 떠오르며 분노가 치솟았다. 한편으로 결코 만나고 싶지 않았고, 어떻게든 피하고 싶은 상황이 그의 가슴을 몹시 흔들어 놓았다. 이윽고 두 주먹을 불끈 쥔 그가 분풀이라도 하려는 듯 사내들을 노려보았다. 김철호는 사내들이 결코 만만한 상대가 아니라는 걸 알았다. 민첩한 몸놀림으로 보아 고도의 훈련을 거친 요원들임에 틀림없었다. 그들의 주의를 분산시킬 수 있는 그 무엇을 찾아야했다.

마당으로 들어선 리홍빈은 열 지어 늘어선 방들을 살폈다. 그녀의 눈동자가 안방을 지나 한 지점에서 멈췄다. 마루 밑에 가지런하게 놓여있는 두 켤레 운동화는 분명 성인 운동화였다. 그녀가 눈짓으로 사내들을 지시했다. 사내들이 재빠르게 방문 앞으로 다가갔다. 놈들은 아주 위험인물이다. 방심했다간 우리가 당할 수 있다. 순식간에 제압해야 한다. 마음의 결정을 내린 그녀가 미닫이문에 손을 가져갔다. 그녀가 사나운 기세로 문을 열어젖히려고 할 때였다.

"위험해요!"

귀청을 찢는 소리가 울려 퍼졌다. 안방의 문이 열리며 여자가 튀어나왔다. 느닷없는 여자의 모습에 리홍빈이 주춤했다. 그 순간 세차게 방문이 열리며 리홍빈이 고통의 비명을 내질렀다. 손잡이에 끼인 손가락이 심하게 꺾여 있었다. 사내들이 멍해있는 사이에 문을 박차고 나온 윤철훈과 김철호의 손과 발이 바람을 갈랐다. 순식간에 사내들이 비명을 지르며 거꾸러졌다. 리홍빈은 믿을 수 없는 상황에 입이 벌어졌다. 적으로부터 자신을 감싸고 있는 부하들은 고작 두 명뿐이었다. 그녀는 사나운 눈으로 다가오는 사사키 고지로와 사내를 바라보았다. 그 순간 그녀는 분명히 보았다. 사사키 고지로의 눈빛이 흔들렸다는 것을. 확신할 수 있었다. 저 자는 분명히 나를 알고 있다. 하지만 지금은 그것을 생각할 시점이 아니었다. 회심의 미소를 흘린 그녀가 손을 가져가 휘파람을 불었다. 동시에 대문이 열리며 십수 명의 사내들이 몰려 들어왔다. 그들이 내는 발자국소리는 마치 지축을 울리는 소리처럼 크게 들렸다. 곧이어 함성과 비명이 새벽공기를 가르며 마당을 가득 채웠다. 사내들의 쓰러지는 소리가 둔탁하게 들렸고, 핏물이 사방으로 튀며 마당을 붉게 적셨다. 윤철훈과 김철호의 주먹과 발길질은 계속됐지만, 인원수의 열세는 극복할 수 없었다. 이윽고 구석으로 몰린 두 사람의 얼굴은 검붉은 핏물로 범벅돼 있었다. 윤철훈의 눈두덩이 크게 부풀어 있었고, 입가는 찢어져 연신 피가 흘러내렸다. 김철호는 코뼈가 부러졌는지 콧등이 심하게 돌아가 있었다. 두 사람을 사내들이 겹겹이 에워쌌다. 평화롭던 산골마을이 사내들의 등장으로 요란한 새벽을 맞이하고 있었다.

주홍은 처음 겪어보는 무서운 현실에 땅에 얼어붙어 움직일 수 없었다. 눈매가 사나운 사내가 비릿한 웃음을 흘리며 천천히 그녀 앞으로 다가갔다.

"여자를 건드리지 마시오!"

김철호가 소리쳤다.

앞서있던 사내의 주먹이 작렬했다. 그는 분풀이라도 하려는 듯 매섭게 몰아쳤다. 김철호가 고통의 신음을 뱉으며 땅에 얼굴을 박았다. 주홍이 사내를 밀치고 앞으로 내달렸다. 순간 그녀가 복부를 부여잡고 무릎을 꿇었다. 엄청난 충격으로 숨쉬기가 어려웠다. 그때 방문이 빠끔히 열리며 종수가 밖을 내다보았다. 어린아이의 얼굴은 공포로 물들어 있었고, 사시나무 떨 듯 심하게 떨고 있었다. 주홍과 눈이 마주친 아이는 금방이라도 울음을 터트릴 것처럼 입가에 경련이 일었다. 주홍은 희미한 의식 속에서도 동생을 지켜야 한다는 생각으로 가득 찼다. 그녀가 필사적인 힘을 모아 종수를 똑바로 바라보았다. 절대로 나오면 안 된다는 애원의 눈길을 보냈다. 입술을 잘근 깨문 아이가 소리 없이 문을 닫았다. 주홍의 의식이 가물가물 해지더니 마침내 완전히 의식을 잃었다.

"시간이 너무 지체됐다. 놈들을 빨리 끌어내라."

리훙빈이 지시했다.

"이 여자를 어떻게 할까요?"

사내가 주홍을 가리키며 말했다.

"그 여자는 우리의 얼굴을 알고 있다. 내말이 무슨 말인지 알겠나?"

명령을 내리는 그녀는 냉철한 군인으로 돌아가 있었다.

지시를 받은 사내가 주홍의 얇고 긴 목을 움켜잡았다.

"안 돼! 여자를 살려주시오."

윤철훈이 소리쳤다. 그의 눈동자는 애원과 원망이 담겨있었다.

리훙빈이 그를 사나운 눈초리로 응시했다. 잠깐 말이 없던 그녀는 다시 지시를 내렸다.

"내가 잘못 판단한 거 같다. 자칫하면 엉뚱한 곳에서 우리의 존재가 드러날 수도 있을 것이다. 이놈들만 데리고 여기를 철수한다."

"그럼, 여자를 살려두고 가자는 말입니까? 너무 위험한 발상입니다."

"이건, 명령이야. 지금 내 명령을 거역하겠다는 건가?"

리홍빈이 무섭게 눈을 치켜떴다.

부하는 리홍빈의 사나운 모습에 잡고 있던 목을 가만히 풀었다.

그때 희미하게 들려오는 소리가 있었다. 그것은 분명 경찰차의 사이렌 소리였다.

"빨리 여기를 벗어나야 한다. 어서 서둘러라."

잠시 후, 윤철훈과 김철호를 태운 승합차가 무섭게 새벽 공기를 가르며 마을을 벗어났다.

K일보의 추측기사

K일보 최영돈이 전화를 받은 시각은 아침마다 되풀이 되는 아내의 잔소리에 귀를 닫아둔 시간이었고, 출근 전이었다. 거울 앞에 선 그는 벌써 몇 번이나 넥타이를 다시 매 보았지만, 마음에 드는 매듭은 나오지 않았다. 마침내 지친 그는 신경질적으로 넥타이를 잡아채 방바닥에 내던졌다.

"당신, 정말⋯. 도대체 몇 번을 알려줘야 제대로 맬 수 있겠어. 당신 같은 사람이 어떻게 기자가 됐어?"

언제 들어왔는지 그의 아내가 뒤에서 못마땅한 표정을 짓고 말했다.

"으이그, 이놈의 집구석."

"당신, 지금 뭐라고 했어?"

아내의 잔소리가 또 시작되려고 할 때였다. 그는 들려오는 전화벨 소리에 구세주라도 만난 듯 쏜살같이 거실로 달렸다.

"네, K일보 최영돈 기잡니다."

한참을 기다렸지만, 전화기 속에서는 아무소리도 들려오지 않았다.

"제가 지금 바쁘니까 하실 말씀 있으면 30분 후에 신문사로 해 주세요."

최영돈이 전화기를 끊으려고 할 때였다.

"전화 끊지 마세요."

무언가 다급한 음성이었다.

"저는 나성국이라고 합니다."

처음 들어보는 이름이었다. 혹시나 하는 마음에 생각을 집중했지만, 떠오르는 사람은 없었다. 그렇지만 그는 사회부 베테랑 기자였다. 상대방은 무언가 다급한 상황에서 쉽게 결정을 못 내리고 있는 것이 분명했다. 망설이고 있는 게 음성에서 묻어났다. 그는 상대방을 안심시켜야겠다고 판단했다.

"비밀 보장합니다. 안심하시고 말씀하세요."

최영돈은 전화기 소리에 귀를 집중했다. 제보는 엄청난 내용을 담고 있었다. 어느새 흐트러졌던 자세가 꼿꼿한 자세로 바뀌어 있었다.

"알겠습니다. 최대한 빨리 그곳으로 가겠습니다."

전화를 끊은 그는 양말을 신지도 않은 채 급히 현관을 나섰다. 그 모습을 본 아내가 버럭 소리 질렀다.

"양말 안 신고 갈 거야! 으이그 저 화상."

뒤통수에 따가운 시선이 느껴졌다.

"그래도 배부른 돼지보단 배고픈 소크라테스가 좋다."

혼잣말 하며 바쁘게 움직이는 그의 발걸음에 리듬이 실려 있었다.

편의점에서 최영돈을 기다리는 나성국은 몹시 초조해 보였다. 그것을 증명하기라도 하듯 그의 손에 들린 커다란 생수병은 거의 바닥을 보이고 있었다. 사건이 있은 지, 갓 하루를 넘기고 있었지만, 마치 아득한 옛일처럼 느껴졌고, 흘러가는 일분일초는 족히 한 시간이 넘게 걸리는 것 같았다. 그는 백웅민이 말한 기회의 시간은 영원히 오지 않을 것처럼 느껴졌다. 그가 초조한 마음으로 거리를 바라보았다. 9시를 몇 분 안 남긴 거리는 샐러리맨으로 보이는 행인들이 지각을 하지 않으려는 듯 바쁘게 오가고 있었다. 시간으로 보아 서울에서 오는 최영돈이 도착할 시간은 얼마 남지 않았다.

　나성국이 마지막 남은 물을 마시고 생수병을 내려놓으려고 할 때였다. 방울소리에 이어 출입문이 활짝 열렸다. K일보 신문을 말아 쥐고 편의점으로 들어선 사내가 주변을 둘러보았다. 그의 모습은 몹시 털털해 보였고, 두리번거리는 고개 짓은 사람을 찾고 있음이 분명했다. 나성국은 사건의 성격상 사내가 최영돈이 맞는지, 사실을 확인할 절차가 필요했다. 그것은 전화상으로 미리 약속한 신호이기도 했다. 나성국이 계산대로 다가가 말했다.

　"여기 B신문 있어요?"

　"그런 신문도 있어요?"

　계산원은 한 번도 들어본 적 없는 신문 이름에 반문했다.

　"그거라면 여기 있소?"

　사내가 다가오며 신문을 내밀었다. K일보 신문을 건네는 사내는 틀림없는 최영돈이었다. 신문을 받아든 나성국이 앞서 나가고 최영돈이 뒤를 따랐다, 계산원이 어리둥절한 눈으로 밖으로 나가는 두 사람을 바라보았다.

이른 시간의 커피숍은 손님이 없어서 그런지, 다소 썰렁한 느낌이 들었다. 이제 막 청소를 끝낸 듯 마포걸레를 손에 든 젊은 여자가 방 긋이 웃으며 들어오는 두 사람을 맞이했다. 창가에 자리 잡은 두 사람은 한동안 말이 없었다. 최영돈은 상대방이 먼저 말문을 열 때까지 꾹 참고 기다렸다. 그것은 상대방을 위한 배려인 동시에 조급함을 보이지 않는 기다림이었고, 상대방을 살피는 시간이기도 했다.

나성국이 커피 잔을 들어 한 모금 마시고 내려놓았다. 그는 강인후와 신수정이 자신의 헌책방을 찾게 된 시점부터 이병호의 메시지와 지금까지 파악했던 내용, 그리고 이상문이 보냈을 것으로 추정되는 사내들을 말했다.

최영돈은 나성국의 말을 어디까지 믿어야 할지 판단하기 어려웠고, 특히 강인후가 누명을 쓰고 있다는 대목에서는 눈살을 심하게 찌푸리기도 했다. 하지만 강인후가 얘기했던 USB와 그것을 찾고 있는 이상문, 지금까지 나성국이 겪은 상황을 고려해 볼 때, 그림의 윤곽이 서서히 보이기 시작했다.

"지금, 강인후와 신수정이 위험에 빠져 있습니다. 도움이 필요합니다."

나성국의 눈길에 애원이 담겨있었다.

"제가 어떻게 도와드리면 되겠습니까?"

그의 말투는 사투리가 전혀 섞여있지 않은 표준말이었다. 그가 지방 불명의 사투리를 사용할 때는 상대방의 주위를 분산시키는 그만의 방법인 것 같았다.

"추측기사를 써 주실 수 있겠습니까?"

나성국이 조심스럽게 말을 비쳤다.

"추측기사요?"

"네. 세상 사람들은 모두 강인후를 살인과 탈주범으로 알고 있습니다. 전 국민의 관심사는 강인후에게 쏠려 있고, 그의 행방을 몹시 궁금해 하고 있습니다. 앞서 말씀드렸지만, 장저우와 이상문 청장이 이번 사건에 아주 밀접하게 연관 돼, 무슨 일을 꾸미고 있는 게 확실합니다. 그래서 드리는 얘긴데…."

나성국이 물을 벌컥 들이 키고 다시 말했다.

"문화재 청장 이상문은 강인후에게서 무엇을 알아낸 것 같다. 하지만 그는 그것을 경찰에 얘기하지 않고 있다. 그것은 과연 무엇이고, 이 청장이 무엇을 은폐시키려고 하는 것은 아닐까. 그리고 강인후는 지금도 여전히 행방이 묘연한 상태다. 계속해서 경찰의 감시망을 피해가며 도주 중인 강인후를 과연 도주로 보아야 하는가."

나성국은 마치 자신이 기자라도 되는 것처럼 조리 있게 말했다. 최영돈이 계속되는 그의 말에 귀를 기울였다.

"강인후는 인질을 데리고 있는 몸이다. 인질과 함께 움직이는 상태에서 몇 달씩이나 계속되는 도주가 가능한 일인가. 의문을 품지 않을 수 없다. 그게 가능한 이유는 혹시 그를 숨겨주는 사람이 있는 것은 아닌지, 만약 그렇다면 그는 누구이고 무슨 목적으로 강인후를 숨겨주는 것일….”

“잠깐만이요.”

듣고 있던 최영돈이 마침내 나성국의 말을 잘랐다.

“그건 추측기사가 아니라 이 청장을 음해하는 내용입니다. 숨겨준 자를 이 청장이라고 직접적으로 말하고 있지 않지만, 간접적으로 이 청장을 지목하는 것이나 다름없습니다. 그것을 게재했다간 나는 물론이고 우리 신문사에 엄청난 파장을 몰고 올 것입니다. 아무리 기자라 하더라도 그런 기사를 함부로 써서 내보낼 순 없습니다.”

곤혹스런 표정을 지은 그는 한참을 말없이 있었다.

두 사람 사이에 한참이나 불편한 시간이 흘렀다.

차를 한 모금 마신 최영돈이 무언가를 생각했는지 나성국을 바라보았다.

“생각해 보겠습니다. 나성국 씨 얘기가 전부 사실이라면 납치된 두 사람을 최소한 함부로 해치지는 않겠군요. 그것을 바라고 있는 것이지요?”

나성국이 고개를 끄덕였다.

“하지만 추측기사를 내보내면 저도 위험을 감수해야 하는데 저한테 주어지는 건 뭐가 있는 것이죠?”

“USB의 내용을 알려드리겠습니다.”

최영돈이 눈을 빛냈다. 그는 양손에 저울을 들고 어느 쪽에 무게를 실어야 할지 잠시 생각했다. 평행을 보였던 저울이 한쪽으로 기울었다. 마침내 결정을 내린 그가 남아있는 차를 단숨에 마시고 찻잔을 소리 나게 내려놓았다.

"좋습니다. USB의 내용을 알려주세요."

최영돈이 호기 있게 말했다.

나성국이 주머니에서 볼펜과 메모지를 꺼내 USB의 내용을 적어 나갔다. 하도를 그리는 과정에선 볼펜을 잡은 손이 미세하게 떨리고 있는 듯 보였다. 그가 최영돈에게 메모지를 내밀었다.

"이게 답니까?"

메모지를 받아든 최영돈은 너무나 간단한 내용에 의문을 표시했다.

"보시다시피 내용은 너무 간단합니다. 하지만 그 간단함 속의 메시지는 너무 깊어 본 모습을 파악하기 어렵습니다."

최영돈은 메시지를 뚫어지게 바라보았다. 복희씨의 하도는 익히 알고 있는 그림이었다. 그것은 중국의 태극기 반환 통보일이 임박해 오면서 전 국민의 관심사로 떠올라 있었고, 태극팔괘의 원천이기 때문이었다.

"만 번을 거짓말하면 그것은 곧 진실이 된다. 진실은 언제나 아주 가까이 있다"

최영돈이 천천히 읊조렸다.

"무슨 뜻이죠?"

"솔직히 말씀드리면 지난 몇 달간 고군분투 했지만 메시지가 무엇을 말하고 있는지 파악이 안 되고 있습니다. 그리고 또 다른 메시지가 있….."

나성국이 급히 뒷말을 삼켰다. 최영돈을 완전히 믿을 수 없었던 그는 스승의 메시지와 지금까지 파악한 내용은 말하지 않기로 했다.

"또 뭡니까?"

"아무것도 아닙니다."

최영돈이 약간 실망의 기색을 보였다.

"추측기사는 써 주실 수 있는 겁니까?"

나성국의 물음에 최영돈이 그를 가만히 응시했다. 최영돈은 나성국의 물음이 파악도 안 된 USB의 내용에 자신의 결정이 흔들렸다고 생각한 것으로 판단했다.

"약속은 지키라고 있는 것입니다. 반드시 약속은 지킵니다. 그럼 전 이만⋯."

최영돈이 일어서 악수를 청했다. 나성국이 그의 손을 힘껏 잡았다.

"잠깐만이요."

나성국이 문을 나서려는 최영돈을 불러 세웠다.

"지금 거의 완공된 삼천궁녀낙화암은 역사를 왜곡하기 위한 가짜일 수도 있습니다."

알 듯 모를 듯 고개를 갸웃거린 최영돈이 문을 나섰다.

조국을 넘어선 사랑

한편, 운전석에 앉아있는 리홍빈은 차를 손보고 있는 부하군인들에게 소리치며 재촉하고 있었다.

"아직도 멀었나?"

"죄송합니다. 제 실력으로는 역부족입니다. 아무래도 위 소교님이 도착할 때까지 기다리는 게 좋을 것 같습니다."

부하의 말투로 보아 차가 심한 고장을 일으킨 것 같았다. 그도 그럴 것이 앞 범퍼가 심하게 찌그러진 차에서는 많은 부동액이 흘러내렸고, 차체에서 튕겨 나온 부속들이 어지럽게 눈밭을 뒹굴고 있었다.

한숨을 내쉰 리홍빈이 고개를 뒤로 돌렸다. 승합차 안에는 자신에게 잡혀온 두 사람이 부하들에게 둘러싸여 몸을 잔뜩 오므리고 있었다. 분한 기색이 역력해 보였다. 그녀는 윤철훈과 눈이 마주치자 황급히 고개를 돌렸다. 십수 명이 들어앉은 차 안에는 그들이 내쉬는 숨으로 인해 유리창에 하얗게 김이 서려 밖이 잘 보이지 않았다. 손으로 유리창을 문지른 그녀가 산 아래를 내려다보았다. 온통 하얀 눈으로 뒤 덮인 산이 햇빛을 받아 보석처럼 반짝이고 있었다. 순간 그녀가 자신의 입을 틀어막았다. 아마도 자신도 모르게 터져 나오려던 탄성을 들키지 않으려는 것 같았다.

즉시 표정을 바로 한 그녀가 들려오는 소리에 옆을 바라보았다.

"그런데 왜 캄캄한 밤중에 이곳으로 올라왔는지 저는 납득할 수 없습니다."

그는 몹시 추위를 많이 타는 듯 말하는 내내 연신 손에 입김을 불어댔다.

십수 명의 부하들이 모두 불만의 눈초리로 그녀를 바라보았다.

"지금 무슨 소리를 하는 건가. 만약 여기로 올라오지 않았다면 우리는 한국경찰에 걸렸을 것이야. 그것을 모르고 하는 소린가?"

부하들이 지금껏 한 번도 본적 없는 위엄 있는 그녀의 모습에 더 이상 말을 삼가 했다.

윤철훈과 김철호를 잡아 급히 마을을 벗어나려던 리홍빈이 순찰차를 피해 방향을 잡은 것은 산으로 오르는 비포장도로였다. 그렇게 20여 분을 오르고 있을 때였다. 백미러에 시선을 주던 그녀가 부하들이 외치는 소리에 전방을 주시했다. 무언가 커다란 물체가 순식간에 앞으로 다가오고 있는 것처럼 보였다. 그녀는 순간 깨달았다. 커다란 물체는 다가오는 것이 아니라 차가 빠르게 다가가고 있다는 사실을. 그리고 이미 때가 늦었다는 사실도.

그녀는 길가에 쓰러진 고사목을 피해 운전대를 우측으로 힘껏 꺾었다. 차가 묵직한 소리를 내며 멈춰 섰다. 차는 간신히 고사목을 피해 산자락을 들이받고 몇 번 쿨럭거린 후, 시동이 꺼졌다. 날이 밝기를 기다린 그들은 위무광에게 연락해 지원요청을 해 놓은 상태였다. 김철호는 사내들 틈에서 몹시 고통스러운 듯 얼굴을 심하게 찡그리고 있었다. 하지만 자신의 고통쯤은 얼마든지 참을 수 있고 또한 잊을 수 있었다. 그가 진정 잊지 못하고 있는 것은 주홍의 말로 형언할 수 없는 얼굴이었다. 위험을 무릅쓰고 소리치며 자신에게 달려오던 그녀의 모습은 영원히 잊혀 지지 않을 것처럼 느껴졌다. 자신을 향한 그녀의 얼굴은 그 어떤 혁명전사의 얼굴보다 강한 얼굴로 자리 잡았고, 절규에 가까운 그녀의 외침은 그 어떤 사상적 외침보다 투철한 외침처럼 그의 가슴을 파고들었다. 연약한 여자의 몸에서 어떻게 그런 강한 모습이 나올 수 있는가 믿을 수 없었다.

김철호는 커다란 바윗돌이 자신의 가슴을 짓누르는 느낌에 찡그린 얼굴이 더욱 크게 일그러졌다.

"우리를 어떻게 할 생각이오?"

가까스로 감정을 수습한 김철호가 물었다.

리홍빈이 무표정한 얼굴로 두 사람을 바라보았다.

"진가위의 사주를 받은 네놈들은 감히 사령관님을 우롱한 놈들이다. 사령관님은 그 대가가 어떤 건지 똑똑히 보여주실 것이다."

마주보고 있는 사내가 사납게 말했다.

"건방진 놈들. 네놈들은 바로 중국으로 송환조치 될 것이야. 사령관님이 몹시 보고 싶어 하시거든."

또 다른 사내가 빈정거리듯 말했다.

윤철훈이 장저우와 진가위를 떠올렸다. 장저우가 중앙정치국위원 진가위의 거사를 알아챘을까? 우리가 중국으로 끌려간다면 만주족의 미래는 어떻게 될 것인가. 그것은 불을 보듯 뻔한 일이었다. 모든 일은 원점으로 되돌아갈 것이다. 그리고 장저우와 이상문은 대체 무슨 일을 꾸미고 있는 것일까? 무슨 일이 있어도 여기를 벗어나야만 했다. 하지만 겹겹으로 둘러싸인 건장한 사내들의 모습은 마치 뚫을 수 없는 철옹성 같아 보였다. 그는 고개를 들어 운전석을 바라보았다. 성윤지, 아니 리홍빈은 운전대를 잡은 채 묵묵히 앉아 있었다. 윤철훈은 그런 그녀의 모습에 장저우 저택에서와 같은 연민의 감정이 묻어 있는 분노가 일었다. 목구멍에서 느껴지는 딱딱한 응어리와 머릿속에서 일어나는 활활 타오르는 감정은 그의 가슴을 짓누르며 몹시 흔들어놓았다. 만약 리홍빈에게 내 존재를 알리면 그녀는 어떤 반응을 보일 것인가. 과연 이곳을 벗어날 수 있는 기회가 올 수 있을 것인가. 그는 한 가닥 희망을 걸어보기로 했다. 그것은 성윤지가 명성산에서 손수 만들어온 회덮밥을 건네주며 보내오던 눈빛이었다. 맹세코 이성적 호감을 담고 있는 눈빛이었다. 윤철훈은 결정을 내리기에 앞서 그녀를 다시 한 번 바라보았다. 운전대를 잡은 그녀의 손이 가끔 움직일 뿐, 꼿꼿한 자세는 변화가 없었다. 이제 선택의 여지는 없다. 중국으로 끌려가면 모든 게 끝장이다. 마침내 결정을 내린 그가 입을 열었다.

"우리를 중국으로 끌고 가면 내가 좋아하는 회덮밥이나 실컷 먹여주시오."

윤철훈의 얼굴이 쓴 웃음으로 가득 찼다.

리홍빈이 뒤로 돌아 윤철훈을 똑바로 응시했다.

"네놈이 아직도 정신을 못 차린 모양이구나."

리홍빈이 말을 마침과 동시에 윤철훈은 엄청난 통증에 옆구리를 부여잡았다. 가슴과 복부에 연거푸 사내들의 주먹과 발길질이 날아들었다. 숨쉬기가 어려웠고 심한 기침이 터져 나왔다.

"그만 하시오!"

김철호가 소리쳤다.

분이 덜 풀린 사내들의 시선이 일제히 김철호를 향했다. 움켜 쥔 주먹이 사나운 기색을 머금고 있었다.

"사령관님에게 시체로 가고 싶지 않으면 입조심해라. 한 번만 더 입을 나불거리면 용서하지 않겠다."

리홍빈이 사납게 말하고 차를 내렸다.

"어디가십니까?"

"위 소교님이 어디쯤 왔는지 나가보고 오겠다. 두 놈을 감시 잘 하도록."

리홍빈의 지시에 사내들이 제자리를 찾았다.

윤철훈의 원망어린 시선이 차를 내리는 리홍빈을 응시했다.

역시 그녀는 성윤지가 아니었다. 머리부터 발끝까지 철저한 리홍빈이었다. 그녀의 사나운 얼굴에서 과거 감성이 풍부했던 성윤지의 모습은 어디에서도 찾아볼 수 없었다. 아니 그것은 처음부터 없었는지도 모른다. 조금도 흔들림 없는 눈빛은 분명 그것을 말해주고 있었다. 내가 철저히 이용당했단 말인가. 한 가닥 희망이 사라진 윤철훈은 가슴을 움켜쥔 채 고개를 숙였다.

빽빽한 숲 사이로 들어선 리홍빈이 사방을 두리번거리며 무엇을 찾고 있었다. 나무 한 그루 한 그루를 자세히 살피던 그녀의 눈길이 순간 반짝였다. 지름 1미터 정도에 키가 20여 미터는 넘을 것 같은 커다란 나무였다. 시선이 머무는 것으로 보아 회색빛을 띠고 줄기가 곧은 나무는 그녀가 찾고 있는 나무인 것 같았다. 그녀가 빠른 걸음으로 나무로 향했다. 나무를 올려다보니 작은 열매가 주렁주렁 매달려 있었다. 열매는 계란모양으로 작았으며 자줏빛을 머금은 검은색을 띠고 있었다. 그녀는 떨어져 있는 열매를 집어 입속으로 가져갔다. 단맛이 입안을 가득 채웠다. 틀림없었다. 남부지방에서 흔히 볼 수 있는 푸조나무였다. 찾았다는 안도감이 스쳐지나갔다. 동시에 긴장과 슬픔이 뒤따랐다. 주위를 둘러본 그녀는 품 안에서 칼을 꺼내 나무껍질을 벗겨내기 시작했다.

한편, 위무광은 부하들과 함께 많은 눈으로 뒤덮인 산을 오르고 있었다.

역시 리 소교는 깨끗하게 과거를 극복하고 제 모습을 찾은 것 같았다. 그의 입가에 흡족한 미소가 서렸다.

세상은 변동이나 아무 탈이 없는 제대로인 상태를 정상이라 말한다. 우리는 지금까지 정상을 위협하는 세력과 싸워왔다. 이제 모든 게 정상으로 돌아갈 날이 멀지 않았다. 그런데 과연 인간세상에서 정상이란 있는 것일까? 정상은 인간이 이미 만들어놓은 자리와 개념을 말할 뿐이다. 그 영역 밖의 것들은 모두 정상이 아니라고 말한다.

지극히 인간적인 수준에서. 어차피 인간이 만들어놓은 정상이란 개념은 힘의 논리에 의해 만들어진 시대적 산물이다. 하마터면 시대적 산물인 정상이 다른 영역으로 넘어가 새로운 정상을 만들어낼 뻔 했다. 생각만 해도 아찔했다. 우리가 만들어 놓은 정상은 영원히 존속되어야 한다. 그의 입가에서 제차 흡족한 미소가 흘렀다.

"위 소교님, 저기 보입니다."

위무광은 부하의 소리에 생각에서 깨어났다. 고개를 들어 바라보니 한때 산림을 지배한 것으로 보이는 엄청나게 큰 고사목이 비참하게 쓰러져 있었고, 그 틈사이로 승합차가 보였다. 그런데 추위 탓인지 부하들의 모습은 보이지 않았다. 눈을 뒤집어쓴 승합차만 자신을 기다리고 있는 것만 같았다. 겨우 이 정도의 추위로 코빼기도 안 비친단 말인가. 부하들의 투철한 군인정신을 기대했던 그는 실망의 기색을 보였다.

"인민해방군의 정신이 이래서야…."

위무광의 어조에 불쾌함이 실려 있었다.

산을 오를 때부터 하나 둘 흩날리던 눈발이 조금씩 굵어지기 시작했다.

그는 승합차와 가까워질수록 알 수 없는 불길한 느낌에 가슴이 뛰었다.

설마, 리 소교가? 아니야 그럴 리 없어. 그는 밀려드는 불길함을 애써 부정했다. 하지만 그럴수록 뛰는 가슴은 진정되지 않고 있었다. 무언가 일이 크게 잘못되고 있는 것 같았다. 더 이상 참을 수 없었던 그는 부하들에게 눈짓으로 지시했다. 지시를 받은 부하들이 앞으로 내달렸다. 발목까지 푹푹 빠지는 눈밭이 그렇게 원망스러울 수 없었다. 마침내 쓰러진 고사목에 다다른 그들이 일제히 몸을 엎드렸다. 여전히 승합차는 미동조차 없었다. 위무광은 불길함이 현실로 다가온 것을 알아챘다. 무기를 빼든 그는 손을 들어 지시했다. 동시에 부하들이 일제히 일어섰다. 날렵한 동작으로 고사목을 뛰어넘은 그들이 승합차로 돌진했다. 급하게 문을 열어젖힌 위무광은 처참한 광경에 그 자리에 얼어붙었다. 부하들은 모두 쓰러져 눈이 뒤집혀 있었고 입에서는 게거품과 함께 침이 줄줄 흘러내리고 있었다. 두 놈을 포박한 것으로 보이는 포승줄이 바닥에 떨어져 있었다. 그는 한동안 아무 말도 할 수 없었다. 피를 나눈 형제와도 같은 부하들의 처참한 모습은 그의 가슴을 갈기갈기 찢어놓았다. 어디에서도 리홍빈의 모습은 보이지 않았다. 예감은 빗나가지 않았다.

"네 이년! 리 소교!"

위무광이 심한 슬픔과 질투심이 묻어있는 소리를 질렀다.

"위 소교님, 이걸 마신 것 같습니다."

부하의 손에는 물병이 들려 있었다.

위무광이 부하의 손에서 물병을 낚아채고 뚫어지게 바라보았다. 무언가 찌꺼기가 남아 있었다. 찌꺼기를 꺼내 유심히 살피던 그의 얼굴이 심하게 일그러졌다.

"이건 푸조나무 수액이 섞인 물이야."

다행히 많은 양은 아닌 것 같았다. 그의 입에서 안도와 분노의 숨이 터졌다. 어서 빨리 부하들을 치료해야했다.

"리 소교는 독성분이 들어있는 물로 부하들을 속였어."

그의 분노는 쉽게 가시지 않았다.

"어서 빨리 차를 수리하도록."

멀리가진 못했을 것이다. 급히 승합차에서 뛰어내린 위무광은 산 아래를 내려다보았다. 이내 그의 눈이 망연자실함에 하늘을 올려다보았다. 굵은 눈발이 세 사람의 흔적을 말끔히 지워나갔다. 가까스로 감정을 수습한 위무광은 이유를 짐작하기 어려운 리훙빈의 행동에 집중했다. 리 소교가 무엇 때문에 두 놈을 탈출시켰을까. 아무리 사사키 고지로가 권충대와 연결돼 있다고 해도 놈들을 탈출시킨 이유가 될 순 없었다. 리 소교의 흔들림 없는 눈빛은 이미 작전상에서도 확인한 결과였다. 그럼, 대체 리 소교의 마음이 어디에서 흔들렸단 말인가. 그는 아무리 생각해도 가닥이 잡히지 않았다. 그 이유를 알아야 놈들을 앞질러 갈 수 있고 정상이 위협받지 않을 수 있다. 문득 스쳐지나가는 게 있었다. 지금까지 보았던 리 소교의 흔들리는 눈빛은 어떤 일관성을 지니고 있었다. 무더운 여름 명성산에서 그랬고, 한강다리 위와 만장이 휘날리는 조의행렬에서 그랬다. 모두가 윤철훈과 관련돼 있었다. 나는 분명히 그것을 확인했고 눈빛으로 리 소교를 다그쳤다. 그는 무엇이 생각났는지 급히 주머니에 손을 넣어 장저우가 보내온 사진을 꺼내들었다. 사진 속에서 사사키 고지로가 자신을 똑바로 바라보고 있었다. 그의 입가에 비웃음이 서려 있는 것 같았다. 일순간 머릿속이 쿵하고 울렸다.

"실수다."

위무광이 낮게 소리쳤다.

놈은 사사키 고지로가 아닌 윤철훈이었다. 모든 것이 맞아 떨어졌다. 놈은 죽지 않고 살아 있었던 것이다. 놈들의 자살은 위장이었다. 그렇다면 소화아동병원에서 강인후를 구해준 덩치는 백웅민이 확실했다. 그는 연이은 충격으로 잠시 비틀거렸다.

리 소교, 아니 리홍빈 겨우 이 정도밖에 안 됐단 말인가. 조국과 인민을 배신한 네년을 반드시 찾아내 응징할 것이다. 위무광이 두 주먹을 움켜쥐었다.

"위 소교님, 다 됐습니다."

부하가 소리쳤다. 그의 손에는 온통 시커먼 기름때가 잔뜩 묻어 있었다. 차키를 돌리자 몇 번 쿨럭거린 차는 힘겹게 시동이 걸렸다.

강인후는 내 손에 있다. 놈들은 반드시 나를 찾아올 것이다.

부하가 가속페달을 힘껏 밟았다. 잠시 기우뚱거린 차는 눈길을 헤치고 산을 내려갔다. 굵은 눈발이 움푹 들어간 바퀴자국을 금세 덮어버렸다.

"모두 갔어요. 이제 나오세요."

나무 등치에서 몸을 빼낸 리홍빈이 말했다.

윤철훈과 김철호가 그녀를 따라 나왔다. 두 사람은 밀려오는 통증에 심하게 인상을 찡그렸다. 윤철훈의 얼굴은 군데군데 피멍이 들어 있었고, 터진 입술에서는 검게 변한 핏자국이 지저분하게 덧칠돼 있었다.

한 점으로 남아있던 승합차가 마침내 시야에서 완전히 사라졌다.

윤철훈이 리홍빈을 노려보았다.

"용서해달라는 말은 하지 않겠어요."

리홍빈의 얼굴엔 어떤 감정도 실려 있지 않은 것처럼 보였고, 지극히 건조한 음성이었다.

윤철훈의 주먹 쥔 두 손이 부르르 떨렸다.

"저는 권충대 단장님을 진심으로 존경하고 사랑했어요. 이 마음은 지금도 그렇고 앞으로도 변함이 없을 거예요."

"끝까지 나를 우롱하겠다는 건가?"

"저는 조국과 인민을 배신할 마음이 추호도 없어요. 그리고 부탁할 게 있어요."

잠시 말을 멈춘 리홍빈이 윤철훈을 똑바로 응시하고 다시 말했다.

"당신들은 우리를 이길 수 없어요. 그러니 다시는 내 눈앞에 나타나지 말아요. 만약 다시 보이는 날엔, 더 이상 자비는 없을 거예요. 처음이자 마지막 부탁이에요."

말을 마친 리홍빈이 돌아서 천천히 발을 옮겼다.

"지금 경고하는 건가?"

윤철훈이 돌아서는 그녀의 팔을 잡아챘다. 리홍빈이 사나운 얼굴로 그를 똑바로 바라보았다. 칼날 같은 눈빛을 품은 두 사람이 한동안 서로를 노려보았다. 보다 못한 김철호가 두 사람을 갈라 세우며 말했다.

"이제 그만 내려가세."

김철호가 땅에 못 박힌 듯 서있는 윤철훈을 잡아끌었다. 이내 그 자리에서 움직이지 않을 것처럼 보였던 윤철훈이 눈빛을 거두고 돌아섰다.

그 자리에서 움직임을 멈춘 리홍빈의 눈길은 계속해서 멀어져 가는 두 사람을 쫓았다. 두 사람이 시야에서 완전히 사라지자, 그녀의 눈길이 아래를 향했다. 이윽고 작은 경련을 보인 그녀의 입술이 이내 심하게 떨리기 시작했다. 어깨가 들썩거리며 오열이 터졌다. 얼굴을 타고 흘러내리는 뜨거운 눈물은 멈출 줄 몰랐다.

리홍빈은 자신의 운명을 저주했다.

눈밭을 헤치며 내려가는 김철호는 오직 한 가지 생각으로만 가득했다. 그는 마음속으로 빌고 또 빌었고, 제발 주홍이 무사하기만을 바랐다. 그가 눈밭을 내려가는 속도는 목숨을 건 작전국 특수훈련보다도 더 빠른 속도였다. 윤철훈이 지지 않고 따라붙으려고 애를 썼지만 간격은 점점 더 벌어지고 있었다. 마침내 주홍의 집에 도착한 김철호의 입에서 헉헉거리는 숨소리와 함께 단내가 뿜어져 나왔다. 시계를 바라보니 이미 자정을 넘어 있었다. 얼마나 쉬지 않고 뛰어왔는지 자신도 믿어지지 않았다. 대문을 밀치고 들어가려던 그의 손이 순간 멈칫했다. 대문 안에서 들려오는 소리는 분명 주홍의 소리였고, 무언가 읊조리는 듯한 그녀의 목소리가 그의 귓전에 울렸다. 그녀는 무사한 것으로 보였다. 천만다행이었다. 당장이라도 달려가 그녀를 끌어안고 싶은 충동을 간신히 억눌렀다. 발소리를 죽인 그는 옆으로 돌아 담장으로 다가갔다. 조금 높은 곳에 서서 마당을 바라보니 치열한 격투의 흔적은 찾아볼 수 없을 정도로 깨끗하게 쓸려있었다. 마당 한쪽으로 장독대가 보였고, 장독 위에는 흰 사발이 정성스럽게 놓여있었다. 몸을 바로 한 그녀가 조용히 눈을 감고 있었다. 달빛을 받은 그녀의 모습이 신비스럽게 보였다. 김철호는 흘러나오는 그녀의 목소리에 귀를 기울였다. 정화수 앞에서 두 손을 합장한 주홍의 읊조리는 목소리는 김철호를 얼어붙게 만들었다. 그것은 분명 자신의 무사를 비는 기도였다. 순간 가슴이 찡하며 울컥 목이 메었다. 눈시울이 붉어진 그가 돌아서려고 할 때 윤철훈이 뒤늦게 도착했다.

"들어가지 않고 여기서 뭐하고 있나?"

침울한 표정의 김철호가 조용히 돌아섰다.

"이제 그만 가세. 다시는 여기를 찾지 않을 것이야."

김철호의 목소리가 갈라져 나왔다.

윤철훈은 김철호를 이해했다. 그와 주홍은 사상과 이념의 높은 장벽을 결코 뛰어넘을 수 없을 것이다. 대체 사상과 이념이 무엇이기에 인간의 원초적인 권리를 방해할 수 있단 말인가. 그것은 어쩌면 자신에게 하고 싶은 말이었는지 모른다. 그의 뇌리에 리홍빈이 스쳐지나갔다. 앞서 걷는 김철호의 어깨가 약간 흔들리고 있는 것처럼 보였다.

두 손을 합장한 주홍의 눈에서 눈물이 흘렀다.

제가 모르고 있을 거라고 생각했나요? 그렇게 말없이 가버리면….
아, 무심한 남자.

대문으로 향한 주홍의 시선은 조금 열린 틈 사이로 멀어지는 두 사람을 바라보았다. 그녀는 김철호의 얼굴을 잊지 않으려는 듯, 가슴에 하나하나 새겨 넣었다. 코와 입을 새겨 넣은 그녀는 마지막으로 그의 웃는 얼굴을 가슴깊이 새겨 넣었다.

달빛이 두 사람을 한 없이 따라갔다.

의자에 앉아있던 이상문이 몸을 일으켰다. 무엇을 참고 있는지 가끔 그의 입술이 움찔거렸다. 하하하. 더 이상 참을 수 없는 웃음이 마침내 입 밖으로 크게 나왔다. 그는 아주 홀가분한 마음으로 담배를 빼 물었다. 담배연기를 깊게 들이마신 그는 잠시 몽롱한 기분에 빠져들었다. 그는 순간을 즐기기라도 하는 것처럼 두 눈을 감았다.

강인후가 드디어 잡혔다. 그리고 삼천궁녀낙화암을 소재로 한 영화 또한 기나긴 여정을 마치고 개봉 일을 기다리고 있다. 강인후로 인해 얼마나 가슴 졸였던가. USB 또한 내 손안에 있다. 거울 앞에 선 그는 자신의 얼굴을 바라보았다. 주름이 많이 잡힌 사내가 자신을 바라보았다. 그는 연민의 감정과 함께 목구멍에서 뜨거운 무엇이 올라오고 있는 것을 느꼈다. 그것은 승리의 달콤함이고, 미래가 보장되는 환희의 절정이었다. 그렇다. 연민의 감정은 모든 것을 보상하는 과정이자, 수단이었던 것이다. 더 이상 연민의 감정 따윈 필요치 않다. 이젠 결과만을 즐기리라.

그는 창밖으로 펼쳐진 장엄한 광경에 시선을 던졌다. 멀리 완공된 삼천궁녀낙화암이 위용을 드러내 보였고, 수심 깊은 강물이 연푸른 빛깔로 얼어 있었다. 이제는 누가 보아도 수심 깊은 강물은 백제의 운명과 함께한 삼천궁녀를 모두 수용하고도 남을 만한 크기로 변해 있었다. 그는 형언할 수 없는 뿌듯한 감정을 최대한 즐겼다. 이윽고 시선을 돌린 그는 책상위에 웅크리고 있는 USB를 바라보았다. 과연 이병호는 USB에 어떤 자료를 숨겨두었단 말인가. 하지만 그것은 중요하지 않았다. 어차피 USB는 세상의 빛을 보기 전에 사라질 것이다. 컴퓨터에 USB를 가져가는 그는 마치 그 순간을 즐기기라도 하는 것처럼 천천히 가져갔다. 마우스를 잡은 손이 미세하게 떨렸다. 그것은 자신의 안위가 보장되는 기쁨의 떨림이었다. 잠시 숨을 들이쉰 그가 마우스를 클릭했다. 모니터를 바라보는 그의 눈이 의문을 표시했다. 해괴한 문구와 함께 자리 잡은 것은 복희씨의 하도였다.

"만 번을 거짓말하면 그것은 곧 진실이 된다. 진실은 언제나 아주 가까이 있다?"

문구를 읽은 그는 다른 내용이 있는지, 마우스를 이리저리 빠르게 옮겨보았다. 하지만 더 이상 그 어떤 내용도 찾을 수 없었다. 일순간 그의 눈이 크게 벌어졌다. 그리고 이병호가 스쳐지나갔다.

"이보게 이 청장, 우리 국민은 복잡한 것을 아주 싫어하는 경향이 있어. 그래서 내가 생각한 방법이 뭔지 아나? 그것은 아주 간단한 방법으로 숨겨진 우리 역사를 알리는 것이야."

이병호의 말이 머릿속에서 빙빙 돌았다.

숨겨진 역사를 알리는데 이보다 더 간단하고 명확한 방법이 어디에 있겠는가. 이병호는 나를 철저히 속였다. 아니 정확히 말하면 내가 실수를 자초했다. 그는 깨달았다. 그래도 다행인건 강인후로 인해 USB의 내용이 세상에 공개되지 않았다는 게 천만다행이었다. 적어도 이 순간만큼은 강인후가 고마운 존재였다. 어찌됐든 USB의 내용만 공개되지 않으면 문제될 것은 없다. 이상문은 무서운 기세로 USB를 잡아 뽑아 책상 위에 내려놓았다. USB를 한참 노려본 그는 재떨이를 들어 힘껏 내리 찍었다. 시원한 소리와 함께 파편이 사방으로 튀었다. 이제 끝났어. 하하하. 그는 파편을 바라보며 크게 웃었다. 흡족한 얼굴로 두 번째 담배를 뽑아 문 그가 불을 붙이려고 할 때였다. 노크도 없이 문이 덜컥 열리더니 위무광이 급하게 뛰어 들어왔다. 심각한 얼굴의 그는, 분명 어떤 사태를 말해주고 있었다.

"이 청장님, 일이 점점 더 어렵게 돌아가고 있습니다."

이상문이 불길함을 감지했다.

"윤철훈과 백웅민이 살아있습니다."

이상문은 자신이 잘못 들었다고 생각했다.

"지금 무슨 소릴 하는 것이오?"

"틀림없습니다. 아마도 놈들은 자살로 위장해 사령관님에게 접근 한 거 같습니다. 그들의 목적이 무엇인지 청장님도 짐작할 수 있겠죠."

충격을 받은 이상문의 육중한 몸이 휘청거렸다.

"놈들이 지금 어디에 있다는 것이오?"

"매우 유감이지만, 윤철훈을 잡고 있던 리 소교가 우리를 배신했습니다."

"이런 망할 년."

끊임없이 이어지는 위기에서 진저리친 이상문은 묘안을 생각했다.

나는 무슨 일이 있어도 위기에서 벗어나 지금의 자리를 지켜낼 것이다. 이 모든 정점에는 권충대가 있다. 하지만 그는 이미 세상에 없고, 사건의 발단이 된 이병호의 USB도 사라지고 없다. 그리고 강인후는 사회의 이목을 받고 있는 놈이다. 자칫하면 놈으로 인해 USB의 내용이 세상에 알려질 수 있다. 놈의 입을 영원히 봉해야한다. 아무리 윤철훈과 백웅민이 살아있다 해도 모든 게 사라진 시점에서 무엇을 알아낼 수 있을 것인가. 비로소 이상문의 얼굴에 다소 안도하는 기색이 돌았다.

"강인후를 처리하시오."

"그렇게 간단한 문제가 아닙니다. 자칫하면 우리 중국의 의도와 청장님의 안위가 흔들릴 수도 있습니다."

"그건 또 무슨 말이오?"

"진짜 위기는 여기에 있습니다."

위무광이 들고 있던 신문을 건네고 덧붙였다.

"우리 중국의 태극기 반환 주장이 물거품이 될 수도 있고, 국제적인 망신을 당할 수 있는 기사가 거기에 실려 있습니다. 청장님도 예외일 수 없습니다."

신문을 읽어 내려가는 이상문은 눈앞이 캄캄했다. 최대의 난국이었다.

"최대한 돌려서 말하고 있지만, 내용으로 보아 기사를 쓴 최영돈 기자는 무엇을 알아낸 거 같습니다. 최 기자의 배경을 파악하는 게 시급합니다."

이상문의 분한 시선은 신문에서 떨어지지 않았다.

가장 소중한 것

편의점으로 들어선 나성국이 K일보 신문을 집어 들었다. 급히 계산을 치른 그는 한적한 공원으로 향했다.

"역시 최영돈은 나를 실망시키지 않았어."

사회면을 펼쳐든 그는 소리 내어 읽었다. 기사는 자신이 부탁한 내용에서 크게 바뀌지 않았다. 그것은 자신의 입장을 존중해 준다는 무언의 표시인 것 같았다.

"흉악범 강인후에게서 '무엇'을 알아낸 사람이 있다. 하지만 그는 그것을 경찰에 얘기하지 않고 있다. 그것은 과연 무엇이고, 그것을 왜 은폐시키려고 하는 것일까? 강인후에게 살해된 이병호 교수는 역사학자였다. '무엇'이 역사와 관계된 것은 아닐까? '무엇'의 내용이 사건의 핵심이라고 볼 수 있겠다. 그렇다면 '무엇'의 내용을 파악하는 게 선결과제이고 시급한 문제임을 지적하지 않을 수 없다. 그리고 강인후는 지금도 여전히 행방이 묘연한 상태다. 계속해서 경찰의 감시망을 피해가며 도주 중인 강인후를 과연 도주로 보아야 하는가. 그게 아니면 누군가 숨겨주는 사람이 있는 것은 아닐까. 만약 숨겨주는 사람이 있다면 그는 과연 누구일 것인가. 날이 갈수록 꼬리를 무는 의문은 계속 증폭돼 가고 있는 상황이⋯."

약간 수정한 기사는 이상문을 전혀 언급하고 있지 않았다. 하지만 최영돈에게 꼬리를 보인 이상문은 충분히 알아볼 수 있는 내용으로 쓰여 있었다. 강인후를 흉악범으로 표현한 부분이 조금은 아쉬운 기사였다.

나성국의 쳐져있던 어깨가 약간 힘이 들어간 것처럼 보였다.

강인후와 신수정이 잡혀있는 곳은 해안을 끼고 있는 외딴 창고였다. 창고 뒤로 야트막한 야산이 해안을 내려다보고 있었고, 불어오는 바닷바람이 야산의 나무를 흔들고 지나갔다.

바람을 타고 있는 갈매기가 잠시 그 자리에서 외딴 창고를 바라보고 하늘 높이 올랐다.

기절한 상태로 이곳으로 끌려온 두 사람은 외딴 곳의 위치를 가늠할 수 없었고, 왜 자신들을 이곳으로 끌고 왔는지 짐작할 수 없었다. 그래도 한 가지 위안인 건, 자신들을 쉽게 해칠 마음이 없는 것 같았다.

강인후가 고개를 돌려 신수정을 바라보았다. 아까부터 무심한 표정의 그녀는 좁은 창살 사이로 드넓게 펼쳐진 바다만 바라보고 있었다. 그녀를 처음 보았을 때, 묘한 매력을 풍기는 그녀는 분명 자신의 마음을 흔들었다. 무엇보다도 거리낌 없는 쾌활한 성격이 내성적인 자신을 심적으로 의지하게 만들었고, 삶의 의미를 생각해보지 않았던 자신을 이끌었던 게 확실했다. 그러고 보니 자신은 지금까지 그녀를 위해서 한 일이 아무것도 없는 것 같았다. 그녀만 의지한 채 따라만 다니고 있었던 것이다. 내가 이런 그녀를 절체절명의 위기에 빠트렸다. 지금 내 삶의 의미이자, 가장 소중한 건 바로 이 여자다. 하지만 지금 상태에서 무엇을 할 수 있단 말인가. 강인후는 밀려드는 좌절감에 고개를 돌렸다.

"저들이 왜 우리를 여기로 끌고 왔을까요?"

신수정의 물음에 강인후는 어떤 말도 해줄 수 없었다. 하지만 떠나지 않는 생각은 외딴 바닷가가 최종목적지는 아닐 것이라는 불길함이었다.

잠깐의 침묵이 흘렀고 신수정 그녀 자신도 무언가 느낀 게 있는지 강인후를 잠시 바라보았다.

"인후씨는 살아오면서 가장 소중한 게 뭐였어요?"

담담한 물음이었다. 그녀의 시선은 강인후에게서 떨어지지 않았다. 이내 먼저 시선을 돌린 강인후가 담담하게 말을 받았다.

"가장 소중했던 건 잃어버린 우산이었어요."

"우산이요?"

"네. 어머니가 생전에 저에게 주신 우산이요. 제가 대리운전 나가는 날이었는데 그날따라 평소 쓰고 다녔던 우산이 보이지 않았어요. 그래서 하는 수 없이 고이 간직해 두었던 어머니가 주신 우산을 쓰고 나갔죠."

바닷바람이 불고 지나갔다.

"그런데 대리운전을 끝내고 돌아왔을 때, 우산이 없다는 걸 알게 됐어요. 저는 생각을 더듬어 우산을 찾아 나섰어요."

"그래서 찾았나요?"

"네. 찾았죠. 정확히 하루 반 만에. 하지만 이미 우산은 차에 짓밟혀 너덜너덜해진 상태였어요. 그 모습은 마치 고생만 하시다 한 순간에 몹시 늙어버린 어머니의 얼굴 같았어요. 저는 그 자리에서 움직이지 않고 몇 시간을 서 있었는지 몰라요. 저는 차마 그 처참한 잔해를 집으로 가져올 수 없었어요. 지금 그 우산은 어머니의 산소 옆에 묻어두었어요."

신수정의 눈가가 붉어졌다.

"나중에 안 사실이지만 거기는 차가 많이 오가는 4차선 도로였고, 차들이 울고 있는 저를 피해가기에 바빴다고 하더군요."

신수정의 눈물어린 시선이 그를 향했다.

"인후 씨, 우리 여기서 나가면⋯."

차 소리에 그녀의 말이 끊어졌다.

검은색의 지프가 모래사장을 헤치며 다가오고 있었다.

두 사람이 긴장된 얼굴로 지프를 바라보았다.

지프의 문이 열리며 건장한 사내가 모래땅에 발을 내려놓았다. 한쪽 눈동자가 약간 상해있는 그는 분명 사내들의 우두머리였다. 곧이어 쇠사슬 푸는 소리가 들렸고, 문이 활짝 열렸다. 좁은 창고로 들이닥친 사내들이 두 사람을 밧줄로 꽁꽁 묶었다.

"우리를 어떻게 할 생각이오?"

성큼 다가간 위무광이 강인후를 후려쳤다.

"건방진 놈, 질문은 내가 한다."

무릎걸음으로 다가간 신수정이 강인후를 감쌌다.

순간 위무광의 손이 멈칫했고, 강인후를 감싸 안은 여자를 바라보는 눈빛이 잠시 흔들렸다. 위무광은 자신도 리홍빈과 같은 감성이 있다는 것을 깨달았다. 믿을 수 없는 그는 간신히 감정을 수습하고 물었다.

"두 번 묻지 않겠다. 헌책방에는 또 누가 있었고, USB의 내용을 알고 있는 사람이 누구누구인가?"

"다른 사람은 없었습니다. USB의 내용이 무엇인지 우리 말고는 아무도 없습니다."

위무광이 들고 있던 신문을 펼쳐 강인후의 눈앞에 내밀었다.

"이래도 거짓말 할 텐가?"

강인후는 기사의 내용으로 보아 나성국이 나섰다는 걸 알았다. 하지만 그의 이름을 거론할 수는 없었다. 그것은 자신을 살려준 사람을 배신하는 행위였다.

강인후의 꾹 다문 입술이 떨어지지 않았다.

잠시 신수정을 바라본 위무광은 시선을 돌렸다. 그녀를 강인후의 입을 여는 수단으로 사용하고 싶었지만, 남자의 자존심이 그것을 심한 갈등으로 망설이게 만들었다. 그것은 어쩌면 영원히 새겨질 자신의 명예에 흠집을 남기고 싶지 않은 자신과의 감정대립이었다. 그는 감정대립에서 깨끗한 명예를 선택했다. 그의 얼굴에 인민해방군 최고의 전사다운 위엄이 자리 잡았다.

"너희들은 곧 중국으로 들어가게 될 것이다. 중국에서도 그렇게 입을 다물 수 있는지 두고 보겠다."

강인후는 사내들이 왜 자신들을 이곳으로 끌고 왔는지 알 수 있었다. 그는 재차 밀려드는 좌절감에 신수정을 바라볼 수 없었다.

마음의 결정을 내린 위무광이 창고를 빠져나가고 부하들이 그의 뒤를 따랐다. 육중한 쇠사슬 채우는 소리가 들렸다.

같은 시각, 창고에서 조금 멀리 떨어진 해안가로 한 척의 어선이 조용히 들어서고 있었다. 어선은 승선인원 20여 명을 수용할 수 있는 중급 어선처럼 보였다. 이윽고 완전히 정박한 어선에서 십수 명의 사내들이 물먹은 모래땅으로 뛰어내렸다. 그들의 얼굴과 옷차림은 몹시 남루해 보였고, 며칠을 감지 않았는지 머리카락은 심하게 헝클어져 있었다. 그들이 뛰어내린 어선에는 한 마리의 생선도 보이지 않았고, 남아있는 쇠파이프가 갑판을 뒹굴고 있었다. 어로장비가 보이지 않는 어선의 목적이 의심스러웠다.

산을 등지고 서 있는 사내들의 눈빛이 예리한 칼날처럼 섬뜩함을 품었다.

멀리 보이는 검은색의 지프가 사내들의 눈에 들어왔다.

"놈은 저기에 있다."

묵직한 목소리의 주인공은 전직 공안원 출신 우융강이었다. 그는 위무광을 찾아 나섰던 것이다. 십수 명의 중국 노동자들이 우융강의 지시에 빠르게 해안을 달려 외딴 건물로 접근했다. 작은 부속 건물이 딸려 있는 콘크리트 건물은 어부들이 잡아온 생선을 처리했던 창고 같았다. 곳곳에 흩어진 말라비틀어져 얼어붙은 생선뼈가 오랜 시간동안 방치돼 있던 것처럼 보였다.

칼을 꺼낸 우융강이 지프의 타이어를 힘껏 내리찍었다. 그의 섬뜩한 행동은 끝장을 보겠다는 심산인 것 같았다. 그도 그럴 것이 태극기 반환 주장의 여파로 한국의 노동현장은 중국노동자들을 받아주는 곳이 거의 없었고, 일자리를 잃은 노동자들은 제3국으로 이동하는 추세였다. 그들이 타고 온 어선도 그런 목적으로 탈취해 온 것이었다.

사내들이 천천히 건물로 들어섰다.

바로 그 시각, 위무광은 무엇인가 들려오는 소리에 귀를 세웠다. 틀림없는 강한 살기殺氣였다. 이번엔 또 누구란 말인가. 윤철훈과 백웅민? 그래 기다리고 있었다. 몸을 낮춘 그는 창가로 다가가 밖을 살폈다. 일순간 그의 눈이 크게 벌어졌다. 쇠파이프를 손에든 십수 명의 사내들은 마치 오합지졸처럼 보였다. 그러나 그들의 눈빛은 강한 살기를 품고 있었다. 모두 처음 보는 얼굴들이었다. 저 놈들은 대체 누구란 말인가. 놈들은 분명 나를 노리고 왔다. 위무광은 연속적으로 벌어지는 변수에 머리가 지끈거렸다. 그의 주위를 지키고 있는 부하들은 총 다섯이었다. 리훙빈의 계략에 말려든 부하들은 아직 완쾌되지 않았고 이상문의 저택에서 요양하고 있는 상태였다. 다시 한번 그녀에 대한 분노가 치솟았다.

위엄 있는 얼굴로 돌아간 위무광이 빠르게 지시했다.

사내들이 건물을 완전히 포위했다.

"네 놈들은 완전히 포위됐다. 어서 나와라."

우융강이 사납게 소리쳤다.

부하들을 거느린 위무광이 천천히 모습을 드러냈다.

"네 놈들이 누구인지 모르지만 번지수를 잘못 찾았다. 무사할 때 돌아가라."

위무광이 위엄 있게 말했다.

"내가 그럴 줄 알았다. 내 얼굴을 기억 못하는 걸 보니 약속도 잊은 모양이구나."

위무광은 그제서야 사내가 생각났다.

"여길 어떻게 알고 찾아왔나?"

"그건 네 놈이 알려주지 않았나."

"이 놈이 감히 누구에게 허튼 수작을."

참지 못한 위무광의 부하가 웃통을 벗어던졌다. 위무광이 급히 손을 들어 그를 제지했다.

우융강이 비웃음을 날렸다.

"안산공원을 기억하나? 네 놈은 분명 장 사령관과 이상문을 언급했다. 나는 강인후 신문기사가 이상문을 말하고 있다고 판단했다. 내가 어떻게 달리 판단할 수 있겠는가."

위무광은 한마디의 말실수가 예기치 않은 사건을 몰고 온 것에 자괴감이 들었다.

"약속한 돈을 주지 않으면 강인후는 우리가 데려가겠다. 우리에게 강인후를 넘기든지, 약속한 돈을 주든지 하나를 선택해라. 그러면 우리는 조용히 돌아간다."

두 가지 다 들어주기 힘든 조건이었다.

중국노동자들이 서서히 거리를 좁혔다.

자랑스러운 인민해방군이 고작 노동자들과 싸워야 한단 말인가. 무술로 단련된 부하들은 노동자들을 순식간에 제압할 능력을 갖고 있다. 하지만 그것은 인민해방군의 정신에 맞지 않았다. 위무광은 어떻게든 싸움을 피하고 싶었다.

그들이 신경전을 벌이고 있는 사이에 해안가로 접근하는 RV차량이 있었다.

운전대를 거머쥔 백웅민은 사방을 주시하며 천천히 차를 몰았다. 그의 눈에 흐릿한 외딴 건물과 건물 앞에 늘어선 십수 명의 사람들이 들어왔다. 차를 멈춘 그는 급히 차량에서 뛰어내렸다. 곧바로 야산으로 향한 그는 산자락을 타고 사람들의 눈을 피해 창고로 접근했다. 그의 눈에 본 건물에 딸린 부속건물이 들어왔다. 몸을 납작 엎드린 그는 거대한 체구라곤 믿을 수 없을 정도로 가볍고 민첩한 몸놀림으로 창고에 이르렀다. 혼자 몸으로 본 건물로 접근한다는 것은 불가능해 보였다. 강인후와 신수정이 제발 창고에 있어주기만을 기도했다. 돌아보니 유리창이 깨진 작은 창문이 보였고, 힘겹게 붙어있는 창살은 심하게 녹이 슬어 있었다. 한달음에 창가에 도착한 그는 조심스럽게 깨진 유리창으로 고개를 들이밀었다. 불빛 하나 없이 시커먼 창고 안에는 무엇이 있는지 잘 보이지 않았다. 이윽고 어둠에 익은 눈이 무엇인가 발견했다. 밧줄로 꽁꽁 묶여 바닥에 앉아있는 두 사람은 틀림없는 강인후와 신수정이었다. 두 사람은 인기척을 전혀 느끼지 못한 듯 고개를 떨어뜨리고 있었다. 백웅민이 창고 안으로 돌을 던지자, 강인후와 신수정이 고개를 들었다. 두 사람은 믿을 수 없는 눈길로 백웅민을 바라보았다. 아무래도 창고로 들어가야만 할 것 같았다. 뒷걸음으로 창고 앞에 도착한 그는 튼튼한 쇠사슬 앞에서 낭패감이 들었다. 신속한 방법을 찾아야만 했다. 주위를 둘러본 그의 눈에 적당한 물건이 들어왔다. 근로현장에서 흔히 볼 수 있는 쇠 지렛대였다. 쇠사슬 사이로 지렛대를 끼워 넣은 그는 힘을 가했다.

한편 위무광은 심하게 망설이고 있었다. 우융강은 쉽게 물러날 것 같지 않았고, 어떤 말도 통하지 않을 것처럼 보였다. 처음부터 그를 속일 마음은 없었지만, 결과적으로 속인 게 돼버렸다. 강인후 사건이 이렇게까지 꼬일 줄은 상상도 못했다. 순간 그는 무언가 잘못 판단하고 있다는 걸 알았다. 이놈들은 국가를 배신한 놈들이다.

"어서 결정해라!"

우융강이 사납게 말했다.

위무광이 노동자들을 무섭게 노려보았다. 서슬 퍼런 섬뜩한 기운이 노동자들을 훑고 지나갔다. 마침내 결정을 내린 그가 무섭게 돌진해 노동자를 걷어찼다. 불시에 일격을 당한 노동자가 거꾸러졌다.

"쳐라!"

우융강이 소리쳤다.

밝은 대낮에 치열한 격투가 벌어졌다. 쇠파이프를 빗겨 맞은 콘크리트 벽이 비명을 질렀고, 주먹을 맞은 사내들의 쓰러지는 소리가 살벌하게 들렸다. 인민해방군 전사들의 몸놀림은 비호같이 빨랐다. 그들의 주먹과 발길질에 노동자들이 픽픽 쓰러졌다. 하지만 더 이상 물러날 곳 없는 노동자들의 기세도 만만치 않았다. 쇠파이프를 맞은 위무광의 부하가 비명을 지르며 쓰러졌다.

양측 간에 치열한 혈전이 벌어지는 사이에 급히 창고에서 빠져나온 백웅민은 잠시 방향을 탐색했다. 그가 바다 쪽을 바라보았다. 사내들을 피해 자신의 차로 가기에 가장 가까운 거리였다. 모래사장으로 내려선 세 사람이 죽을힘을 다해 뛰었다.

"위 소교님!"

싸움에 열중해 있던 위무광이 부하의 소리에 고개를 돌렸다. 부하가 급히 손을 들어 바다 쪽을 가리켰다.

'이런 망할.'

"강인후를 놓치지 마라!"

부하들이 일제히 바다 쪽으로 뛰었다.

사태를 알아차린 노동자들이 바로 뒤를 따랐다. 자칫하면 눈앞에서 모든 게 물거품이 될 형국이었다.

앞서 뛰던 백웅민이 뒤를 돌아보았다. 신수정을 부축한 강인후가 몹시 힘겹게 뒤따라오고 있었고, 사나운 얼굴로 뒤쫓아 오는 사내들이 점점 거리를 좁히고 있었다. 이대로 가다간 모두 잡히고 말 것이다. 신수정을 가볍게 어깨에 올린 백웅민이 모래사장을 내달렸다. 작은 모래언덕 너머로 자신의 차가 보였다. 사내들과의 거리는 점점 좁아졌다. 갑자기 신수정을 내려놓은 백웅민이 혼자 달렸다.

"강인후 씨, 빨리 뛰어요!"

백웅민이 달리면서 소리쳤다. 순식간에 자신의 차에 도착한 그는 급히 운전석으로 올라타 시동을 걸었다. 요란한 바퀴소리에 이어 차가 모래언덕을 넘어섰다. 몹시 힘겹게 뛰어오는 두 사람과 사내들과의 거리는 불과 몇 걸음도 안 돼 보였다. 뒷문을 열어젖힌 백웅민의 차가 사내들을 향해 무섭게 돌진했다.

기회는 한번으로 끝날 수도 있다. 강인후가 무섭게 다가오는 차를 주시했다. 그는 돌진하는 차와 정면승부를 하려는 듯 피하지 않고 달렸다. 신수정이 그의 손을 꼭 잡고 같이 뛰었다. 뒷문을 열어젖힌 차는 마치 거대한 독수리처럼 보였다. 차와 거리가 불과 1미터도 안 남았을 때였다. 강인후가 살짝 몸을 틀었다. 차가 바로 옆으로 스쳤다. 순간 강인후가 신수정을 힘껏 들어 차로 밀어 넣었다. 그와 동시에 강인후가 신수정을 향해 몸을 날렸다. 텅 소리와 함께 차문이 닫히고, 돌진하는 차를 피한 노동자가 쇠파이프를 휘둘렀다. 조수석의 유리창이 박살나며 유리 파편이 사방으로 튀어 들어왔다. 곧이어 수많은 쇠파이프가 깨진 창문 사이로 마구 날아들었다. 머리를 감싸쥔 백웅민의 손에서 피가 철철 흘렀다. 순간 기우뚱거린 차가 제자리를 잡았다. 이윽고 제자리를 잡은 차는 요란한 엔진소리를 내며 사내들을 뒤로했다.

"빨리 차를 가져와!"

위무광이 소리쳤다. 하지만 그는 알지 못했다. 타이어가 찢어졌다는 사실을.

우융강이 망연자실한 눈으로 모래사장에 끝없이 그려지는 타이어 자국을 계속 쫓았다.

국정원 비밀안가

"백웅민이 연락해 왔습니다."

"곧, 그리로 가겠습니다."

비밀회선의 전화를 끊은 박미혜 대통령은 급히 청와대를 벗어났다.

윤철훈과 백웅민의 존재를 알고 있는 사람은 국정원에서 극소수에 불과했고, 청와대에서도 자신을 경호하는 경호실장 하진철 뿐이었다.

대통령을 태운 자가용이 미끄러지듯 움직였다.

"백웅민이 어디까지 알아냈을까요?"

하진철이 물었지만 대답은 들려오지 않았다.

하진철은 룸미러를 통해 대통령을 바라보았다. 눈을 감고 있는 모습이 깊은 생각에 잠겨있는 것 같았다.

이윽고 호텔 지하주차장으로 들어선 자가용이 천천히 멈춰 섰다.

두 사람을 태운 승강기가 띵 소리와 함께 8층에서 멈췄다. 복도를 걸어 호실을 확인한 하진철은 노크 신호를 보냈다. 이곳은 국정원이 비밀안가로 사용하고 있는 곳이었다.

급히 일어선 백웅민이 대통령을 향해 거수경례를 올렸다.

"앉으세요."

많이 잠겨있는 대통령의 목소리는 고뇌의 흔적이 엿보였다.

"미안한 마음 금할 길이 없습니다."

"아닙니다."

백웅민은 황송한 마음에 몸을 일으켰다 앉았다.

"윤철훈 경위와는 연락이 닿지 않고 있나 보죠."

"네. 윤 경위가 중국에서 한국으로 넘어온 것 같은데. 그가 어디에 있는지 현재로서는 알 길이 없습니다."

"…중국의 의도가 무엇인지 짐작 가는 바는 없는 겁니까?"

"짐작이지만 우리의 역사와 무관하지 않을 것 같습니다. 좀 더 파악한 후에 말씀드리겠습니다. 그리고 한 가지 부탁드릴게 있습니다."

"말해보세요."

"경찰의 강한 수사로 인해 강인후를 보호하고 있는 저로서는 행동의 제약을 받을 수밖에 없습니다. 그래서 수사의 강도를 낮춰주셨으면 합니다."

"그건, 음…."

대통령은 강인후의 수사를 중단시킬 수 없는 현실이 매우 비통하고 곤혹스러웠다. 백웅민의 부탁은 매우 어려운 부탁이었다. 설상가상으로 단합되지 않고 뿔뿔이 흩어진 내각이 개탄스러웠고, 이를 지켜보는 국민에게 부끄러웠다. 태극기 반환 주장에 제대로 된 대책하나 내놓지 못하는 무능한 정부를 바라보는 국민들의 시선을 차마 마주 바라볼 수 없는 현실이 고통스러웠다. 그 사이에서 강단 있는 결정을 내리지 못하는 자기 자신이 싫었다. 짐작하기 어려운 중국의 속셈과 위험에 처한 한 사람의 국민을 보고도 제대로 손을 써보지 못하는 현실이 부끄럽고 비통했다. 내가 과연 대통령으로서 자격이 있는가. 심한 회의감이 밀려들며 깊은숨이 흘렀다.

"알겠습니다. 최대한 힘을 써 보겠습니다."

"그럼, 전 이만 강인후가 있는 곳으로 돌아가겠습니다."

"몸조심 하세요."

일어선 대통령이 백웅민의 손을 잡아주었다.

중국 랴오닝 성.

흙먼지를 일으키며 행사장을 달리는 수십 필의 말발굽 소리가 지축을 울렸다.

달리는 말에 올라탄 사내들의 손에는 검과 활이 들려 있었고, 행사장을 가득 메운 수천 명의 사람들은 사내들의 늠름한 모습에 시선을 돌리지 않았다. 비호처럼 말을 달리는 사내들은 무엇을 찾고 있는 듯 예리한 눈은 전방을 주시했다. 한 순간 누워있던 과녁이 튕기듯 일어섰다. 순간을 놓치지 않은 사내의 화살이 쉬이익 소리와 함께 활시위를 떠났다. 흠잡을 때 없는 정확한 명중이었다. 관중석에서 탄성이 쏟아졌다. 곧이어 수많은 화살이 뒤를 따랐다. 두두두 들려오는 소리는 과녁에 정확히 꽂히는 소리였다. 기마민족다운 역동성은 행사장을 사로잡기에 충분했다. 그칠 줄 모르고 끝없이 이어지는 우렁찬 함성과 박수소리가 행사장을 가득 메웠다.

몸에 딱 달라붙는 만주족 전통복장인 치타오를 차려입은 여성들의 육감적인 모습이 행사장을 더욱 뜨겁게 달궈놓고 있었다.

이날은 만주족 최대 명절인 반금절頒金節이었다. 반금절은 청태종 홍타이시가 여진족에서 만주족으로 개명한 날로 만주족의 탄생을 기념하는 최대의 명절이었다.

진가위는 매우 흡족한 얼굴로 옆으로 고개를 돌렸다.

행사장에는 초대받은 정치국위원들과 소수민족의 전통문화를 연구하는 학자들이 나란히 앉아 있었고, 바로 옆에 자리한 전 인민해방군사령관 장저우가 시종일관 꼿꼿한 자세로 행사를 지켜보았다. 그는 행사가 진행되는 동안에도 묵묵히 입을 다물고 있었고, 얼굴에는 어떤 표정변화도 보이지 않았다. 속을 짐작할 수 없는 위인이었다.

"역시 만주족은 과거를 잃어버리지 않았군요."

장저우가 정면을 응시한 채 말했다.

순간 진가위는 자신도 모르게 긴장감이 흐르는 것을 느꼈다. 그의 말속에는 분명 어떤 의미가 담겨있었다.

"위원님, 세상에는 두 부류의 사람이 있습니다. 하나는 자신을 키워준 사람을 잊지 못해 끝까지 배신하지 않는 은혜 깊은 사람과, 자신을 키워준 사람을 밟고 올라서려는 배은망덕한 사람. 만약 우리 한(漢)족의 힘이 약해졌다고 하면 제 생각으로 만주족은 전자를 선택할 것 같은데, 제 생각이 맞겠지요? 과거 한족을 지배했던 만주족의 후예로서 위원님의 솔직 담백한 말씀을 듣고 싶습니다."

장저우는 지금 경고의 메시지를 보내고 있는 것이었다. 저우밍다오 주석과 바로 연줄이 닿아있는 그는 중국권력의 핵심 중앙정치국 위원 진가위를 압박해 들어갔다.

순간 진가위는 어떤 위기의식을 느꼈다.

이 자가 어디까지 알고 있단 말인가. 아직까지 확실한 증거는 확보하지 못한 게 분명하다. 만약 증거를 확보했다면 그의 성격으로 보아 빙빙 돌려서 말할 위인이 아니고 벌써 치고 들어왔을 것이다. 이 자는 꼬투리를 잡기 위해 교묘하게 유도하고 있는 것이다. 틈을 보이지 말아야 한다. 그것을 보이는 날엔 더 이상 우리 만주족의 미래는 없고, 모든 게 끝장날 수 있다. 그렇다면 피하지 말고 정면승부를 해야 한다. 그것이 위기를 극복하는 방법이다.

왜소한 체구의 장저우를 가만히 응시한 진가위가 천천히 입을 열었다.

"장 사령관, 사람을 어찌 이분법적인 두 부류의 사람으로만 규정할 수 있겠소. 지금까지 인류의 역사는 저마다의 목적을 이루기 위한 투쟁의 연속이었소. 그 투쟁 속에는 인간의 희로애락이 모두 담겨있는 것이오. 때로는 승자의 입장에서, 때로는 패자의 입장에서, 배움의 입장에서, 가르침의 입장에서. 그 과정 속에서 인간의 의식은 확장되고 진화해 왔던 것이오. 거기에는 찬란한 중화의 문화도 예외일 수 없는 것이지 않겠소. 사령관이 말씀하신 두 부류의 이분법적인 규정은 인간의 의식을 지극히 협소하게 만들 뿐이라는 생각이 드는군요."

진가위는 장저우의 질문을 최대한 회피하면서 자신의 의사를 피력했고, 오히려 그를 심리적으로 압박하는 언변을 구사했다.

"장 사령관, 듣자하니 우리 만주족을 예의주시하고 있다는 소문이 들립니다. 그것이 사실이라면 사령관의 말씀 속에는 어떤 의도가 들어있는 것 같은데, 그 의도와 이유가 무엇인지 물어도 되겠소?"

진가위는 장저우에게 정면 승부수를 던졌다.

'교활한 놈 같으니라고.'

장저우의 얼굴이 심하게 일그러졌다. 장저우는 자신이 놓은 덫에 자신이 걸려드는 기분이었다. 역시 진가위는 중앙정치국위원이었다.

두 사람의 기氣싸움은 한 치의 양보도 허용하지 않을 것처럼 보였다.

"진정 그것이 알고 싶다는 말씀입니까?"

장저우는 진가위의 승부수를 피하지 않았다.

"좋습니다. 말씀드리지요. 우리는 수십 년 전부터 역사공정을 주도해 왔습니다. 그것이 어떤 목적을 가지고 있는지 설마 모르시진 않겠지요. 저는 제 사업에 방해가 되는 그 어떤 것도 허락하지 않을 것이고 용서하지 않을 것입니다. 그것은 곧 우리 거대한 중국의 뜻이기도 하구요."

"지금 그 말씀은 우리 만주족을 예의주시하고 있는 이유가 역사공정에 방해가 될 수도 있다고 생각해서 하시는 말씀인가요?"

"저는 만주족이 역사공정의 사업에 방해가 된다고 생각하지도 않고 그렇게 말한 적도 없습니다. 저는 우리 중국의 56개 소수민족이 한족의 은혜를 저버리지 않을까, 그 점을 우려하고 있을 뿐입니다. 제 생각이 한낱 기우에 불과했으면 하는 바람에서 드렸던 말씀입니다. 이제는 위원님이 답변하실 차례인 것 같습니다."

장저우가 교활한 눈빛을 보냈다.

'어서 대답해라. 진가위. 네 놈은 당연히 전자를 선택할 수밖에 없다. 내 질문의 목적은 다른데 있는 것이 아니다. 나는 네놈의 비굴한 표정에서 천만이 넘는 만주족을 우롱하고 싶을 뿐이다.'

장저우는 짜릿한 쾌감을 맛보았다.

이렇게 되고 보니 대화는 다시 처음으로 되돌아갔고 진가위는 고민하지 않을 수 없었다. 그렇지만 진가위는 쉽게 속을 드러낼 위인이 아니었고, 임기응변에 아주 능한 인물이었다. 잠시 뜸을 들인 그는 장저우의 교활한 눈빛을 피하지 않고 근엄하게 응시했다.

"장 사령관, 저는 그 질문에 매우 깊은 유감을 표하는 바이오. 우리 만주족은 한족에 동화된지 이미 오래인 것으로 사령관도 알고 있지 않소. 그런데 사령관의 말씀은 두 민족이 융합되지 못하고 분열된 상태를 전제로 하는 질문같이 들리는군요. 이는 곧 우리 중화사상의 이념에도 어긋나 자칫하면 큰 오해를 불러 일으켜 다른 민족에 부정적인 영향을 끼칠 수 있는 질문이라는 걸 왜 생각 못하고 있는 것이오. 만약 이 자리에 매스컴을 다루는 자가 있었다면 지금 사령관의 질문은 아주 큰 국가적 파장을 불러일으킬 것이라는 걸 명심하시오."

잠시 말을 멈춘 진가위가 마지막으로 못을 박았다.

"분명히 말하겠소. 다시는 그런 질문을 용납하지 않을 것이고, 만약 또 비슷한 상황이 반복된다면 추후 사령관의 지위는 상상에 맡기겠소."

매우 위엄 있게 말한 진가위가 먼저 시선을 돌렸다. 그것은 장저우의 패배로 물든 얼굴을 일부러 피하는 것이었고, 전직 사령관에게 보내는 최소한의 예우를 베푸는 배려였다. 그는 역시 진정한 정치인이었다.

장저우는 심한 치욕감으로 그 자리에 앉아 있을 수가 없었다. 말없이 일어서는 그의 눈에서 패배의 눈물이 흘렀다.

'진가위 이놈, 오늘의 치욕은 반드시 되갚아준다.'

장저우는 다짐하고 또 다짐했다.

진가위의 가슴속에서 안도의 감정과 연민의 감정이 동시에 교차했다.

평일이라 그런지 서울방향으로 달리는 버스 안에는 비교적 승객들이 한산한 편이었다.

윤철훈이 고개를 돌려 창가에 자리 잡은 김철호를 바라보았다. 김철호는 산골마을을 벗어나고부터 한마디의 말도 없었고, 풀어지지 않는 침울한 표정은 계속되고 있었다. 창에 머리를 기댄 채 감고 있는 그의 두 눈이 애처롭게 보였다. 감은 눈이 가끔 움찔거리는 것으로 보아 잠자고 있는 것은 아닌 것 같았다. 윤철훈은 주홍을 생각하는 그의 마음을 이해할 수 있었다. 사랑하기 때문에 떠난다는 시구는 그의 흔들리는 마음을 충분히 대변해 주고도 남았다. 고개를 돌려 전방을 바라보니 쾌청한 하늘에서 눈부신 햇빛이 쏟아져 들어오고 있었다. 운전기사가 해가림 막을 내려 햇빛을 가렸다. 그때 차창 밖으로 어렴풋이 보이는 얼굴이 있었다. 자신을 향해 다가오는 얼굴은 분명 백웅민이었다. 백 경위는 살아있기나 한 것일까. 만약 살아있다면 그는 어떤 얼굴을 하고 있고, 무엇을 하고 있을까. 만약 우연히 마주친다면 내가 과연 그를 알아볼 수 있을까. 수없이 이어지는 생각에서 빠져나오기 힘든 윤철훈이 눈을 감았다.

이윽고 서울 고속버스터미널에 도착한 버스가 천천히 멈춰 섰다.

"서울에 도착했네."

김철호가 윤철훈을 가볍게 흔들었다.

깜빡 잠이든 그는 김철호에게 미안한 마음이 들었다. 표정을 정리한 그가 버스를 내렸다. 서울에 와서 두 사람이 제일 먼저 찾은 곳은 휴대폰 매장이었다. 잠시 후, 매장을 나오는 윤철훈의 손에는 위조 신분증으로 급히 만든 휴대폰이 들려있었다.

두 사람이 대기하고 있던 택시에 승차했다.

"어디로 모실까요?"

사람 좋게 보이는 택시기사가 반가운 표정으로 두 사람을 맞이했다.

"K일보로 갑시다."

윤철훈이 말했다.

그의 손에는 K일보 신문이 들려있었고, 두 사람은 신문에 강인후 사건을 보도한 최영돈을 찾아 나섰다. 결과적으로 최영돈의 기사는 사건에 관련된 사람들을 하나로 묶어주는 고리역할을 하고 있었던 셈이다.

한참을 달리니 그들의 눈에 중국대사관이 들어왔다. 서울 명동에 위치한 주한 중국대사관은 견고한 성과 같은 건물에 진한 주홍색의 육중한 정문이 거대한 입을 굳게 다물고 있었고, 중화인민공화국대사관을 새긴 금빛 찬란한 현판이 보는 이들의 시선을 압도하고 있었다. 건물 안쪽에서 우뚝 솟아 힘차게 펄럭이는 오성홍기(중국국기)는 조금 낮은 위치에서 힘겹게 펄럭이는 한국의 태극기를 내려다보고 있는 것 같았다.

"망할 때 놈들."

택시기사가 대사관을 지나치며 내뱉듯 말했다.

대사관 앞에는 중무장한 전경과 의경이 철통경계를 서고 있었다. 끊임없이 이어지는 반중시위에 긴장의 끈을 바짝 조이고 있는 모습이었다. 그것을 증명하기라도 하듯 갑자기 나타난 대학생으로 보이는 십여 명의 남녀 학생들이 대사관을 향해 준비해온 돌을 던지고 달아났다. 학생들을 바라보는 전경들은 그들을 쫓지 않고 그저 묵묵히 자리만 지키고 있었다.

"아마 몇 달만 있으면 태극기는 땅으로 내려올 것 같군요. 그와 동시에 중국은 태극기를 빼앗아 가겠죠?"

택시기사의 말처럼 태극기는 벌써 반 이상이나 내려온 상태였다.

태극기를 바라보는 윤철훈과 김철호는 밀려드는 분노와 조바심으로 바닥으로 추락하는 태극기를 끝까지 바라보기 어려웠다.

두 사람이 동시에 고개를 돌렸다.

두 사람이 느끼는 분노의 감정은 분명 서로 다른 것이었다. 윤철훈이 느끼는 분노의 감정은 역사를 빼앗긴 민족의 설움이요, 중국의 문화적 횡포에 순응하는 듯한 한국의 전반적인 국민적 정서였다. 반면에 김철호는 주체사상을 바탕으로 한 미래에 이룩할 혁명정권의 순항이 위협 받으리라는 것이었고, 민족의 구심점이 제3국의 간섭에 의해 무너질 수 있다는 것에 대한 분노의 감정이었다.

"두 분은 떨어지는 태극기를 보고도 아무 감정이 없는 겁니까?"

택시기사가 대답 없이 묵묵히 앉아있는 두 사람을 보고 다시 물었다.

두 사람은 여전히 아무 대답도 하지 않았다. 무안해진 택시기사가 입을 다물었다.

불편한 침묵의 시간이 한참 흐른 후, 눈길을 끄는 주택가가 들어왔다.

시내를 조금 벗어난 주택가는 세월의 흔적을 보여주듯 조금 낡아있었지만, 주택의 벽면은 온통 그림으로 도배돼 있었다. 화려한 색상의 그림은 마치 동화 속으로 들어온 것 같은 착각을 불러올 정도였다.

길 건너로 높게 솟은 건물이 보였다. 건물이 주택가를 내려다보고 있는 것 같았다.

윤철훈이 전방에 높게 솟은 미려한 건물에 눈을 들었다. 진한 회색의 금속성으로 지어진 건물은 마치 통째로 주물 작업을 거쳐서 나온 것처럼 작은 틈 하나 보이지 않는 독특한 건물이었다. 언론사의 이미지와 잘 어울리는 것 같았다.

"K일보 다 왔어요."

택시기사는 감정이 상했는지 퉁명스럽게 말을 뱉었다.

"과연 그 기자가 강인후를 만나보았을까?"

김철호가 택시를 빠져나오며 말했다.

"글쎄, 아마 아닐 수도 있겠지. 하지만 그 기자는 강인후 사건에 대해 분명 무언가를 알고 있어. 그게 아니면 그런 기사를 쓸 수 없었을 거야. 그 기자의 도움이 절실히 필요해."

잠시 멈춰 서서 K일보의 미려한 건물을 바라본 윤철훈이 휴대폰을 눌렀다. 몇 번의 신호음이 울린 후, 발음이 또렷한 여자의 목소리가 들려왔다.

"네. K일보입니다."

"최영돈 기자님 계십니까?"

'지금 자리에 안 계시는데요. 어디시라고 전해 드릴까요?'

"아닙니다. 다시 연락드리죠."

한편, 신문사 옥상으로 향하는 최영돈은 언제부턴가 자신의 주위를 맴도는 사내들의 모습에 몸을 잔뜩 사리고 있었다. 아마도 사내들은 강인후 사건을 보도하고 난 후부터 자신의 주위를 탐색하고 있었던 것 같았다. 그는 하루하루가 살얼음판을 걷는 기분이었지만,

그럴수록 강인후 사건에 대한 미스터리를 파헤치고 말겠다는 집념을 불태우고 있었다.

건물옥상에 다다른 그는 담배를 빼 물고 연기를 길게 내뿜었다. 긴장을 달래주는 것으로 담배만한 것도 찾기 힘들었다. 급기야 그의 입에서 푸념이 터져 나왔다.

"제기랄, 담배 피는 것도 눈치를 봐야 하는 세상이니."

그는 신문사나 어디에서도 담배를 마음대로 피울 수 있는 그 좋은 세월이 지나갔음을 심히 아쉬워하고 있는 것 같았다.

그가 대학 딱지를 떼고 신문사에 갓 입사했을 때만 해도 사무실은 담배친구가 많았다. 적어도 담배를 나누어 피우는 그 순간만큼은 모두가 친구였다. 그는 그 시절이 그리웠다.

"담배를 안 피면서 어떻게 좋은 글이 나올 수 있겠어."

그의 푸념은 계속 됐고 담배를 피우는 그의 손에는 커피가 들려있었다. 뜨거운 커피와 함께하는 담배는 결코 포기할 수 없는 또 다른 즐거움이었다.

그는 담배연기를 타고 떠오르는 소리에 귀를 기울였다. 소리는 나성국의 목소리였다.

'만 번을 거짓말 하면 그것은 곧 진실이 된다. 진실은 언제나 아주 가까이 있다.'

어림잡아 생각해 보아도 문구는 거짓이 진실로 뒤바뀐 무엇을 말하고 있는 게 분명해 보였다. 그런데 문제는 이병호 교수가 진정으로 말하고 싶은 아주 가까운 곳에 있는 진실과 복희씨의 하도였다.

그럼, 이 교수가 진실을 가까운 곳에 숨겨놓았다는 것인가? 그리고 하도는 왜 그려놓았을까? 생각하는 그의 뇌리에 문득 나성국이 얼버무린 뒷말이 스쳤다. 그는 무슨 말을 하려고 했던 것일까. 뒤를 이어 그가 보낸 메시지가 연이어 지나갔다. 그는 메시지에서 강인후와 신수정을 구했음을 알려왔고 낯선 사람들의 접근이 있을 시, 자신에게 즉각 연락해달라는 내용을 보내왔다. 아무래도 나성국은 말하지 않은 내용이 있을 것이다. 결론을 내린 최영돈은 어떻게든 그를 설득해 다시 만나봐야겠다고 생각했다. 그가 얼버무린 내용 속에는 무언가 있는 것으로 보아야 했고, 무엇보다도 그는 강인후와 함께 움직이는 사람이었다. 그리고 빼 놓을 수 없는 건 이해하기 힘든 신수정의 행동이었다. 강인후의 인질인 그녀는 그 오랜 기간 동안 도망칠 수 있는 기회와 신고할 수 있는 시간이 없지 않았을 것이다. 아마도 그녀는 인질이 범인에게 정신적으로 동화되어 호감을 나타내는 심리현상인 '스톡홀름증후군'이 발동했다고 보아야한다. 그는 강인후 사건에서 아주 많은 것을 얻을 수 있겠다고 판단했다.

'잘하면 대 특종을 건질 수 있다.'

그는 속으로 외쳤다.

담배를 다 피운 최영돈이 기자실에 들어서려고 할 때 전화벨이 울렸다. 전화는 마치 자신을 기다리고 있었다는 느낌이 들 정도로 타이밍이 정확했다.

"네, K일보 최영돈 기잡니다."

침묵의 시간이 짧게 흐른 후, 묵직한 남자의 목소리가 들려왔다.

"강인후 사건을 수사하고 있는 경찰입니다. 기사 건으로 잠시 만났으면 합니다."

순간 최영돈은 무언가 있음을 직감했다. 그것은 상대방이 짧은 시간 망설였다는데 그의 예리한 직감이 꽂혔다. 상대방이 경찰이라면 망설일 이유가 전혀 없기 때문이었다. 그는 자신의 주위를 맴돌던 사내들이 떠올랐다. 상대방은 경찰이 아니다. 나성국을 만날 수 있는 기회가 자연스럽게 찾아왔다. 상대방에게 약속장소를 정한 그는 급히 휴대전화를 꺼내 나성국에게 메시지를 보냈다.

K일보 사회부 기자 최영돈의 실수

최영돈이 신문사 로비를 벗어날 때 그를 따라 붙는 사내가 있었다. 사내의 미행 술은 전혀 눈치 채지 못할 정도로 아주 정교했다.

약속장소로 들어서려던 최영돈이 다시 한 번 가방을 확인했다. 조금 벌어진 지퍼 사이로 고성능 카메라가 투명한 눈을 빛내고 있었다. 자연스럽게 가방을 손에든 그가 카페의 문을 열고 들어섰다. 카페 안에는 중앙으로 여러 개의 화분이 가지런히 늘어서 있었고, 테이블 사이사이로 어항이 보였다. 어항 속에서 형형색색의 관상어가 수초를 오가며 노닐고 있었다.

화분과 어항에 둘러싸인 넓은 카페의 손님들은 잘 보이지 않았고, 자신을 찾는 사람이 누군지 알 수 없었다. 그는 계산대로 다가가 자신의 이름을 밝히고 잠시 기다렸다. 잠시 후, 화분을 헤치며 다가오는 사람이 있었다. 건장한 체구에 부드러움과 지성적인 이미지를 동시에 갖춘 사내가 그를 향해 손을 들었다.

"전화 드렸던 사람입니다. 이쪽입니다."

자신의 신분을 밝히지 않은 그는 역시 경찰이 아니었다. 사내의 뒤를 따라 걷는 최영돈은 가슴이 두근거렸다. 테이블에는 눈매가 부리부리한 또 다른 사내가 자신을 기다리고 있었다. 그의 모습은 마치 격투기선수처럼 강인해 보였지만, 일어서서 예를 갖추는 얼굴은 적대감이 느껴지지 않았다.

가방에 눈을 던진 최영돈은 맞은편 의자에 몸을 내렸다. 동시에 가방을 적당한 위치에 놓는 것도 빼놓지 않았다.

건장한 두 사람과 마주앉은 최영돈이 물 잔을 들어 물을 한 모금 삼켰다.

"어디까지 알고 계시는 겁니까?"

지성적으로 보이는 사내가 물었다.

"먼저 댁들의 신분을 정확히 밝히는 게 순서인 거 같습니다."

윤철훈이 최영돈을 가만히 응시한 후, 입을 열었다.

"기사의 내용은 이상문 청장을 언급하고 있는 것 같은데 어떤 근거라도 있는 겁니까?"

사내의 질문은 예상 밖의 질문이었다. 이 자들은 정말 경찰이란 말인가. 아니면 이상문의 하수인이란 말인가. 만약 이들이 이상문의 하수인이라면 어떤 봉변을 당할 수도 있다. 자리를 떠야했다. 강인후 사건에 너무 집착한 자신의 경솔한 행동에 후회가 밀려왔다.

"댁들이 경찰이 아니라면 대답할 필요성을 못 느끼겠군요."

말을 마친 최영돈이 급히 일어서 발을 옮겼다.

"그럼, 경찰은 믿을 수 있다는 얘깁니까?"

윤철훈의 한마디에 충격을 받은 최영돈이 다시 돌아섰다.

"대체 댁들의 정체가 뭡니까?"

두 사람을 탐색하는 최영돈의 눈빛은 깊은 의문을 품고 있었다.

"지난 여름 한강다리 위에서 투신한 경찰들을 기억하시겠죠?"

"그 일을 묻는 이유는 또 뭡니까?"

다시 자리에 앉은 최영돈이 물었다.

윤철훈의 얼굴이 비장한 얼굴로 돌아갔다.

"우리는 그들과 뜻을 같이하고 있는 사람들입니다."

최영돈은 사내가 무슨 얘기를 하는지 도무지 종잡을 수 없었다.

"뜻을 같이한다구요?"

"그렇습니다. 강인후 사건은 이상문의 선에서 해결될 문제가 아닙니다. 거기에는 중국우익의 핵심 장저우가 개입돼 있고, 어떤 정치적인 음모가 도사리고 있습니다. 태극기 반환 주장과도 깊은 연관이 있다는 점을 말씀드리고 싶군요."

"태극기 반환 주장과 관련이 있다구요?"

최영돈의 두 눈이 충격으로 물들었다.

이 사람들은 대체 누구이기에 어떻게 이런 사실들을 알고 있는 것인가. 최영돈은 사건이 깊어질수록 늪에 빠져드는 느낌이었다. 급기야 두려움과 설렘이 동시에 밀려왔다.

"이름을 밝힐 순 없지만, 지금 중국에는 우리 한민족의 혈통과 맥을 같이하는 사람이 장저우세력의 의도를 파헤치기 위해 비밀리에 활동하고 있습니다. 우리는 지금까지 중국에서 장저우세력을 뒷조사 해왔습니다. 하지만 애석하게도 철통같은 보안을 뚫기란 쉽지 않아 그들의 의도를 극히 일부분만 파악하고 있는 상황입니다."

윤철훈이 잠시 말을 멈추고 김철호를 바라보았다. 그러고 보니 지금까지 자신만 말하고 있었다는 게 생각났다. 생사를 같이하고 있는 그에게도 말할 기회를 주어야 했다. 윤철훈이 고개를 끄덕이자, 김철호가 기다렸다는 듯이 말을 받았다.

"중국은 지금 무언가를 숨기고 있는 게 확실합니다. 기자님도 잘 아시겠지만 중국대사관의 태극기가 바닥으로 떨어질 날은 얼마 남지 않았습니다. 한번 빼앗긴 태극기가 우리의 손에 다시 돌아오기까지는 엄청난 고난과 역경이 따를 것입니다. 그 과정에서 우리는 어떤 엄청난 문화적 상처를 입을지, 생각하지 않을 수 없습니다. 주체성에 큰 상처를 입은 국민이 어떻게 미래에 펼쳐질 국가적인 건설에 참여할 수 있겠습니까. 그러기 전에 중국의 음모가 무엇인지 밝혀내야 하고, 그게 힘들면 최대한 시간을 지연시켜 대책을 강구해야 합니다."

김철호는 주체사상의 혁명정부를 기자가 눈치 채지 못하게 교묘하게 간접적으로 표현했다.

"그럼, 혹시 강인후 씨가 누명을 쓰고 있다는 말이 사실입니까?"

"사실입니다. 그렇기 때문에 우리가 기자님께 연락을 드렸던 겁니다. 강인후 사건에 대해서 아시는 데까지 말씀해 주세요."

순간 최영돈이 심한 부끄러움에 고개를 숙였다. 자신은 지금까지 특종만을 노리고 사건에 접했다는 생각이 들었다. 그는 카메라 가방을 집어던지고 싶은 충동을 간신히 참았다. 이제 더 이상 앞에 있는 사내들이 누구인지 신분은 중요하지 않았다. 사내들은 필시 구국단

체의 일원일 것이라고 봐야 했다.

가까스로 감정을 회복한 최영돈이 두 사람을 바라보고 나성국에게 전해 들었던 USB의 메시지를 말했다.

"그게 답니까?"

"저도 똑같은 물음을 이병호 교수의 메시지를 가지고 있던 사람에게 했습니다. 그런데 그 사람은 뭔가를 얼버무렸고, 제가 돌아서서 나오려고 할 때 삼천궁녀낙화암이 역사를 왜곡하기 위한 가짜일 수도 있다고 말했습니다."

"삼천궁녀낙화암이 가짜일 수도 있다구요!"

최영돈의 말은 실로 어마어마한 충격으로 다가왔다.

그때 초등학교 고학년 정도로 보이는 소년이 그들에게 접근하자, 대화는 잠시 끊어졌다.

"아저씨, 불쌍한 소년입니다. 껌 한 통 팔아주세요."

소년의 얼굴은 몹시 지저분해 보였고, 맞지 않는 겉옷이 거의 무릎까지 내려와 있었다.

대화가 끊긴 최영돈이 잠시 소년에게 눈을 돌렸다. 그는 즉시 지갑을 꺼내 천 원짜리 지폐를 소년에게 내밀었다. 순간 소년의 눈이 가방을 훑고 지나갔다.

"팔아주셔서 정말 감사합니다."

고개를 깊이 숙여 인사한 소년이 빠르게 출입문으로 향했다. 그의 몸이 들어올 때와는 달리 조금 둔해보였다.

"계속 해 보세요. 제가 어떻게 도와드리면 되겠습니까?"

"국민적 지지를 얻을 수 있는 도움이 필요합니다. 우리 쪽의 정보와 기자님이 아시는 정보가 필요합니다. 강인후 사건을 어디까지 알고 있는지 말씀해 주세요."

"잠깐만이요. 아까 가방을 들고 오시지 않았나요?"

김철호가 물었다.

급히 고개를 돌린 최영돈이 가방을 찾았다. 하지만 가방은 이미 사라진 후였다. 최영돈의 얼굴이 파랗게 질렸다.

"가방에 중요한 것이라도 있는 겁니까?"

"그놈이야!"

최영돈이 소리치며 일어섰다.

"우리의 모습과 대화가 담겨있는 카메라가 가방 속에 들어 있습니다."

윤철훈과 김철호의 얼굴이 크게 일그러졌다.

"멀리 가지 못했을 거야!"

윤철훈이 소리쳤다. 동시에 출입문을 향해 뛰었다. 최영돈이 뒤를 따랐다.

만약 카메라의 내용이 공개되는 날엔 진가위 위원이 위험에 처할 수 있다. 무슨 일이 있더라도 소년을 잡아야 한다. 건물을 빠져나온 윤철훈이 사방을 둘러보았다. 그는 소년이 숨어있을 것 같은 위치를 가늠했다. 신문사 뒤로는 조그만 하천이 있었고 상가건물이 듬성듬성 자리 잡고 있었다. 소년이 위급한 상황에서 숨기에는 적합한 장소로 보이지 않았다.

윤철훈과 김철호가 눈빛을 교환했다. 두 사람이 동시에 찻길을 건너 주택가로 들어섰다. 서로 다른 길로 방향을 잡은 그들은 사방을 탐색하며 골목골목을 뒤지기 시작했다. 복잡한 미로처럼 펼쳐진 골목은 어디가 어디인지 방향을 잡기 어려웠고, 벽을 장식하고 있는 수많은 그림들이 오히려 혼동을 주고 있었다.

발을 옮기던 윤철훈이 들려오는 소리에 앞으로 뛰었다. 바라보니 아이들이 땅에 그림을 그려놓고 뛰놀고 있었다. 아이들에게 급히 다가간 그는 소년의 인상착의를 말했다. 소년을 알고 있는 아이는 없었다.

어느새 땅거미가 내려앉은 골목길에 희미한 가로등불이 하나, 둘 들어오기 시작했다.

차가운 바람이 인적이 사라진 골목을 훑고 지나갔다.

앞으로 지나가던 윤철훈이 순간 멈췄다. 희미한 가로등 불을 받은 벤치는 짙은 갈색이었고, 거기에 등을 보인 소년이 앉아있었다. 소년을 발견한 윤철훈이 뛰었다. 벤치로 다가간 그는 소년의 어깨를 향해 손을 뻗었다. 손가락에 짧은 통증이 일었다. 무언가 이상했다. 그것은 다름 아닌 정교하게 그려진 그림이었다. 윤철훈이 허탈한 표정으로 돌아서려고 할 때였다. 좁은 골목 사이에서 엄청난 덩치가 서서히 걸어 나왔다. 덩치의 손에는 카메라가 들려 있었고, 칼자국으로 보이는 상처가 그의 얼굴에서 꿈틀대고 있었다. 그에게 잡힌 소년이 공포로 질린 얼굴로 윤철훈을 바라보았다.

"이걸 찾고 있나?"

덩치의 목소리가 바람과 함께 날아왔다.

"네놈이 누군지 모르겠지만 강인후 사건에서 손을 떼라."

순간 윤철훈이 충격을 받았다. 머리의 붉은 점은 틀림없는 살인청 부업자였다.

명이 카메라를 윤철훈 앞으로 던졌다.

"나는 그런 물건에 아무 관심이 없다. 처음이자 마지막 경고다. 그걸 갖고 돌아가라."

놈을 어떻게 한단 말인가. 윤철훈은 고심하지 않을 수 없었다. 놈은 걸어 다니는 시한폭탄 같은 놈이다. 이대로 물러가면 놈은 또 무슨 짓을 저지를지 모른다. 마음을 정한 그는 발을 옆으로 천천히 움직이며 말했다.

"우선 아이를 풀어주고 얘기하자."

"후후, 그렇게 하지."

명이 순순히 소년을 놓아주자, 소년이 바람처럼 골목을 내달렸다.

"네놈은 무슨 이유로 강인후를 쫓고 있나?"

"애송이, 입이 아주 거칠구나. 주둥이를 조심해라."

명이 가소로운 얼굴로 윤철훈을 바라보았다.

윤철훈이 두 주먹을 움켜쥐었다.

바로 그때였다. 골목에서 느닷없이 튀어나온 사내가 잽싸게 카메라를 집어 달아났다. 즉시 사태를 알아차린 윤철훈이 명을 뒤로하고 사내를 쫓았다. 순식간에 사내의 모습이 골목으로 사라졌다. 달리던 윤철훈이 잽싸게 방향을 틀었다. 다른 골목으로 뛰는 사내의 모습이 보였다. 윤철훈이 무섭게 따라붙었다. 쫓고 쫓기는 숨 막히는 추격전이 펼쳐졌다. 길가에 내놓은 연탄재가 구르고, 자전거 넘어지는 소리가 요란하게 들렸다. 순간 김철호가 모습을 드러냈다.

"저놈을 잡아!"

윤철훈이 소리쳤고, 김철호가 사내를 따라 붙었다. 사내들의 발소리는 말발굽소리처럼 크게 들렸다. 가지처럼 뻗은 골목을 이리저리 누비는 사내는 지치지 않고 달렸다. 수많은 그림들이 스쳐지나갔고, 눈앞으로 다가온 가로등이 순식간에 뒤로 물러났다. 그때 시커먼 입을 벌리고 있는 골목이 뛰는 사내를 집어삼켰다. 김철호가 사내를 쫓아 골목으로 꺾어 들어갔다. 하지만 사내의 모습은 이미 사라진 후였다.

"어떻게 됐어?"

옆에서 빠져나온 윤철훈이 숨넘어가는 소리로 물었다.

숨이 턱까지 차오른 김철호가 고개를 저었다.

"진가위 위원님이 위험해. 빨리 연락을 취해야겠어."

그 무렵, 나성국은 바닷가 선착장 벤치에 앉아 시커먼 밤바다를 바라보았다.

물이 빠진 바닷가는 작은 어선들이 검은 개펄위에서 나란히 줄맞춰 쉬고 있었고, 맞은편으로 주말을 맞이한 수많은 횟집들이 새벽을 가까이 둔 시간에도 불구하고 환하게 불을 밝혀 손님들을 기다리고 있었다.

온통 붉은색으로 칠해진 모형 등대가 벤치에 앉아있는 그를 내려다보았다.

나성국이 백웅민을 기다리고 있는 이곳은 안산에 위치한 오이도 해안가였다.

이곳에도 여지없이 중국대사관에 걸려있는 태극기가 시市에서 설치한 대형 전광판 안에서 펄럭거리고 있었다. 태극기는 이제 바닥으로 떨어질 날이 멀지 않은 것처럼 보였다.

그때 술에 취한 듯 보이는 서너 명의 사내들이 떠들며 그를 지나쳤다.

"우리나라가 통일만 됐으면 중국 놈들이 이렇게 나오진 않았을 거야."

앞서 걷는 사내가 혀 꼬부라진 소리로 말했다.

"맞는 말이야. 김정은이는 뭘 하고 있는지 몰라. 미사일을 우리나라 바다로 날릴게 아니라 중국 놈들 코빼기에다 날려야 하는데 말이야."

"이게 다, 정치와 문화가 서로 융합되지 못해서 생겨난 결과라고 보아야해."

삐쩍 마른 사내는 안경을 착용한 얼굴이 제법 학식이 느껴지는 모습이었다.

"아, 시발. 또 유식한 척 한다."

듣고 있던 사내가 시비조로 말했다.

"그러니까 내 말은 태극기가 없어지는 좆같은 세상에 우린 술이나 없애자는 말이야."

"하하. 그래, 기분도 좆같은데 저기 있는 배타고 다른 나라로 가버릴까?"

"그것도 괜찮은 생각이네."

하하하. 사내들이 한바탕 크게 웃었다. 그들의 웃음소리가 슬프게 들려왔다.

이병호 교수가 메시지로 남긴 복희씨의 하도는 분명 태극기와 관련이 있다. 그렇다면 우리가 너무 어렵게 접근하고 있는 것은 아닐까? 그런데, 중국우익의 개입은 그와 어떤 연관이 있다는 말인가. 의도를 짐작하기 어려운 문제는 풀리지 않는 수수께끼와 같았다.

멀어지는 사내들에게서 시선을 돌린 나성국이 시계를 확인했다.

아직까지 모습을 보이지 않는 백웅민을 기다리는 그는 몹시 초조해 보였다.

어쩌면 최영돈 기자가 위험에 처했을 수도 있다. 만약 그가 어떤 변을 당한다면 그것은 모두 내 책임이다. 심한 죄책감이 밀려왔다.

나성국이 추운 시간에도 이곳에 있는 이유는 단 하나였다. 그것은 최영돈이 자신으로부터 비롯된 사건에 휘말려 변을 당할 수도 있겠다는 죄책감 때문이었다. 최영돈의 소식을 갖고 올 백웅민을 차마 따뜻한 곳에서 기다릴 순 없었다. 안산역에서 택시를 타고 이곳으로 온 그는 임시로 정한 거처에 숨어있는 강인후와 신수정을 생각했다. 두 사람이 무사히 돌아온 건 천운이라고 봐야 했다. 최영돈에 대한 고마움과 죄책감이 동시에 교차했다.

가까스로 강인후와 신수정을 구한 백웅민은 헌책방에 들러 나성국의 동행을 촉구했다. 그것은 만약에 벌어질 그의 위험을 피하는 것이었고, 그리고 무엇보다도 USB의 내용을 파악하는데 그는 없어서는 안 될 존재였기 때문이었다. 헌책방을 벗어난 그들은 정해진 목적지 없이 서해안고속도로를 타고 무작정 달렸다. 한참을 달려 시 외곽으로 방향을 잡던 백웅민은 몹시 불안에 떠는 신수정을 고려하지 않을 수 없었다. 그녀는 연이은 사건과 납치로 인해 극도의 불안 증세를 보이고 있었고, 인적이 드문 적막한 어둠속에서 들려오는 작은 소리에도 심한 공포를 표출하기도 했다. 그것은 아마도 인적 없는 폐쇄된 공간에서 며칠을 보낸 영향인 것 같았다. 하는 수 없이 다시 방향을 잡은 그는 서울과 인접한 도시를 선택했고, 그 중에서도 외국인이 많이 사는 안산을 선택했다. 그것은 도망자 신분에서 자신들을 외국인으로 은폐시키기 위한 방법이었으며 불안에 떠는 신수정을 고려한 최소한의 치유책이기도 했다. USB의 내용을 풀기 위해서는 그녀를 최대한 빨리 심리적으로 안정시켜야했다.

어느새 주변의 횟집은 하나, 둘 불이 꺼지기 시작했다. 아침이 밝아오고 있었다.

더 이상 심한 추위를 참을 수 없는 나성국이 벤치에서 일어나 도로로 향했다.

도로 가장자리에 자리 잡은 택시들이 밤새워 술을 마신 손님들을 태우기에 바빴고, 스마트폰을 손에든 대리운전기사들이 고객을 찾아 바쁘게 오가고 있었다.

나성국이 정차해있던 택시로 향했다. 그때 경음기 소리가 요란하게 울렸다. 바라보니 상향 전조등을 밝히고 달려오는 RV차는 틀림없는 자신의 차였다. 마침내 백웅민이 도착했다. 나성국이 잽싸게 차에 올라탔다.

"나성국 씨, 어디에 있었소? 강인후 씨 얘기로는 새벽에 이곳으로 출발했다고 하던데요."

"저기 보이는 벤치에 앉아 있었습니다."

나성국이 붉은 등대를 가리키며 말했다.

"지금까지 저기에 앉아있었단 말이오?"

백웅민은 믿어지지 않는 눈길로 그를 바라보았다. 이를 증명하기라도 하듯 나성국의 얼굴은 추위에 얼어 붉게 변해 있었고, 몸을 잔뜩 오그리고 심하게 떨고 있었다. 그의 왜소한 몸이 더욱 작게 보였다.

"그런데 왜 이리 늦게 오셨습니까?"

"잠시 뭐 좀 알아보고 오느라고 늦었소."

그를 바라보는 백웅민은 잠시 갈등했다. 비밀을 말하기는 아직은 아니다. 백웅민은 얼른 눈을 돌렸다.

"그보다 먼저 최영돈 기자님은 만나보았습니까?"

"유감이지만 만나보지는 못했소."

"그럼, 최 기자님에게 연락을 해왔다는 사람에게 봉변을 당했을 수도 있다는 말입니까?"

"그건 아니니 안심하시오. 내가 최 기자님이 있는 카페에 도착하니 그는 두 사람과 얘기 중이었소. 무슨 얘기를 하는지 알 수 없었지만 그들은 매우 심각한 표정이었소. 그때 품팔이 하는 소년이 들어섰고, 소년이 나간 후에 그들은 매우 당황한 얼굴로 소년을 쫓아 나갔소. 아마도 소년이 그들의 물건을 훔쳐 달아난 것 같았소."

"그래서 그들을 따라 갔습니까?"

"내가 밖으로 나갔을 땐 그들은 이미 어디로 갔는지 보이지 않았소. 그래서 나는 하는 수 없이 다시 신문사로 향했고 한참이 지난 후에 최 기자님이 신문사 로비로 들어가는 것을 확인할 수 있었습니다."

"최 기자님 혼자요?"

"네."

"그럼, 두 사람이 혹시 경찰일 가능성은 없나요?"

"솔직히 그들이 경찰인지 아닌지 판단하기는 어려웠지만 경찰은 아닌 것 같았소. 그런데 최 기자님은 그들의 얘기에 강한 긍정을 표시하고 있는 것 같았소. 그들이 과연 경찰인지, 그게 아니면 우리가 알지 못하는 또 다른 세력의 사람들인지 모르겠소. 내 직감이지만 두 사람은 최 기자님의 안전을 고려하는 듯한 표정이었소."

안산역을 막 지나친 차는 U턴 차선으로 진입했다. 신호를 받은 차가 반대편 도로로 들어서 우회전으로 꺾어 들어가니 대규모의 주택가가 펼쳐졌다. 이곳은 지난여름 위무광이 강인후를 잡기 위해 전직 공안요원 우융강을 섭외했던 바로 그곳이었고, 외국인 부부로 위장한 강인후와 신수정이 숨어있는 장소였다. 빙빙 돌고 있는 사건 속에서 우연의 일치치고는 또다시 벌어질 운명적으로 피할 수 없는 사태를 예고하고 있는 것 같았다.

주말의 이른 아침 주택가는 한산하고 조용했다.

짙은 회색담장 앞에 차를 주차시킨 백웅민이 페인트가 다 떨어진 대문을 열고 들어섰다. 심하게 녹이 슨 대문은 본래의 색깔이 무슨 색깔인지 구분하기조차 힘들었다.

백웅민이 들어서니 누워 있는 신수정 옆에서 물수건을 손에 든 강인후가 꾸벅꾸벅 졸고 있었다. 뒤따라 들어온 나성국의 손에는 간단한 아침거리가 들려있었다.

인기척에 눈을 뜬 강인후가 눈을 비비며 일어섰다.

"최 기자님이 우리로 인해 위험에 노출된 건 아닙니까?"

강인후의 목소리는 심하게 잠겨있었고, 그 역시도 최영돈의 안위를 걱정하고 있었다.

"일단, 최 기자님은 아무 일 없으니 마음 놓고 눈이라도 붙이시오."

"일단이요? 그럼, 최 기자님은….."

"인후 씨는 지금 휴식이 필요합니다. 최 기자님 신변은 나에게 맡기고 좀 쉬세요."

백웅민이 강인후의 말을 잘랐다.

신수정을 간호하는 강인후는 며칠 동안 눈 한번 제대로 못 붙이고 있었다. 퀭하니 움푹 들어간 두 눈이 백웅민을 바라보았다.

"나성국 씨와 나는 서울로 올라가 최 기자님 주변을 탐색하고 오겠소. 우리가 올 때까지 가급적 외부 출입을 자제해주시고, 혹시 밖에 나갈 일이 생기면 이걸 입고 나가도록 하시오. 그들에게서 멀리 도망쳐 왔다 해도 절대로 방심해선 안 됩니다."

모자가 달린 패딩점퍼를 건넨 백웅민이 일어서 문을 열고 나갔다. 나성국이 그의 뒤를 따라 나서며 고개를 돌렸다. 그의 얼굴이 슬픈 듯 보였다. 두 사람이 빠져나간 작은방에 침묵이 감돌았다. 강인후가 잠들어 있는 신수정의 이마를 짚어보았다. 며칠 고열에 시달리던 그녀는 열이 많이 내려 있었고, 혈색이 돌아온 것 같았다. 안도와 미안함과 애처로움에 눈시울이 붉어졌다. 이윽고 쌔근거리는 그녀의 숨소리가 강인후를 무서운 속도로 전염시켰다. 마침내 천근 무게와도 같은 눈꺼풀이 세상을 덮었다.

중국 하남성의 복희씨

중국 하남성.

그 무렵, 하남성 회향현에 도착한 장저우는 고개를 들어 웅장한 건물을 바라보고 있었다. 마치 궁궐과도 같은 장엄한 건물이 그를 마주 바라보았다.

그는 이곳으로 오기 전, 치우천황蚩尤天皇을 참배하고 이제 막 이곳에 들어서는 참이었다. 발걸음을 옮기던 그는 잠시 멈춰 서서 카메라와 여행용 가방을 손에 든 수많은 관광객들을 바라보았다. 그의 눈에 희비가 교차했다.

이윽고 궁궐 같은 건물에 들어서니 인류문명의 첫 조상을 뜻하는 인문시조人文始祖라고 쓰여진 거대한 현판이 그를 맞이했다. 잠시 현판을 올려다 본 그는 현판을 지나 눈부신 금빛의 거대한 복희상伏羲像 앞으로 나아갔다. 태극팔괘의 문양을 손에 쥔 복희씨가 근엄한 표정으로 그를 내려다보았다. 과일을 올린 제단祭壇에서 향이 타오르고 있었다. 향을 손에든 장저우가 인간에게 글자와 천문지리를 밝혀 준 복희씨 앞에서 엄숙한 경의를 표했다.

장저우는 인민해방군사령관 시절 이곳을 몇 번 참배했던 적이 있었지만, 그때와 지금은 분명히 다른 것이 있었다. 그때가 문명의 역사적 우월감을 느끼는 참배였다면, 지금은 문명의 역사가 추락할 수도 있다는 형언할 수 없는 자괴감이 드는 참배였다.

과거 중화에서 일어났던 역사는 모두 우리 중국의 역사로 남아있어야 한다. 인류역사의 기원은 중화문명에서 시작된다. 지금 한국민족의 제왕의 상징으로 남아있는 치우천황도 결코 예외로 둘 순 없다. 우리 중국은 인류문명의 조상이고 어버이 나라이다. 장저우는 속으로 곱씹으며 복희상을 뒤로했다.

한 통의 전화는 그때 걸려왔다.

"그 말이 사실인가?"

위무광의 보고는 그의 얼굴을 환하게 만들어 주었다.

늘 어두운 보고만 해왔던 위무광이 이번에는 밝은 소식을 전해주고 있는 것 같았다.

"알겠네. 그리고 USB의 메시지를 알고 있는 놈들이 세상을 돌아다녀서는 절대로 안 돼. 무슨 수를 써서라도 놈들을 전부 찾아내 처단하도록."

전화를 끊은 장저우가 빠른 걸음으로 관광객들을 지나쳤다.

"진가위 이놈, 너는 처음부터 내 손을 벗어날 수 없었어. 통쾌하게 복수해 주마."

그는 낮게 소리쳤다.

윤철훈이 심각한 표정으로 휴대폰을 들고 있는 것으로 보아 무언가 심상치 않은 느낌을 받고 있는 것 같았다.

진가위 위원과의 연락두절은 벌써 하루를 넘기고 있었다. 예기치 않은 사태로 인해 진가위 위원의 안위는 곧 자신들의 안위일 수도 있었다. 전화번호를 누르는 그의 손가락에 미세한 경련이 일었다. 제발 통화가 되게 해 주십시오. 그는 알 수 없는 대상에게 빌었다.

진가위는 감청의 위험에 쉽게 노출될 수 있는 외부에서의 휴대전화는 극히 자제하고 있었고, 중대사안의 통화는 감청을 피할 수 있는 중앙정치국위원집무실을 이용하고 있었다. 그것은 장저우의 감시망을 최대한 피하는 방편이기도 했다. 장저우가 감시망을 좁혀오고 있는 상황에서 자그마한 실수는 곧 거사의 실패나 다름없었다.

몇 번의 신호음이 있은 후, 굵직한 남자 목소리가 들려왔다. 진가위 위원이었다.

"위원님, 윤철훈입니다."

'안심하고 말해보시오. 이 방은 그 어떤 장비로도 감청이 불가능한 곳입니다.'

진가위의 목소리는 차분하게 들렸고, 여유로움까지 느껴지는 목소리였다.

"매우 위험한 사태가 발생했습니다. 거사 일을 수정하셔야 될 거 같습니다."

윤철훈은 한국으로 넘어와 지금까지 겪었던 사건과정을 차근차근 설명했다. 잠시 침묵이 있은 후, 전화기 너머에서 침 삼키는 소리가 들려왔다.

'장저우가 그것을 알았단 말이지….'

또 한 번의 침묵이 지나갔다.

'너무 걱정 마시오. 장저우가 그것을 알았다 해도 거사 일은 변동이 없을 것이오. 아니 변동이 있어서는 절대 안 돼, 그날이 아니면 거사 일은 영원히 오지 않을 수도 있소.'

"하지만, 너무 위험한…."

'장저우는 아직까지 구체적인 증거는 확보하지 못한 것이 확실하오. 이런 시점에서 물러나면 오히려 우리가 당할 수도 있는 법이오. 만주족의 부활을 대내외에 천명하는 날은 꼭 그날이 되어야 합니다.'

"알겠습니다. 그럼 무운을 빌겠습니다."

진가위와 통화를 끝낸 윤철훈은 K일보로 전화를 걸어 최영돈을 찾았다.

"혹시 누군가가 접근하면 우리에게 즉시 연락해 주시오."

'알겠소.'

"어떻게 됐나?"

기다리고 있던 김철호가 물었다.

"거사 일은 변동이 없을 것이라고 말씀하셨네. 우린 삼천궁녀낙화암이 가짜일 수도 있다고 말한 사람을 최대한 빨리 찾아야 해. 그는 필시 무언가를 알고 있음이 분명해."

바람에 실린 윤철훈의 담배연기가 흔적도 없이 사라졌다.

중국 랴오닝 성.

짙은 어둠이 깔려있는 시각.

서걱거리는 대나무의 소리는 바람의 영향인 것 같았다. 그런데 그 소리는 어딘지 모르게 자연스럽게 들려오지 않았다. 그때 대나무가 심하게 기울어지며 한 사내가 모습을 드러냈다. 그는 무엇을 찾고 있는 듯, 달빛을 의지한 채 사방을 두리번거렸다. 휘영청 솟은 달은 만주족 지도자, 진가위의 얼굴이 되어 사내의 길을 안내해 주고 있는 것 같았다.

"어서 서둘러야 해. 이제 거사일은 눈앞으로 다가왔어."

어둠속에서 혼잣말을 흘린 그는 부지런히 움직였다. 그의 발걸음이 무엇을 찾았는지 더욱 빨라졌다. 마침내 낡은 기와집이 눈앞으로 다가왔다. 아마도 버려진지 꽤 오랜 시간이 지난 것 같았다. 주위를 살핀 그는 한달음에 마당으로 내려섰다. 말라죽어 있는 잡초가 마당을 차지하고 있었다. 급히 잡초를 헤치고 집안으로 들어서니 흙이 그대로 노출된 벽은 금방이라도 쓰러질 것처럼 보였다. 방안 구석구석을 살피던 그의 눈이 한 곳에서 멈췄다. 흙이 노출된 벽은 다른 벽과 차이가 없는 것처럼 보였지만, 새로 칠해진 것처럼 물기를 약간 머금고 있었다. 그는 품안에서 칼을 꺼내 벽을 파기 시작했다. 얼마 지나지 않아 무엇인가 걸렸다. 이윽고 두꺼운 천으로 만들어진 보따리가 형체를 드러냈다. 그는 급히 보따리를 풀어보았다. 틀림없었다. 역시 김철호가 지원한 무기는 아주 만족스러웠다. 보따리를 짊어진 그는 방문을 열어젖혔다.

바로 그때였다. 무수한 발자국 소리가 기와집으로 쏟아져 들어왔다.

"너는 포위됐다. 무기를 버리고 순순히 투항하라."

확성기에서 들려오는 소리는 마치 천둥치는 소리와도 같았다.

낭패한 사내의 얼굴이 크게 일그러졌다.

수십 명의 공안병력이 총을 겨냥하고 마당으로 들어섰다.

어디서 꼬리가 들켰단 말인가. 장저우는 우리를 집요하게 추적하고 있었던 게 확실했다.

'여기서 잡히면 끝장이다.'

그는 뒤뜰로 향하는 문을 향해 몸을 날렸다. 순간 그의 입에서 비명이 터졌다. 부러진 문살이 얼굴에 박히면서 엄청난 고통이 밀려왔다. 그는 필사적인 힘을 다해 대나무 숲을 질풍처럼 질주했다. 곧이어 수많은 랜턴의 불빛이 이리저리 흔들리며 마당을 가로질러 다가왔다. 쉴 사이 없이 밀려드는 날카로운 대나무 잎사귀는 도망자를 저지하려는 듯 쉽게 길을 내주지 않았다. 피와 땀으로 범벅이 된 그의 얼굴은 흉측한 괴물의 모습과도 같았다. 공안병력의 무수한 발자국 소리와 함께 따라오는 랜턴의 작은 불빛은 지칠 줄 모르고 따라붙고 있었다. 사내의 입에서는 금방이라도 숨넘어갈 것 같은 소리가 터져 나왔다. 뒤를 돌아본 그의 얼굴이 낭패감으로 물들었다. 간격은 점점 좁혀졌고 높은 산등성이는 그를 가로막고 있었다. 순간 도망치던 그의 눈에 무엇인가 보였다. 한 사람은 충분히 들어갈 수 있을 정도의 구덩이였다. 그는 잽싸게 몸을 구덩이에 집어넣고 낙엽을 끌어와 입구를 덮었다. 그리고 자신의 입을 틀어막아 최대한 숨소리를 죽였다.

잠시 후, 머리 위로 지나가던 발자국 소리가 멎으며 안도의 숨이 흘러나왔다.

그는 매우 조심스럽게 몸을 세워 구덩이 입구로 머리를 내밀고 사방을 살폈다. 주위는 고요했고, 누워있는 대나무가 대규모의 공안병력이 지나간 자리를 흔적으로 보여주고 있었다. 그는 천천히 구덩이에서 몸을 빼냈다. 순간 대낮과도 같은 환한 불빛이 집중적으로 쏟아졌다. 사내는 속은 것을 알아챘다. 하지만 때는 이미 늦었다.

'우리 만주족의 미래는 어떻게 된단 말인가. 그리고 진가위 위원님은….'

사내는 자신을 포위하는 병력을 망연자실한 눈으로 바라보았다. 그의 눈에서 눈물이 흘렀다. 급히 총을 꺼낸 그는 다가오는 병력을 향해 총을 난사했다.

타타타타탕!

앞서오던 병력이 거꾸러지고, 공안병력의 총탄이 구덩이로 집중 난사 됐다. 수많은 섬광이 지나갔고, 공중으로 튀어 오른 흙이 흙먼지를 일으키며 바람에 날렸다. 이윽고 급히 총을 거둔 그는 탄창을 열어 총알을 확인했다. 남은 총알은 마지막 한발이었다. 공안병력이 서서히 다가왔다.

이것은 나를 위한 한발이다. 그는 잠시 무심한 눈으로 총알을 바라보았다. 고개를 들어 하늘을 바라본 그는 총구를 입에 물었다. 그리고 주저 없이 방아쇠를 당겼다.

탕!

부릅뜬 눈이 하늘을 향했다.

장저우 저택.

장저우가 들어앉은 넓은 거실에는 담배연기로 자욱했다. 재떨이
는 더 이상 빈 공간을 찾을 수 없을 정도로 담배꽁초가 수북이 쌓여
있었고, 미처 꺼지지 않은 담배꽁초에서 연기는 계속해서 피어올랐
다. 그런데도 장저우의 손에는 이제 막 불을 붙인 듯 보이는 담배가
들려있었다. 줄담배를 피우는 그의 모습이 무언가 풀리지 않는 문제
를 보여주는 것 같았다.

'진가위는 무언가 획책하고 있는 게 확실하다. 그런데 대체 이건
무엇이란 말인가.'

장저우는 무기가 든 보따리에서 시선을 거두지 못했다. 그는 아무
리 생각해봐도 진가위의 속셈을 짐작하기 어려웠다. 그도 그럴 것이
사내가 기와집에서 찾아낸 보따리 안에는 겨우 총 몇 자루뿐이었다.
이것으로 무엇을 할 수 있단 말인가. 놈을 생포하지 못한 게 결정적
실수로 작용하는 것 같았다. 그는 또 새로운 담배에 불을 붙였다. 내
판단은 틀림없다. 진가위는 결코 정치국위원으로 만족할 놈이 아니
다. 분명히 무언가 있다. 그는 보따리에서 총 한 자루를 꺼내들었다.
제조국과 총기번호를 표기한 부분이 말끔하게 지워져 있었다. 모든
게 지워진 총기에서 무엇을 알아낸다는 건 사실상 불가능했다. 급기
야 화가 치민 그는 들고 있던 총을 집어던졌다. 한 통의 전화는 그때

걸려왔다.

'사령관님, 전인대 건으로 연락드렸습니다.'

전인대는 전국인민대표대회를 약칭해서 말하는 것으로 국가의사 결정기관의 역할을 하는 중화인민공화국의 최고 국가기관이다. 군(軍)과 각 소수민족도 대표를 가지고 참석할 수 있다. 헌법개정과 국가주석, 국무원총리의 선출도 이 대회를 통해서 이루어진다.

군을 떠난 장저우는 우익의 대표로 오는 3월 3일 전국인민대표대회에 참석이 예정돼 있었다. 이날 그는 선조들의 자랑스러운 문화와 한족과 소수민족의 동질성을 내세워 거대한 중국을 이념적으로 통합시키는 연설을 할 계획이었다. 그것은 한편으로 한국의 태극기도 중국의 문화적 산물임을 인민들에게 다시 한 번 각인시키자는 정치적 의도가 깔려있기도 했다. 그가 준비한 연설은 태극기를 국기로 사용하고 있는 한국이 중국의 소수민족에 지나지 않는다는 사실을 역사공정의 예를 들어 대내외에 천명할 내용도 담고 있었다. 이는 곧 모든 소수민족을 중화의 이념 아래 묶어두자는 깊은 저의가 깔려 있는 것이었다. 전화는 그것을 알려주고 확인하는 것이었다.

"차질 없이 잘 준비하고 있소."

간단하게 전화를 끊은 그는 다시 진가위의 문제로 의식을 집중했다. 무언가 가닥이 잡힐 것 같으면서도 잡히지 않는 부분이 머릿속에서 맴돌았다. 한참을 생각에 잠겨있던 그는 속이 타는지 물을 벌컥벌컥 들이켰다. 순간 소스라치게 놀란 그의 손이 부들부들 떨렸고, 입술이 심한 경련을 일으켰다. 마침내 힘이 빠진 그의 손에서 물컵이 스르르 떨어져 내렸다. 쨍그랑 소리에 이어 그의 입에서 비명과도 같은 소리가 터져 나왔다.

"바로 그거였어! 놈이 노리고 있는 건, 전국인민대표대회야!"

장저우가 자리에서 튕기듯 일어섰다.

진가위가 천안문광장으로 들어서고 있었다. 기자와 관광객들로 보이는 사람들이 그를 지나쳐갔고, 수많은 붉은 깃발이 바람에 나부끼며 소리를 질러댔다. 그는 알 수 없는 불길함에 눈동자를 부지런히 움직였다. 오는 3월 3일에 예정돼 있던 전국인민대표대회가 사전예고 없이 앞당겨져 있었다. 그것을 반증하기라도 하듯, 광장 안에는 오고가는 사람들이 눈에 띄게 한산했다. 전례 없는 일이었다. 잠시 생각한 그는 오히려 거사를 진행하기에 유리할 것으로 판단했다.

'오늘, 우리 만주족은 부활할 것이다.'

진가위는 곁을 스쳐가는 사내들과 눈빛을 교환했다. 사내들 모두 비장한 표정이었다. 진가위는 휴대폰을 들어 무기를 찾으러 간 사내와 통화를 시도했다. 통화는 여전히 불통상태였다. 그는 장저우에 의해 취해진 비밀수사를 전혀 모르고 있는 것 같았다. 그의 얼굴이 심각함을 표했다. 연락이 닿지 않는 사내를 기다릴 수만은 없는 일이었다.

어찌해야 하나. 오늘이 아니면 기회는 다시 찾아오지 않을 수도 있다. 잠시 갈등한 그는 마음을 다 잡았다. 실수만 하지 않는다면 무기는 지금 가지고 있는 것만으로도 충분했다. 용단을 내린 그가 손을 들어 앞으로 숙였다. 신호가 떨어지기 무섭게 사내들이 바쁘게 움직였다. 카메라를 짊어진 기자와 관광객들이 그를 스치고 지나갔다.

진가위는 걸음을 잠시 멈추고 넓은 광장을 병풍처럼 둘러싸고 있는 건물들을 바라보았다. 그의 눈이 동쪽에 자리 잡은 역사박물관을 지나 자금성에 와서 멈췄다. 그의 눈에서 강한 기운이 뿜어져 나왔다. 청제국 비운의 마지막 황제 '아이신줴뤄 푸이'. 그의 모습이 눈앞으로 다가오는 것 같았다. 다시 한 번 마음을 다 잡은 그는 발걸음을 빨리해 인민대회당으로 향했다.

인민대회당에 들어서니 한 사내가 안내데스크에서 다가오는 사람들에게 약 50페이지 정도 되는 정부업무보고서를 건네주고 있었다. 그것을 받아든 사람들은 바닥에 엎드려 경제성장률 부분에 열심히 체크했다. 여느 때와 다름없이 변함없는 풍경이었고, 빼놓을 수 없는 절차였다.

중앙정치국위원 진가위를 알아본 사내가 깍듯한 예의를 갖추었다.

드디어 회의장으로 들어서서 바라보니 제일 먼저 눈에 들어온 것은 연단이었다. 연단 중앙에는 금빛 찬란한 오성홍기를 붉은 융단이 좌우에서 감싸고 있었다. 그 모습은 마치 붉은 융단이 오성홍기를 보위하고 있는 것처럼 보였다. 고개를 내린 그는 하마터면 비명을 지를 뻔했다. 수천 명의 대표들이 들어앉아 있을 줄 알았던 자리에는 몇 사람 보이지 않았다.

이게 어찌된 일인가! 진가위는 그제서야 자신이 너무 성급했다는 걸 알았다. 이미 엎질러진 물이었고, 돌이킬 수 없는 실수였다. 그때 발소리가 들리며 연단 중앙으로 천천히 등장하는 왜소한 사내가 있었다. 사내를 알아본 진가위가 권총을 빼들고 연단으로 달렸다. 순간, 좌석의 사내들이 일제히 일어섰다. 수많은 총구가 진가위를 막아섰다.

부들부들 떨리는 진가위의 총구는 연단에 우뚝 서있는 장저우를 계속해서 겨냥하고 있었다. 금방이라도 방아쇠를 당길 것만 같았다.

"무기를 내려놓으시오!"

앞을 가로막은 사내가 소리쳤다.

금방 다가온 장저우가 총구를 정면으로 응시했다.

"위원님, 이런 모습으로 보게 되어 매우 유감입니다."

장저우는 총구 앞에서 회심의 미소를 흘렸다.

그때 문이 열리며 수갑 찬 사내들이 끌려 들어왔다. 사내들을 바라본 진가위가 망연자실한 표정으로 총을 떨어뜨렸다. 그는 모든 게 수포로 돌아갔음을 인정하지 않을 수 없었다. 급기야 그의 눈에서 통한의 눈물이 흘렀다.

"당신을 내란음모죄와 국가반역죄로 체포합니다."

진가위의 손목에 철컥 거리며 수갑이 채워졌다. 사내들이 고개를 숙이고 있는 그를 밖으로 끌고 나갔다.

"위원님, 마지막에 웃는 자가 진정한 승자입니다."

뒤를 따라오는 장저우의 목소리는 영원히 잊혀 지지 않을 것처럼 느껴졌다.

삼천궁녀낙화암의 이방인

삼천궁녀낙화암 복원관에 들어서는 리홍빈의 발걸음은 몹시 무거워 보였다. 그녀의 머리카락은 마치 자학이라도 한 것처럼 심하게 헝클어져 있었고, 겉옷은 가시덤불과 낙엽으로 몹시 더럽혀져 정신 이상을 보인 환자처럼 보였다. 관광객들이 수군거리며 그녀를 지나쳐갔다.

전광판에 보이는 눈에 젖은 태극기는 이제 거의 바닥을 얼마 남겨두지 않은 듯 보였고, 제 몸무게를 이기지 못한 듯 축 늘어져 있었다. 국기게양대에서 힘차게 펄럭이는 태극기와는 묘한 대조를 보이고 있었다. 전광판을 바라보는 관광객들이 숙연한 분위기를 연출하며 한민족 역사의 현장을 무겁게 걸어 다녔다.

본 건물로 들어선 그녀가 노크를 생략하고 이상문의 집무실로 들어섰다. 마침 자리에 있던 이상문과 위무광의 시선이 동시에 날아들었다.

"아니, 네년은⋯."

소리치며 다가간 이상문이 리홍빈의 따귀를 올려 부쳤다.

"네년 때문에 일이 얼마나 어렵게 돌아가고 있는지 알기나 해!"

분이 풀리지 않은 이상문은 리홍빈의 멱살을 잡고 마구 흔들었다.

"이 청장님, 리 소교는 내 부하이지, 당신의 부하가 아닙니다."

위무광이 사납게 눈을 치켜떴다. 이상문이 사나운 그의 눈길을 피했다.

"이 청장님, 잠시 자리 좀 피해주시지요."

이상문이 못마땅한 얼굴로 문을 열고 나갔다.

"처분에 맡기겠습니다."

리홍빈이 무릎을 꿇었다.

"각오는 돼 있겠지?"

권총을 빼든 위무광이 그녀의 머리에 총구를 가져갔다. 잠시 위무광을 올려본 리홍빈은 체념한 듯 고개를 깊이 숙였다.

"리 소교, 너를 국가배임행위와 명령불복종으로 즉결처분한다."

위무광은 총구를 겨눈 채 깊게 고개를 숙인 그녀를 뚫어지게 응시했다. 방아쇠를 걸고 있는 손가락이 미세한 경련이 일더니 이내 심하게 떨렸다. 그녀의 가녀린 목이 슬픈 모습으로 다가왔다. 깊은 숨을 몰아쉰 그는 총을 거두고 낮은 목소리로 물었다.

"그동안 어디에 있었나?"

"제가 그동안 어디에 있었는지 그건 중요하지 않습니다. 윤철훈을 왜 풀어주었는지 그 이유가 중요한 거 아닙니까?"

"끝까지 날 우롱하겠다는 건가?"

"제가 어떻게 위 소교님을 우롱하겠습니까. 그럴 마음은 추호도 없습니다."

짧은 침묵이 흘렀다.

"리 소교는 처음부터 인민해방군이 될 자격이 없었어. 나는 인민해방군이 되는 즉시 모든 사적인 감정에 치우치지 않으려고 노력했고, 그것을 완벽히 버렸어. 하지만 리 소교는….."

"사적인 감정을 완벽히 버렸다구요? 그런데 왜 저를 처분하지 않는 겁니까?"

위무광은 둔기로 세차게 머리를 얻어맞은 것처럼 충격을 받았다. 그는 가까스로 물었다.

"언제부터 알고 있었나?"

"사령관님의 저택에서 위 소교님을 처음 보았을 때 알았습니다. 저를 바라보는 소교님의 눈빛은 분명 그것을 말해주고 있었습니다."

위무광이 허탈한 웃음을 흘렀다.

"그럼, 윤철훈을 사랑한 너와, 너를 사랑한 나는 처음부터 인민해방군이 될 자격이 없는 거였군. 우린 결코 파트너가 됐으면 안 될 사이였어."

의자로 다가간 위무광이 허물어지듯 주저앉았다. 심한 갈등에 사로잡힌 그는 고개를 숙인 채 한참을 말없이 그대로 있었다. 이윽고 고개를 처든 그의 눈빛이 전혀 다른 눈빛으로 변했다. 감정을 완벽히 통제한 그의 입에서 매우 절도 있는 목소리가 흘러나왔다.

"리 소교, 지금 즉시 한국을 떠날 것을 명령한다. 그리고 지금 이 시간부로 인민해방군의 모든 직위를 박탈한다."

명령을 내린 위무광이 의자를 돌려 등을 보였다.

천천히 일어선 리홍빈이 힘찬 거수경례를 올렸다. 그녀의 눈에서 눈물이 흘렀다.

"무운을 빌겠습니다."

리홍빈이 문을 닫고 나가는 소리는 마치 예리한 칼날이 되어 가슴을 파고드는 것 같았다. 창밖으로 시선을 던진 위무광은 그녀가 사라질 때까지 움직이지 않고 있었다. 이윽고 한 점으로 작아졌던 그녀의 모습이 시야에서 완전히 사라졌다. 리 소교, 아니 리홍빈 진심으로 사랑했다. 마침내 그의 눈에서 참았던 두 줄기의 눈물이 흘러내렸다.

K일보 주변에 차를 세운 백웅민과 나성국은 지나치는 사람들을 예의주시했다.

"최 기자님을 어디까지 믿을 수 있겠소?"

백웅민이 물었다.

"최 기자님이 지금까지 신고를 하지 않은 것만으로도 설명은 충분할 것 같지만, 완전히 믿기까지는 시간이 좀 더 필요할 것 같습니다."

"나도 그렇게 생각하고 있소. 지금까지 신고를 하지 않았다는 건, 단독 특종을 보도할 수도 있겠다는 기자의 습성 때문이라고 볼 수 있소. 하지만 이제는 최 기자님도 자신의 위험을 충분히 감지했을 것이오. 지금 시점에서 우리의 존재를 알린다는 건, 위험을 자초할 수 있다는 걸 명심해야 합니다."

"그럼, 최 기자님에게 접근한 자들의 정체를 어떻게 알아낸다는 말입니까?"

"일단 최 기자님을 전화로 불러내시오. 최 기자님 일은 내가 알아서 할 테니 이 근처 어디에 숨어서 수상한 자들이 보이면 바로 연락 주시오. 저기가 적당할 것 같군요."

주위를 둘러본 백웅민은 학원 간판이 가로로 크게 매달린 건물을 가리켰다.

"그리고 한 시간이 지나도 내가 나타나지 않으면 안산으로 돌아가 있으시오. 최 기자님을 보호하고 있는 듯 보이는 두 사람의 정체 파악이 매우 시급한 상황입니다."

"안산으로 돌아가 있으라구요? 그리고 그들이 다시 나타난다고 어떻게 단정할 수 있고, 최 기자님이 경찰에 신고하지 않는다고 어떻게 확신할 수 있습니까?"

"생각해 보시오. 특종과 안전을 고려한 최 기자님은 특종과 안전, 두 가지 모두 포기할 수 없을 것이오. 그런 그가 경찰에 신고할 확률은 얼마나 되겠소? 지금까지 최 기자님의 행동이 그것을 말해주고 있지 않소. 그리고 장저우 세력 또한 최 기자님을 주시하고 있을 것입니다. 선수先手가 중요합니다."

충분히 일리 있는 말이었다.

긴장한 표정의 나성국이 전화를 들어 최영돈에게 연락했다.

"약속장소는 지난번과 동일합니다."

"알겠소."

차에서 내린 나성국이 인파 속으로 스며들었다.

백웅민의 차가 서서히 움직였다.

그 시각, 전화를 끊은 최영돈은 신문사 로비를 빠져나왔다. 그는 누구를 찾고 있는 듯 잠시 로비 앞에 멈춰 서서 주위를 둘러보았다.

서둘러 약속장소에 도착하니 나성국의 모습은 보이지 않았다. 어느덧 창가에 자리 잡은 지, 이십여 분이 흘러가고 있었다. 어항 속 관상어들은 세상사에 관심이 많은 것일까? 수초를 헤쳐 가며 노니는 관상어들은 쉼 없이 입을 놀려대고 있었다. 그렇게 또 십여 분이 흐를 무렵, 묵직한 목소리가 들려왔다.

"혹시 최 기자님 아니십니까?"

어항을 바라보고 있던 최영돈이 고개를 돌렸다. 처음 보는 사내였다. 짧은 머리에 탄탄한 체구는 운동선수처럼 보였다.

"네. 맞습니다. 그런데 누구시죠?"

"긴히 드릴말씀이 있습니다."

"말씀해보세요."

"여기서는 좀 곤란한데, 자리를 옮기는 건 어떻습니까?"

순간 불길함을 느낀 최영돈이 주변을 둘러보았다. 여전히 그 누구도 나타나지 않았다. 이 사람이 누군지도 모르는 상태에서 어떻게 믿고 따라 나간단 말인가.

"제가 기다리는 사람이 있어서 그건 좀…. 연락처를 주시면 빠른 시일 안에 연락드리죠."

사내가 맞은편 의자에 몸을 부렸다.

"지난 여름 태극기 수호를 외치며 한강에서 투신했던 윤철훈과 백웅민은 죽지 않고 살아있습니다."

"뭐라구요!"

최영돈은 자기도 모르게 크게 외쳤다.

"무슨 근거로 그런 말을 하는 겁니까?"

"그것을 알고 싶으면 저를 따라오시죠."

말을 마친 사내가 일어서 성큼성큼 출입구로 걸었다.

사내를 바라보는 최영돈은 갈등하지 않을 수 없었다. 하지만 그의 마음은 이미 사내를 따라 나서고 있었다.

바로 그 시각, 급히 차에 올라탄 백웅민은 휴대폰을 꺼내 들었다.

"나성국 씨, 빨리 이쪽으로 오시오. 최 기자님이 낯선 사내를 따라 나서고 있소."

잠시 후, 숨이 턱까지 차오른 나성국이 백웅민의 옆자리로 잽싸게 올라탔다.

"저 사람은 누구일까요?"

"나도 잘 모르겠소. 하지만 느껴지는 분위기가 무언가 이상하오."

두 사람의 시선은 최영돈과 사내에게서 떨어지지 않았다.

최영돈이 사내가 안내하는 승용차에 올라타자, 승용차는 부드럽게 움직였다.

백웅민이 승용차를 서서히 따라 붙었다.

최영돈을 태운 승용차는 한참을 달려 한강대교에 이르더니 서서히 속도를 줄여 갓길에 정차했다. 그 곳은 바로 윤철훈과 백웅민이 투신했던 그 자리였다. 한강의 넘실거리는 푸른 물결이 끊임없이 지나치는 차량들을 바라보고 있었고, 지나치는 차량에서 가끔 흰색 국화가 날아와 푸른 물결 위로 사뿐히 내려앉고 있는 모습이 보였다. 시간이 지나면서 윤철훈과 백웅민의 추모 열기는 많이 시들어 있었지만, 한강대교를 지나치는 사람들은 두 젊은이를 잊지 않으려는 듯 흰색 국화를 날리며 지나갔다. 멀리 보이는 전광판에서 힘겹게 매달린 태극기가 눈에 들어왔다. 태극기는 얼마 남지 않은 깃봉에서 땅으로 떨어지지 않으려는 듯 심하게 몸부림치고 있는 것 같았다.

잠시 숙연한 얼굴로 태극기와 한강을 바라본 최영돈이 입을 열었다.

"무슨 근거로 윤철훈과 백웅민이 살아있다고 말한 겁니까?"

"잠시만 기다리시오."

해가 서산에 걸릴 무렵, 천천히 다가온 승용차가 그들 앞에 정차했다. 차문이 열리며 건장한 사내가 모습을 드러냈다. 성큼성큼 다가온 사내가 차 안으로 미끄러지듯 들어와 최영돈에게 악수를 청했다. 그 역시 짧은 머리에 탄탄한 체형이었다.

"안택민입니다. 저는 얼마 전까지 중국인민해방군이었습니다."

"인민해방군이요?

소스라치게 놀란 최영돈이 그를 바라보았다. 맞잡은 사내의 큼지막한 손은 마치 단단한 바위와도 같았다. 급기야 그의 얼굴이 공포로 물들었다.

"하하. 그렇게 놀라실 필요까진 없습니다. 최 기자님, 우리를 좀 도와주세요."

말하는 사내의 표정은 적대감이 느껴지지 않는 표정이었다. 그러나 떨리는 가슴은 쉽게 진정되지 않았다. 손을 빼낸 최영돈이 가까스로 물었다.

"그럼, 윤철훈과 백웅민이 살아있다는 말은 저를 불러내기 위한 거짓말이란 말입니까?"

"그 말은 전적으로 사실입니다. 사실 우리는 저우밍다오 국가주석의 태극기 반환 성명발표 직후, 군을 떠나 중국의 숨은 목적이 태극기와 관련돼 있다는 정보를 입수하고 그것을 파헤쳐 왔습니다. 그런데, 한 배신자로 인해 중국공안당국에 우리의 존재가 드러났고, 점점 좁혀오는 그물망을 피해 여기 한국으로 건너와 몸을 피하고 있는 상황입니다."

"인민해방군이 뭣 때문에 중국의 숨은 목적을 파헤친단 말입니까? 그리고 살아있다는 윤철훈과 백웅민은 어디에 있습니까?"

최영돈의 목소리는 제법 안정을 되찾은 듯 보였다.

"저는 한민족과 같은 혈통인 조선족입니다."

그제서야 상황을 이해한 최영돈이 안도의 숨을 뱉었다.

"기자님도 대충 파악하셨겠지만, 중국우익의 수장 장저우와 문화재청장 이상문이 연결돼 있습니다. 그리고 윤철훈, 백웅민은 자살로 위장해 얼굴을 바꾸고 그들의 음모를 파헤치고 있는 중입니다. 장저우와 이상문의 합작품인 삼천궁녀낙화암이 바로 그것입니다."

말을 마친 사내는 사진을 꺼내 내밀었다.

"윤철훈과 백웅민이 자살로 위장했다구요?"

머리가 울리며 현기증이 이는 것 같았다.

"얼굴을 바꾼 윤철훈의 모습입니다."

최영돈은 마치 둔기로 세차게 머리를 얻어맞은 듯 잠시 할 말을 잃었다. 사진을 바라보는 그의 눈은 거듭되는 충격으로 부들부들 떨리고 있었다. 사진 속의 남자는 바로 이틀 전, 자신을 찾아왔던 사람이었다. 그리고 보니 사진 속 남자는 분명히 윤철훈, 백웅민과 뜻을 같이하는 사람이라고 말했다. 그럼 옆에 앉은 사내의 말은 절반의 진실을 갖고 있다고 보아야 했다. 그러나 절반의 진실이 얼마나 큰 위험성을 내포하고 있는가를 생각하지 않을 수 없었다. 십년이 넘는 기자생활 동안 몸소 체험했던 그는 절반의 진실의 위험성을 익히 알고 있었고, 그것은 일상사에서도 빈번히 일어날 수 있는 개념임에 틀림없는 사실이었다.

최영돈의 표정을 살핀 사내가 말을 이었다.

"중국의 비밀요원들은 두 사람의 위치를 어느 정도 파악한 게 확실합니다. 매우 위험한 상황입니다. 그리고 중국 비밀요원들은 이병호 교수의 USB 내용을 알고 있는 사람 모두를 추적하고 있습니다. 그들 모두 위험에 처해 있습니다."

"그럼, 어떻게 해야 된단 말입니까? 그리고 백웅민의 사진은 왜 없는 것이죠?"

"애석하게도 아직까지 그의 존재는 확인되지 않고 있습니다. 하지만 그 역시 살아있는 게 확실하고, 백웅민이 한국에 있다면 그는 분명 최 기자님의 주위를 탐색하고 있을 겁니다."

최영돈이 자신의 주위를 맴돌고 있던 사내들을 떠올렸다.

"결과적으로 제가 쓴 기사가 병病과 약을 골고루 준 셈이군요."

"기자님이 알고 있는 모든 내용을 알려주세요. 우리는 그들과 힘을 모아 중국의 음모를 파헤쳐 그것을 저지해야 합니다. 한시가 급한 상황입니다. 어떻게 강인후 사건을 그토록 많이 알고 있는지 우리는 그것을 알고 싶은 겁니다."

최영돈은 갈등하지 않을 수 없었다.

'우리를 만난 사실을 그 누구에게도 절대로 얘기해선 안 됩니다.'

사진 속 남자 윤철훈이 떠나며 했던 말이었다.

"두 사람이 장저우 손에 들어가는 날에는 지금까지의 노력이 모두 허사로 돌아갈 수 있습니다. 저기 보이는 태극기를 지켜야 되지 않겠습니까."

사내가 손을 들어 전광판의 태극기를 가리켰다.

바로 그때, 차창을 두드리는 소리에 사내들과 최영돈이 동시에 고개를 돌렸다.

"경찰입니다."

신분증을 내미는 사내는 큰 덩치에 어울리는 굵고 묵직한 목소리였고, 사복차림으로 보아 민완형사인 것 같았다.

"여기서 지금 뭐하고 있는 겁니까? 위험하니 속히 차를 이동하시오."

"알겠습니다."

운전대를 잡은 사내가 시동을 걸고 막 출발하려고 할 때였다.

"잠시 만요, 혹시 최영돈 기자님 아닙니까?"

경찰이 출발하려는 차를 붙잡고 말했다.

"네. 맞는데요."

"여기서 지금 뭐하고 계시는 겁니까? 우리 서장님이 지금 눈이 빠지도록 기다리고 계십니다. 설마 저녁약속을 잊지는 않으셨겠죠?"

"네? 무슨 말씀이신지….."

최영돈이 어리둥절한 표정으로 경찰을 바라보았다.

"나성국 소장님이 오늘 최 기자님과 저녁약속이 있다면서 먼저 퇴근하셨습니다. 늦지 않으려면 빨리 서두르셔야 할 것 같은데요."

순간 최영돈은 무언가 일이 잘못 돌아가고 있다는 직감을 받았다. 경찰의 간절한 눈빛은 무언가를 말하고 있었고 나성국을 언급하는 것으로 보아 사내들과는 뜻이 다른 세력일 수도 있겠다는 생각이 들었다. 누구를 믿어야 한단 말인가. 그의 빠른 머리회전도 지금 이 순간만큼은 작동을 멈추고 있었다. 경찰과 사내들 모두 믿을 수 없었다. 가슴이 두근거리며 긴장과 불안이 엄습해왔다. 담배 생각이 간절했다. 간신히 긴장감을 수습한 최영돈은 경찰을 시험해 보기로 했다.

"그러고 보니 제가 약속을 깜빡 잊은 것 같습니다. 형사님, 지금 어디 가시는 길입니까?"

"서뽈로 들어가는 중입니다."

"그럼, 좀 곤란하지만 차 좀 빌릴 수 있습니까? 약속장소가 반대방향이라."

"원하신다면 그렇게 하세요. 저는 이 분들 신세 좀 지겠습니다."

차키를 건네준 백웅민이 자신의 큰 몸을 차안으로 밀어 넣었다.

"저를 서까지 좀 태워주시겠습니까?"

사내들의 얼굴이 일그러졌다.

"우리 못다 한 이야기는 다음에 하죠."

RV차량에 올라탄 최영돈은 순식간에 한강대교를 벗어나 K일보로 향하며 백미러를 주시했다. 경찰을 태운 승용차가 커브를 돌아 반대 방향으로 향하고 있었다.

경찰은 누구이고, 사내들의 말은 어디까지가 진실일까. 그리고 경찰은 나를 어떻게 믿고 선뜻 차를 내줄 수 있었을까. 경찰의 행동으로 보아 그는 필시 나를 찾아올 것이다. 턱을 괴고 운전하는 최영돈은 무수한 생각 속에서 헤어 나오지 못하고 있었다.

어느새 K일보의 미려한 건물이 눈앞으로 다가왔다. 그대로 지하 주차장으로 들어서니 차들이 빠져나간 한산한 주차장은 수많은 형광등이 변함없이 제자리를 지키고 있었다. 적당한 곳에 차를 세운 그는 담배를 빼 물었다. 한 모금 빨고 연기를 길게 내뱉으니 긴장됐던 가슴이 서서히 풀려가고 있었다. 그는 금연표지판이 눈에 들어오자, 얼굴이 심하게 찌푸려졌다. 신경질적으로 담배를 버린 그는 자신에게 일어났던 일을 잠시 정리해 보았다. 하지만 그럴수록 머리만 아파왔다.

"제기랄, 대체 강인후 사건 속에는 어떤 내막이 숨어 있단 말인가."

신경질적으로 말을 내뱉은 그는 차문을 열어젖혔다. 차를 내리려고 하던 그의 몸이 부스럭거리는 소리에 순간 주춤했다. 소리의 진원지는 뒷좌석인 것 같았다. 불안이 엄습해 오면서 지금까지 겪었던 일들이 한순간에 지나갔다. 뒤를 돌아볼 엄두가 나지 않았다. 그러고 보니 경찰이 이렇게 쉽게 차를 내줄 리는 없다는 생각이 들었다. 섣부른 판단이 위기를 자초한 것 같았다. 그제서야 최영돈은 자신의 실수를 깨달았다. 이를 앙다문 그는 한 발을 천천히 바닥에 내려놓았다. 남은 발을 떼어놓으려고 할 때였다. 천근 무게와도 같은 손이 어깨를 거머쥐었다.

"아악!"

최영돈이 비명을 터트렸다.

"최 기자님."

들려오는 목소리는 천둥치는 목소리가 아니었고, 전혀 위압감이 느껴지지 않았다. 오히려 미성에 가까운 목소리였다.

"놀라지 마세요. 저 나성국입니다."

놀란 최영돈이 뒤로 고개를 돌렸다. 틀림없는 나성국이었다. 그의 입에서 안도의 숨이 흘렀다.

"여기서 뭐하고 있는 겁니까? 그리고 왜 이제껏 몸을 감추고 있었던 것이죠?"

"일단 사과부터 드리겠습니다. 이제는 최 기자님을 완전히 믿을 수 있을 것 같네요."

"그건 또 무슨 말입니까?"

"저는 최 기자님이 경찰에 신고를 하지 않을까, 그 점을 우려하고 있었습니다. 이제는 강인후 사건에 대한 모든 것을 숨길 이유가 없겠네요. 그리고 기자님께 차를 빌려준 사람은 경찰이 아닙니다. 그는 전직경찰로 우리와 같이 강인후 사건을 파헤치고 있는 사람입니다."

덩치가 경찰이 아닐 것이라는 사실은 어느 정도 예상했던 바였다.

"그럼, 저를 한강대교로 데려간 사내들도 같은 목적으로 움직이는 사람인가요?"

"사내들이 어떤 세력인지 그건 잘 모르겠습니다. 하지만 지금은 그 누구도 믿기 힘든 상황입니다. 그래서 우리는 일단 최 기자님을 사내들에게서 때어낼 필요성을 느꼈던 것이죠. 그들이 무슨 말을 했습니까?"

최영돈은 나성국의 가늘게 떠진 눈을 바라보았다.

누구도 믿을 수 없는 상황에서 이 사람은 또 어떻게 믿을 수 있다는 말인가. 또 다시 갈등이 찾아왔다. 하지만 배턴은 이제 나에게 넘어왔다. 주어진 기회를 절대로 놓쳐서는 안 된다. 베테랑 사회부기자 최영돈은 찾아온 기회를 철저히 이용하기로 했다.

"오늘은 얘기할 기분이 아니니 다음에 얘기하죠. 차키는 여기 있습니다. 잘 썼습니다."

"최 기자님, 지금은 그렇게 한가하지 않습니다."

나성국이 성큼성큼 걸어가는 최영돈을 붙잡았다.

"이거 놓으시오! 당신은 지금까지 나를 이용했고 시험해왔소. 당신은 강인후가 납치됐다고 했는데, 나는 그것도 믿을 수 없고, 당신이 과연 강인후와 같이 있는지 내 눈으로 직접 보기 전에는 한 마디도 안하겠소."

단숨에 말을 마친 최영돈은 뒤도 안돌아보고 신문사로 들어갔다.

멈추지 않는 추적

한편, 전화를 끊은 위무광은 성큼 일어나 거울로 향했다. 거울 속에서 매우 초췌한 사내가 자신을 마주보고 있었다.

"위 소교, 왜 이렇게 실수를 거듭한단 말인가."

위무광이 거울 속의 사내에게 말했다.

그는 배신자 리홍빈이 가져다준 충격에서 쉽게 빠져나오지 못하고 있는 상태였다. 거기에 최영돈을 만난 부하들의 실수까지 겹치자, 분노를 넘어서 허탈감이 밀려드는 기분이었다.

"위 소교, 네가 진정 이러고도 명예로운 인민해방군에 이름을 올릴 자격이 있단 말인가."

가슴에서 들려오는 자문의 대답은 분명 자신의 의지와 반대되는 목소리였다. 급기야 화가 치민 그는 사정없이 거울을 후려쳤다. 사방으로 수없이 갈라진 거울 속에서 위치가 뒤바뀐 수많은 눈, 코, 입들이 처참한 모습으로 거울 속에 박혀있었다. 흐르는 피가 그의 주먹을 타고 바닥으로 떨어져 내렸다. 시선을 돌리지 않은 그는 처참하게 일그러진 자신의 조각난 분신들을 한참이나 바라보았다.

한 통의 전화는 그때 걸려왔다.

'나를 기억하시겠소?'

두서없는 목소리는 어디선가 들어본 목소리였다.

"댁이 누군지 모르겠지만 용건을 말하시오."

'역시 또 급하게 나오시는군.'

"무슨 말이오?"

'일을 그렇게 급하게 처리하니 매번 실수를 반복하는 것이오.'

나를 알고 있는 이 사람은 대체 누구란 말인가.

"당신은 누구시오?"

위무광의 물음에 잠시 침묵한 목소리가 말했다.

'거래는 변함이 없겠지요?'

"당신은 혹시….."

위무광은 충격을 받았다. 그는 다름 아닌 전직공안요원 우융강이었다. 한국을 떠난 줄 알았던 그를 몰라본 것도 무리는 아니었다. 내 감각이 어떻게 이리도 둔해질 수 있단 말인가. 심한 자괴감이 밀려들며 급기야 화가 치밀었다.

"그때 나는 당신에게 분명히 경고했을 텐데. 내 눈앞에 다시는 나타나지 말라고. 스스로 무덤을 파는 어리석은 짓은 삼가시오."

'지금은 그렇게 감정을 내세울 때가 아니오.'

"무슨 말을 하는지 모르겠지만, 국가를 배신한 당신하고는 더 이상 얘기하고 싶지 않소. 마지막으로 경고하겠소. 한 번만 더 나를 우롱했다간 지옥 끝까지라도 쫓아가서 당신을 처단할 것이오."

'내가 어떻게 그렇게 쉽게 중화인민공화국을 버릴 수 있겠소. 그리고 나는 당신을 우롱하고 싶은 마음은 추호도 없소. 내가 하고 싶은 말은 약속한데로 내 죄를 사면 시켜주고 돈을 주면 나는 다시 고향으로 돌아가 뿌리를 내릴 생각이오.'

"대체 지금 나하고 무슨 거래를 하자는 것이오?"

'강인후가 지금 제 발로 사지에 뛰어들었소.'

위무광은 자신이 잘못 들었다고 생각했다.

"지금 뭐라고 했소?"

'지금 강인후는 내가 있는 곳으로 도망쳐 왔고, 그를 보호하고 있는 놈까지 확인했소. 제 발로 뛰어든 놈들을 놓쳐서야 되겠소?'

"거기가 어딥니까? 약속은 반드시 지킬 것이오."

전화를 끊은 위무광은 잠시 그 자리에서 미동도 하지 않았다. 그는 최후의 결전이 다가온 것을 직감했다. 마음의 결정을 내린 그는 급히 전화번호를 눌렀다. 그의 손가락이 미세하게 떨렸다. 강인후는 자신의 실추된 명예회복을 하기 위해 결코 없어서는 안 될 인물이었고, 무엇보다도 그는 USB의 내용을 알고 있는 자였다. 놈이 USB의 진실을 알아내기 전에 반드시 막아야 한다. 조국과 명예를 위해서 놈의 입을 영원히 봉해야한다. 전신으로 힘찬 기운이 뻗쳐올랐다.

그 시각, 최영돈을 설득하는데 실패한 나성국은 지하주차장에서 한참을 서 있었다. 이윽고 낭패한 얼굴로 차에 오른 나성국이 휴대폰을 빼들고 전화번호를 누르려고 할 때였다. 조수석의 차문이 젖혀지며 건장한 사내가 뛰어 올라탔다. 모자를 깊게 눌러쓴 모습이 의

도적으로 얼굴을 감추고 있는 것 같았다. 놀란 나성국이 도망치려고 하자, 우악스런 큰 손이 팔을 움켜잡았다. 사내의 엄청난 힘에 나성국은 그 자리에 얼어붙었다.

"누구세요?"

나성국이 가까스로 물었다.

"그건 알 거 없다. 무엇 때문에 최 기자에게 접근했는지 그걸 말해라."

잠시 생각하는 듯 보였던 나성국이 잽싸게 차를 뛰어내렸다. 한산한 주차장을 가로질러 비상계단이 보이는 곳으로 무작정 달렸다. 소름끼치는 사내의 구둣발소리가 점점 가깝게 들려왔다. 머리 위의 깜빡이는 형광등이 순식간에 지나갔다. 마침내 지상으로 올라가는 계단이 눈앞으로 다가왔다. 숨이 턱까지 차오른 나성국이 계단을 밟았다. 그와 동시에 사내가 뒷덜미를 낚아챘다. 나성국의 얼굴이 공포로 물들었다. 그때 감지등이 들어오면서 누군가 계단을 뛰어내려오고 있었다. 순식간에 주차장으로 내려온 사내는 백웅민이었다. 늦게 도착한 백웅민을 바라보는 나성국의 눈이 원망과 기쁨을 표했다.

"너는 누구냐?"

백웅민이 사내를 향해 물었다.

"그건 내가 묻고 싶은 말이다. 무엇 때문에 최 기자에게 접근했는지 말해라."

순간 백웅민의 주먹이 바람소리를 냈다. 번개 같은 공격이었다. 가까스로 주먹을 피한 사내의 발차기가 작렬했다. 얼굴을 살짝 스친

발이 땅으로 내려섬과 동시에 왼손 주먹이 짧은 원을 그렸다. 고개를 숙여 피한 백웅민이 사내를 향해 돌진했다. 몸을 살짝 틀어 피한 사내가 발을 걸었다. 발에 걸린 백웅민이 휘청거렸다. 이를 놓치지 않은 사내의 발이 백웅민의 가슴을 강타했다. 엄청난 위력에 백웅민의 몸이 뒤로 밀리며 벽에 부딪쳤다. 사내가 천천히 다가갔다. 간신히 정신을 수습한 백웅민이 무서운 속도로 사내에게 돌진해 엎어치기로 집어 던졌다. 사내의 입에서 비명이 터졌다. 사내가 다가오는 백웅민의 발목을 공격해 넘어뜨렸다. 민첩하게 일어난 사내가 발을 들어 올렸다. 지켜보는 나성국이 두 눈을 감았다. 무섭게 내려찍으려던 사내의 발이 순간 주춤했다. 백웅민의 살짝 벌어진 가슴에 사내의 시선이 꽂혔다. 사내의 멍한 시선은 가슴 한복판에 자리 잡은 커다란 점(點)에서 눈을 떼지 못하고 있었다. 사내가 주춤하는 사이 급히 일어난 백웅민이 사내를 잡고 쓰러졌다. 두 사람이 한데 뒤엉켜 바닥을 뒹굴었다. 힘의 우세를 보인 백웅민이 사내 위에 올라타 무서운 기세로 주먹을 내리치려고 할 때였다. 사내가 급히 외쳤다.

"백웅민!"

놀란 백웅민이 사내를 잡아 일으켜 모자를 벗겼다.

"아니 당신은….'

사내는 며칠 전, 카페에서 최영돈과 함께 소년을 쫓아 나갔던 사람이었다. 사내가 어떻게 자신을 알고 있는지 이해할 수 없었다. 그럼, 이 사람도 내 정체를 파악하고 있었단 말인가. 무언가를 직감한 백웅민이 사내를 유심히 살폈다. 순간 머릿속이 쿵 울리며 가슴이 벌떡거렸다. 한 발 앞으로 다가온 사내가 자신을 끌어앉았다.

"이사람, 윤철훈! 살아있었구나."

백웅민이 윤철훈의 얼굴을 감싸 않았다. 두 사람의 눈에서 눈물이 흘렀다.

"자네도 얼굴이 많이 변했군. 근데 나를 어떻게 알아보았나?"

"자네 가슴에 있는 커다란 점을 어떻게 잊을 수 있겠나?"

백웅민이 고개를 내려 열린 가슴을 바라보았다.

"이게 아니었으면 큰일 날 뻔했군."

"아니, 그럼 당신들은 그때 한강대교에서…."

그들의 대화를 듣고 있던 나성국이 심한 충격으로 말을 이어가지 못했다.

"미안하게 됐소. 하지만 우리의 존재가 드러나는 날이면 장저우와 이상문은 극도로 몸을 사렸을 것이오. 중국의 의도가 무엇인지…."

그때 계단을 내려오는 발소리에 백웅민이 말을 멈췄다. 계단을 완전히 내려선 사내가 세 사람을 바라보았다. 떡 벌어진 어깨와 강인한 생김새가 한 눈에 보기에도 범상치 않은 사내였다. 백웅민이 사내를 예리하게 주시했다.

"안심하게. 나와 같이 움직이는 동지야."

그제서야 카페에서 윤철훈과 같이 있던 사내가 떠올랐다.

"어떻게 된 일인가?"

김철호가 온통 먼지를 뒤집어 쓴 윤철훈을 보고 물었다.

"그건 나중에 설명하겠네. 그보다 먼저 최 기자님은 뭐라고 하던가?"

"아무래도 장저우세력이 한국으로 대거 유입된 거 같네. 유입된 세력이 다른 세력의 도움을 청할지는 불을 보듯 뻔한 일이야. 어떻게 움직여야 할지 난감하군."

듣고 있던 백웅민이 경악했다.

"장저우세력이 유입됐다구요? 강인후와 신수정이 위험해."

"강인후가 위험하다구? 그럼, 강인후의 소재를 알고 있단 말인가?"

윤철훈이 뜻밖의 표정으로 물었다.

"지체할 시간이 없어."

백웅민이 급히 계단을 뛰어올랐다. 사태를 알아차린 세 사람이 백웅민을 따랐다.

백웅민의 운전 실력은 상당한 수준급이었다. 도로를 달리던 차들이 무섭게 돌진하는 백웅민의 차를 피하기에 바빴고, 중앙선을 넘어 들어간 차는 신호를 무시하고 교차로를 통과했다. 급정거의 소음이 도로를 어지럽게 만들었다. 씨끄러운 경음기 소리와 욕설이 뒤따랐다. 앞차를 추월하며 신호를 무시한 차가 안산에 도착한 시간은 채, 삼십 분도 걸리지 않았다. 안산 원곡동에 이르니 마치 환락가와 같은 불빛이 펼쳐졌다. 동사무소에 세워진 전광판에서 생명이 얼마 남지 않은 태극기와 묘한 대조를 이루고 있었다. 동사무소를 지나쳐 속도를 줄인 차가 불빛을 뚫고 들어가 주택가에 급히 정지했다. 문이 열림과 동시에 네 사람이 동시에 뛰어내렸다. 칠이 벗겨진 녹색 대문이 활짝 열려있었다. 무언가 심상치 않은 일이 벌어진 것 같았다. 발소리를 죽인 백웅민은 금방이라도 부서질 것 같은 철근이 드러난 계단을 올라 오른쪽으로 꺾어 들어갔다. 그리고 마치 닭장과도 같은 작은 문들을 지나 중간쯤에 이르렀다. 거기는 강인후와 신수정이 숨어있는 방이었다. 문 가까이에 이르러 가만히 귀를 기울여보았다. 아무 소리가 들리지 않았다. 급히 문을 열어젖힌 그는 방안으로 뛰어들었다. 동시에 세 사람이 방안으로 들어섰다. 깨끗하게 치워진 방에 강인후와 신수정은 보이지 않았다.

"어디로 갔을까요?"

나성국의 목소리에 울음이 배어있었다.

"방이 깨끗한 것으로 보아 납치되진 않은 것 같소."

"그럼, 인후 씨와 수정이는 어디 갔을까요?"

"무엇을 구입하러 나갔을 수도 있을 것이오. 조금만 기다려 봅시다."

백웅민은 그렇게 말했지만, 그것은 어디까지나 자신이 바라는 희망일 수도 있겠다는 생각을 부정할 수 없었다. 네 사람의 입에서는 아무소리도 흘러나오지 않았다.

같은 시각, 강인후와 신수정은 원곡동에 위치한 관산시립도서관으로 향하고 있었다. 모자로 얼굴을 가리고 패딩점퍼를 껴입은 두 사람을 주시하는 사람은 아무도 없었다. 시간은 이제 막 9시를 넘어서고 있었다. 도서관 이용시간은 2시간 정도를 남겨두고 있었다. 두 사람이 이 근처에 관산도서관이 있다는 사실은 시정뉴스를 통해서 알 수 있었다. 어찌 보면 도망자에게 뉴스는 일종의 안내역할과 함께 감시와 통제를 모두 담고 있는 것 같았다.

강인후의 어깨에 약간 기대는 신수정은 조금 힘들어보였다.

"걷기 힘들면 조금 쉬었다 갈까요?"

"괜찮아요. 어서 빨리 이 악몽에서 깨어나야죠."

힘에 겨운 그녀의 목소리는 많이 잠겨 있었지만, 의지는 조금도 변함이 없었다. 가녀린 여자의 몸에서 어떻게 이런 강한 의지가 나올 수 있는지 몹시 의아스러웠다. 강인후는 육체적인 힘을 제외한 모든 면에서 그녀를 따라갈 수 없다는 사실을 인정할 수밖에 없었다.

"이 길이 맞는 거 같아요."

신수정의 고갯짓을 따라가니 몇 권의 책을 손에 든 중년 여자가 조금 경사진 길을 내려오고 있었다. 두 사람은 중년 여자가 내려온 길을 천천히 올랐다. 좌우로 오래전에 지어진 주택들이 지나가는 행인들을 무심히 바라보고 있었다. 태극기 반환 주장이 중국 사람들을 크게 줄여놓았을 것이라는 생각은 한낱 기우인 것 같았다. 일과를 마치고 집으로 향하는 행인들의 입에서는 알아들을 수 없는 중국어가 계속 들려왔다. 중국인들이 빠져나간 3D업종의 공백은 막대한 경제적인 손실을 가져왔음이 분명해 보였다. 이에 바닥을 치고 있는 한국의 경제는 중국인들을 다시 부를 수밖에 없는 현실을 외면하기 힘든 모양이었다. 이것은 또 강인후와 신수정에게 있어서 불행을 예고하는 것이기도 했다.

두 사람이 경사진 길을 다 오르자, 오른쪽으로 편의점이 보였고,

길 건너 바로 앞에 관산도서관을 알리는 표지판이 눈에 들어왔다. 도서관은 구부러진 언덕위에 있는 것 같았다.

"이제 다 온 거 같습니다."

강인후가 신수정을 부축하며 끌기 시작했다.

"성국선배에게 전화라도 한 통 해주어야 되지 않을까요?"

신수정이 말하고 주위를 둘러보았지만, 휴대전화가 일상화된 시대에 공중전화를 찾기란 쉬운 일이 아니었다.

"공중전화가 보이지 않네요."

보편적 편리를 누릴 수 있는 소중함이 세삼 느껴졌다.

바로 그 시각, 삼층으로 지어진 주택에서 도서관으로 향하는 그들을 내려다보는 사람이 있었다. 급히 휴대폰을 빼든 그는 어디론가 전화를 걸고 빠르게 계단을 내려와 두 사람을 미행하기 시작했다.

불행의 그림자를 예상도 못한 강인후와 신수정은 도서관 표지판을 지나 언덕길에 발을 올렸다. 예상대로 언덕길을 오른 지, 채 몇 걸음도 되지 않아 육중한 모습으로 서있는 도서관이 보였다. 차들이 빠져나간 작은 주차장은 한산했다. 이제 막 출발하려는 듯 시동을 걸어놓은 차가 보였고, 그 옆으로 중형세단이 무겁게 자리 잡고 있었다. 신수정을 부축한 강인후는 계단을 올라 도서관으로 들어섰다. 2층에 이르니 환하게 불을 밝힌 문헌자료실이 투명강화유리 너머로 보였다. 문헌자료실에서 나온 이용객이 문 앞에서 꼭 붙어 서있는 두 사람을 흘낏 보고 계단을 내려갔다.

"인후 씨, 이제 그만 됐어요."

신수정이 강인후의 품에서 빠져나와 문헌자료실로 들어갔다. 따뜻한 온기가 훅 끼쳐왔다.

"저기 있네요. 수정 씨는 저기에 앉아있어요."

도서검색 컴퓨터 앞으로 다가간 강인후는 삼국사기를 검색창에 입력시켰다. 도서 분류 코드를 확인한 그는 책장에서 삼국사기를 꺼내들고 신수정의 옆자리로 가서 앉았다.

"우리가 어디까지 확인했죠?"

강인후가 작은 소리로 물었다.

"성국선배 헌책방에서 파악했던 바로는 삼국사기의 기록이 고구려, 백제, 신라의 지정학적 위치가 우리가 지금까지 알고 있는 역사적인 지식과 너무나 다르다는 것까지 파악했어요. 이제는 과연 어떤 게 진실이고, 어떤 게 거짓인지 좀 더 한 눈에 알아볼 수 있는 구체적인 기록을 찾아야 해요."

신수정이 삼국사기를 펼쳤다.

"여기를 보세요."

삼국사기를 한참을 읽어 내려가던 신수정이 한 대목을 짚었다. 그녀가 가리키는 것은 최치원열전이었다.

"최치원은 신라를 대표하는 대문장가예요. 여기를 읽어 보세요."

강인후가 최치원열전을 읽기 시작했다.

"고구려와 백제의 전성시대에는 강병 백만으로 남으로는 오.월吳,越을 침략하고 북으로 연燕,제齊노魯를 위협하여 중국의 거적巨賊이 되었다. 그러므로 수황隋煬帝은 요동정벌에 실패하였고…."

"거기까지요. 여기도 뭔가 이상하죠?"

"이들 국가 모두 중원대륙에 존재했던 국가들 아닙니까?"

강인후가 심한 의문을 표했다.

"맞아요. 오나라, 월나라, 연나라와 제나라, 노나라는 중원대륙에 넓게 퍼져있던 국가들이었어요. 기록대로라면 고구려와 백제가 중원대륙의 국가들을 침략했다고 볼 수 있어요. 고구려는 이해할 수 있지만, 어떻게 충청과 전라도지방에 있던 백제가 중원대륙의 국가들을 침략할 수 있었는지 이해할 수 없어요. 그리고 중국에 거적이 되었다는 말은 한 번의 침략이 아닌 여러 번의 침략을 말한다고 볼 수 있어요."

어느새 그녀의 눈빛은 본래의 생동감을 되찾은 듯 반짝반짝 빛나고 있었다. 마치 물 만난 고기처럼 복잡한 역사서를 헤집고 다녔다.

"그럼, 혹시 백제가 고구려와 연합해 침략했던 건 아닐까요?"

"여러 번이나요?

"혹시 백제가 충청과 전라도가 아닌 다른 곳에 있었다면 가능한 일이지 않을까요? 지금까지 파악한 바로는 충분한 신빙성을 가지고 있다고 봅니다."

"그렇다고 한다면 백제와 인접해 있던 신라는요?"

"음….”

"우리가 무언가 잘못 해석하고 있을 수도 있어요."

신수정은 그렇게 말했지만 역사의 기록을 찾을수록 지금까지 알고 있는 고대 삼국의 지정학적 위치에 대한 심한 회의감이 드는 건

피할 수 없었다. 어찌 된 일인지 도무지 이해하기 힘들었다.

이용시간이 가까워서인지 문헌자료실엔 분홍색 앞치마를 두른 혼자 남은 사서가 분주하게 오가며 책장을 정리하고 있었다. 그렇게 또 십여 분의 시간이 흐를 무렵, 신수정은 읽고 있던 삼국사기를 완전히 덮었다.

"잡지와 열전을 모두 보았지만, 더 이상은 찾을 수 없어요."

그녀의 입에서 허탈한 숨이 흘렀다. 그것은 강인후 또한 마찬가지였다. 삼국사기에서 더 이상의 기록은 찾을 수 없을 것처럼 보였다.

"지금까지 밝힌 내용에서 무언가 있는 거 같지만 그것을 뒷받침할 기록이 필요합니다. 이 교수님과 스승님은 진실은 가까이 있고, 진실은 이미 세상에 나와 있다고 말씀하셨어요. 말씀으로 보더라도 우리가 찾은 내용이 전부는 아닐 겁니다."

"그럼, 뭔가 빠트린 부분이 있을 거라는 얘긴가요?"

강인후가 고개를 끄덕였다. 시간에 쫓기며 읽은 책은 무언가 빠트리고 있을 가능성이 컸다. 시계를 바라보니 이용시간은 십여 분도 남겨두지 않고 있었다.

"우리 내일 다시 올까요?"

"그것은 안 됩니다. 우리에게 더 이상의 내일은 오지 않을 수도 있습니다."

신수정이 들고 있던 눈동자를 떨어뜨렸다.

강인후가 빠르게 주위를 둘러보더니 작게 말했다.

"책을 빌려가야겠습니다."

"신분증도 없이 어떻게 빌려가요?"

"훔칠 겁니다."

"네?"

신수정은 뜻 모를 얘기에 잠시 멍해졌다.

책장에서 안내데스크로 돌아온 사서는 남아있는 두 사람에게 어서 나가라는 듯, 눈총을 주기 시작했다. 사서가 보고 있는 상황에서 책을 훔치기란 사실상 불가능했다. 순간적으로 계획을 세운 강인후는 자리에서 일어났다. 책장으로 다가간 그는 여러 권의 책을 한 아름 안고 돌아왔다. 의문을 표한 사서가 두 사람에게서 눈을 떼지 않았다. 들어올 때부터 지금까지 모자를 뒤집어 쓴 점퍼차림의 두 남녀는 무언가 이상해보였다.

시계 초침소리만 들리는 잠깐의 침묵이 흘렀다.

갑자기 신수정의 어깨를 감싼 강인후가 그녀의 입술을 덮쳤다.

"어머!"

놀란 신수정이 외치고, 눈이 휘둥그레진 사서가 못 본 척 고개를 돌렸다. 기회를 놓치지 않은 강인후가 잽싸게 삼국사기의 바코드를 뜯어내 점퍼 속으로 집어넣었다. 잠시 후, 검색대를 무사히 통과해 도서관을 빠져나온 그들은 내리막길을 한달음에 내달려 편의점으로 들어섰다.

"우리 여기서 책을 보고 다시 갖다 주도록 하죠. 이 책을 찾는 사람들을 생각해야죠."

그제서야 신수정은 책을 빌린다는 그의 말을 이해할 수 있었고,

위급한 상황에서도 남을 배려하는 마음 씀씀이에 가슴이 일렁거렸다. 순간, 입술에 여운이 느껴지며 얼굴이 화끈거렸다. 그녀는 들킬세라 황급히 고개를 돌렸다.

"처음부터 다시 보려면 많은 시간이 걸릴 거 같네요."

책장을 넘기는 그녀의 손가락이 무겁게 보였다.

"수정 씨, 이렇게 하죠."

"어떻게요?"

"나당연합군을 결성해 고구려와 백제를 멸망시킨 신라는 삼국통일 후에 고구려의 많은 영토를 당나라의 영토로 편입시켜야 했어요. 그럼, 그 전부터 두 나라 간에 영토에 대한 논의가 오고갈 수도 있었다고 생각해볼 수 있겠죠. 즉, 백제 멸망시기와 고구려 멸망시기를 중점적으로 보게 되면 좀 더 구체적인 영토에 대한 기록이 있을 수 있을 거 같습니다."

"일리 있는 말이네요. 그럼, 그 시기부터 찾아보도록 하죠."

신수정은 삼국사기 '신라 편' 태종무열왕의 기록부터 천천히 뒤지기 시작했다. 그녀 곁으로 바짝 다가간 강인후가 책으로 고개를 떨어뜨렸다.

신라는 백제의 황산벌에서 계백장군으로 인해 연패를 당하자, 신라장군 품일의 아들 관창은 자진해서 적진으로 뛰어들어 계백장군에게 죽임을 당했다. 이에 신라 병사들이 죽음을 각오하고 싸워 황산벌을 함락시켰다는 기록이 보였다. 백제멸망이 코앞으로 다가왔음을 알 수 있는 기록이었다. 여기까지는 누구나 익히 알고 있는 내용이었다. '태종무열왕 편'에서는 영토를 논하는 기록을 찾을 수 없었다. 제7권에 이르니 '문무왕 편'이 그들을 기다리고 있었다. 문무왕 9년 2월에 대왕은 군신을 모아놓고 하교하기를 '신라는 백제와 고구려에 인접하여 북벌北伐과 서침西侵으로 잠시도 편안한 세월이 없었다. 그래서 전사들의 뼈는 부서져 들판에 쌓이고 몸과 머리는 강토에 내널렸다.'

신수정이 문장에 손가락을 짚었다.

"보세요, 고구려, 백제, 신라는 분명히 서로 인접해 있던 국가였어요."

"하지만…."

뒷말을 삼킨 강인후는 책장을 넘겼다. 문무왕 상편을 끝내고 하편으로 들어섰다. 중간을 넘어섰지만, 역시 영토를 논하는 기록은 보이지 않았다. 얼마나 찾아야 할지 실로 난감했다. 이병호 교수와 스승님은 대체 무엇을 말하려고 했던 것일까. 내가 과연 이 누명에서 벗어날 수는 있단 말인가. 심한 회의감이 밀려들었다.

"미안하지만 담배 하나 피고 올게요."

책에 몰입해 있는 신수정은 아무 소리도 못 들었는지 반응이 없었다.

고구려, 백제, 신라는
분명히 중원대륙에 존재했던 국가였다

한편, 윤철훈과 김철호는 나성국을 통해 강인후 사건의 모든 내용을 알 수 있었다. 할 말을 잃은 두 사람이 무겁게 숨을 내쉬었다.

"그래서 역사기록은 어디까지 파악했습니까?"

윤철훈이 다급하게 물었다.

"고구려, 백제, 신라의 지정학적 위치가 매우 의심스럽습니다. 우리가 지금까지 알고 있는 역사적인 상식과는 너무 많은 차이점을 보여주고 있어요. 고대 삼국을 한반도에 놓고 봤을 때 도무지 이해하기 힘든 기록이 한, 둘이 아닙니다. 구체적인 기록을 파악하기까지는 조금 더 시간이 필요할 거 같습니다."

"지정학적 위치요? 무슨 말씀을 하시는 건지 모르겠네요."

"어쩌면 고대 삼국은 한반도에 존재하지 않았을 수도 있습니다. 모두 중원대륙에 존재하면서 다툼을 벌였을 가능성에 무게를 두고 있습니다."

윤철훈이 믿을 수 없다는 표정으로 백웅민을 바라보았다.

"나성국 씨, 말이 사실이네."

문득 그의 뇌리를 리홍빈이 스쳐 지나갔다. 아니 그때 그녀는 성윤지였다.

그녀와 명성산에 올랐을 때였다. 농담 삼아 산정호수의 전설이 궁예의 눈물로 이루어진 호수라고 물었을 때, 그녀는 대답을 망설이며 급히 화제를 돌린 기억이 떠올랐다. 지금 나성국의 말은 성윤지의 망설임을 대변해 주고도 남았다. 우리가 알지 못하는 무언가 있음이 분명했다.

나성국은 시간이 지날수록 심한 불안함에 가슴이 떨리기 시작했다.

"인후 씨와 수정이가 이렇게 늦게 돌아오지 않는 것으로 보아 물건을 구입하러 나간 건, 아닌 거 같습니다. 이러고 있을 게 아니라 인후 씨와 수정이를 찾아봐야 하지 않을까요?"

"나도 그러고 싶지만 어디에 가서 찾아야 할지 막연합니다."

백웅민도 불안하기는 마찬가지 인 것 같았다.

"물건을 구입하러 나가지 않았다면 어디로 갔을까요?"

"가만, 그렇다면 혹시 헌책방에서 찾다가 만, 역사기록을 찾으러 가지 않았을 까요?"

김철호가 말했다.

"수정이는 충분히 그러고도 남을 여자입니다. 두 사람이 역사기록을 찾으러 갔다면 책이 있는 서점과 도서관일 겁니다. 서점에 비해 도서관은 부담 없이 정보를 알아내기 위해 아주 적합한 장소입니다. 인후 씨와 수정이가 위험에 처했을 수도 있습니다."

"근처에 도서관이 어디에 있습니까?"

윤철훈이 다급하게 물었다.

"저도 모릅니다. 스마트폰을 이용할 수밖에 없겠네요."

말을 마친 나성국이 급히 문을 열었다. 네 사람이 동시에 밖으로 뛰었다.

담배를 다 피운 강인후가 편의점으로 들어서 신수정을 살폈다. 순간 놀란 강인후가 그녀 앞으로 뛰었다. 그녀는 무엇엔가 놀란 듯 얼굴색이 하얗게 질려있었고, 얇은 입술엔 경련이 이는 것처럼 보였다.

"수정 씨, 왜 그래요? 괜찮아요?"

강인후를 올려다 본 신수정이 책으로 고개를 돌렸다.

"여기를 보세요."

그녀가 가리킨 곳은 문무왕 함형咸亨 원년(670) 7월이었다.

"어떻게 이런 말도 안 되는 일이…."

제대로 말을 잇지 못하는 그녀는 충격에서 빠져나오지 못하고 있음이 분명했다. 강인후가 그 부분을 천천히 읽기 시작했다.

"함형 원년 7월에 이르러 당나라에 사신으로 갔던 김흠순 등이 땅의 경계를 그린 것을 가지고 돌아와서 장차 경계선을 획정하려 하는데. 지도를 검사하여 백제의 옛 땅을 모두 다 돌려주라 하니 '황하黃河가 아직 띠와 같이 되지 않았고 태산泰山이 아직 숫돌같이 되지 않았는데, 3~4년 사이에 한 번 주었다 한 번 빼앗으니 신라 백성은 모두 본래의 희망을 잃었…."

"어떻게 이럴 수가 있죠?"

"이 부분에 뭐가 있는 겁니까?"

강인후는 아직 문장의 뜻을 파악하지 못한 것 같았다.

"보세요, 사신 김흠순은 백제의 옛 땅을 말하고 있는 거예요. 그런데 백제의 옛 땅에 황하와 태산이 있다고 말하고 있어요. 황하와 태산은 중국 산동성에 있는 강과 산이예요. 문장에서 볼 수 있듯이 백제의 옛 땅은 한반도가 아니라 중원대륙이었어요. 우리가 지금까지 해석했던 내용은 잘못된 해석이 아니었어요."

"그럼, 삼천궁녀낙화암이…."

"맞아요. 그건 가짜예요."

두 사람은 드디어 장저우와 이상문이 추진하는 백제 삼천궁녀낙화암이 우리 역사를 반도사관에 묶어두기 위한 계책이라는 것을 파악할 수 있었다. 모든 것은 불을 보듯 분명해졌다.

"어떻게 이럴 수가 있는 거죠. 국가의 역사를 알리는 선봉역할을 해야 할 사람이 도리어 우리 역사를 짓밟는 짓을 서슴없이 하고 있어요. 대국민 사기극이라고 말할 수밖에 없네요. 이 교수님과 스승님은 그것을 말하고 있었음이 분명해요. 그래서 장저우 사주를 받은 이상문은 그것이 탄로날까봐, 이 교수님의 USB를 갖고 있는 인후 씨를 쫓았던 거예요."

분에 받친 신수정은 씩씩거리며 쉬지 않고 말했다.

창밖으로 시선을 던진 강인후는 두 주먹을 움켜쥐었다. 말없이 서 있는 그의 몸이 부들부들 떨리며 눈가에 분노의 눈물이 맺혔다. 가만히 다가간 신수정이 그의 손을 잡았다.

"이상문이 왜 저를 이토록 쫓았는지 이제야 모든 게 자명해졌네요. 이상문은 이 모든 사실들이 밝혀지는 날엔 자신이 쌓아올린 학문적 명예가 한순간에 무너질 수 있다고 본 겁니다. 거기에는 정치, 경제적 이권이 개입돼 있을 겁니다. 이상문 같은 세력이 존재하는 한, 누명에서 벗어날 수 없을 것이라는 스승님의 말씀을 이해할 수 있겠네요."

"맞아요. 스승님은 이 모든 사실들을 알고 계셨고, 이를 밝히려고 노력하셨던 거예요. 하지만 튼튼하게 이어진 사학계의 두꺼운 쇠사슬을 자를 순 없었던 거죠. 그 과정에서 스승님이 물러나신 것이라고 볼 수 있겠네요. 무섭고 믿을 수 없는 현실이 어처구니없게도 사학계에 있었어요. 자국의 역사를 깎아내리는 나라는 아마 우리나라밖에 없을 거예요."

"어떻게 이런 일이…. 과연 전, 현직 수많은 관료와 학자들은 이 내용을 모르고 그냥 지나쳤던 것일까요? 아니면 자신의 영달과 안위를 위해 입을 다물고 있었을까요? 정말 한심한 나라라고 생각하지 않을 수 없습니다."

허공을 주시한 두 사람은 믿을 수 없는 현실에 한동안 말이 없었다.

간신히 감정을 수습한 강인후가 먼저 입을 열었다.

"그렇다면 복희씨의 하도는 어떻게 해석할 수 있을까요?"

"저도 잘 모르겠네요. 복희씨의 기록을 찾아봐야 알 수 있을 거예요."

"하지만, 복희씨는 신화 속의 인물로 알고 있습니다."

"복희씨가 신화 속, 인물이었는지, 아니면 실존했던 인물이었는지 그것은 중요하지 않아요. 지금 중국은 자국의 문화를 내세워 태극기를 빼앗아가려고 하고 있어요. 중국은 지금까지 중원대륙에 존재했던 우리 한민족의 역사를 한반도 안으로 압축해 그것을 감추기 위한 수단으로 역사공정을 주도했다고 보아야 해요. 우리가 파악한 내용이 그것을 증명해 주잖아요."

"그럼, 중국의 태극기 반환 주장이 복희씨가 그린 하도의 진실을 감추기 위한 수단이라는 말입니까?"

"그럴 가능성이 있지 않나요? 우리가 그것을 알아내야죠."

"또, 처음부터 삼국사기를 뒤져야겠네요."

강인후가 지친 숨을 뱉었다.

"그렇지 않아요. 우리는 삼국유사를 봐야 해요."

"네?"

"삼국사기는 정사正史의 성격을 가진 역사서예요. 그래서 삼국시대 당시 있었던 정치적인 내용과 전쟁, 재난, 별자리 움직임 등을 사람들의 관점에서 납득할 수 있고, 상식적으로 이해할 수 있는 역사를 서술한 책이라고 볼 수 있어요. 그 반면에 삼국유사는 일연대사가 삼국사기에 기록되지 않은 우리민족의 시원사상과 환인, 환웅천황부터 고조선 단군시대와 삼국시대 당시 백성들의 생활풍습과 설화와 민담을 서술한 역사서이구요. 불교적인 내용과 우리가 상식적으로 이해하기 힘든 신화와 전설이 대거 수록 돼 있기도 해요. 삼국유사는 책의 성격을 한마디로 규정하기가 힘들 정도로 많은 내용을 담고 있는 책이에요. 그렇게 볼 때, 신화에 준거한 복희씨에 대한 기록은 당연히 삼국유사에 있겠죠."

강인후는 논리적이고 영리한 신수정을 끌어안고 싶은 충동을 느꼈다.

"하지만 애석하게도 삼국유사가 없네요."

"인후 씨, 오늘 여기까지 알아낸 것만으로도 우리는 많은 것을 알아냈어요. 내일 성국선배와 같이 와서 찾아보도록 하죠. 성국선배와 백웅민 씨가 많이 걱정하고 있을 거예요. 어쩌면 우리를 찾고 있을지도 몰라요. 어서 빨리 내려가죠."

살며시 미소를 던진 신수정이 강인후의 손을 잡았다.

그때, 딸랑거리며 문이 열리는 소리와 함께 노동자 복장차림의 중국인으로 보이는 사내가 편의점으로 들어서고 있었다. 완전히 들어선 그의 눈길이 간이 테이블에서 책을 덮고 있는 남녀를 빠르게 훑고 지나갔다. 틀림없었다. 모자로 얼굴을 가리고 있었지만 산골마을에서 보았던 강인후와 신수정이 분명했다. 절대로 잊을 수 없는 얼굴이었다. 그의 눈앞으로 산골마을 산속에서, 타오르는 불길과 경찰에 포위되어 위기에 처했던 절체절명의 순간이 지나갔고, 해안가 모래밭에서 쫓고 쫓기는 숨 막히는 순간이 연이어 지나갔다. 자다가도 일어서게 만드는 년, 놈을 어떻게 잊을 수 있겠는가. 년, 놈이 제 발로 찾아왔다는 우융강의 말은 사실이었다. 가슴이 몹시 두근거렸다. 돈을 내밀어 담배 한 갑을 주문한 그는 연신 휴대폰을 눌러댔다. 찡

그린 표정과 반복적으로 말하고 있는 것으로 보아 상대방과 말이 잘 통하지 않는 것 같았다. 급기야 화가 치민 그는 욕설을 내뱉었다.

"아, 시팔 왜 그렇게 말을 못 알아들어! 우융강에게 빨리 연락하라구."

"지금 뭐라고 했어요."

대학생으로 보이는 편의점직원이 담배를 꺼내다 말고 노동자를 빤히 바라보았다.

"당신한테 한 말이 아니야."

"아니긴 뭐가 아니에요. 그리고 왜 반말을 하세요. 내가 여기서 일한다고 무시하는 거요! 기분 더럽게 나쁘네."

얼굴이 벌겋게 달아오른 편의점직원은 삿대질을 하며 노동자에게 대들었다. 노동자는 대드는 편의점직원과 강인후와 신수정을 번갈아보기에 바빴다. 예기치 않은 난처한 상황에 그의 얼굴이 심하게 일그러졌다.

'우융강은 왜 이리 안 오는 거야!'

매우 당황한 노동자는 안절부절못하며 이리저리 고개를 돌렸다.

두 사람의 언성에 신수정은 삼국사기를 집어 들고 걸음을 옮겼다.

"인후 씨, 빨리 나가죠."

신수정이 출입문으로 향하자, 노동자가 급히 얼굴을 숙였다. 걸음을 옮기려던 강인후가 순간, 그 자리에서 얼어붙었다. 얼굴을 숙인 사내는 스승의 집에서 경찰복장을 하고 나타났던 사람이었다. 확신할 수 있었다.

"수정 씨! 잠깐만이요."

강인후의 외침에 노동자가 얼굴을 일그러뜨렸다. 자칫하면 강인후를 놓칠 수도 있는 위기의 순간이었다.

　노동자를 못 알아본 신수정이 고개를 돌렸다.

　"왜요? 어서 나오지 않고 뭐하세요?"

　"이쪽으로 오세요."

　순간 위기를 직감한 신수정이 발을 돌려 강인후 쪽으로 향했고, 노동자가 점퍼 속주머니를 뒤져 무언가를 찾았다.

　"아저씨한테 담배 안팔 테니까 이 돈 갖고 나가요."

　상황파악이 안된 편의점직원이 신경질적으로 돈을 내밀었다.

　돈을 거들떠보지도 않은 노동자가 잽싸게 칼을 꺼내들었다.

　"어! 전, 그게 아닌데….."

　놀란 편의점직원이 밖으로 뛰어나갔고, 동시에 노동자가 신수정을 낚아챘다.

　"강인후, 그 자리에서 한 발짝이라도 움직이면 이 여자는 살아남지 못한다."

　"도망가지… 않을 테니 여자를 풀어주시오."

　순식간에 일어난 상황에 강인후는 말을 몹시 더듬었다.

　"허튼 수작 하지 말고, 무릎 꿇어!"

　천천히 무릎을 꿇는 강인후는 신수정에게서 눈을 떼지 못했다. 감은 눈과 꼭 다문 입술이 의외로 침착해 보였다. 그 모습이 오히려 가슴을 짓누르는 느낌이었다.

　"강인후, 너 때문에 나는 엄청난 손해를 입었어. 나는 이제 그것을 충분히 보상받아야 해."

"그게 어떻게 나 때문이오. 나는 영문도 모른 채 당신들을 따라 나섰던 것뿐이오."

"개소리 집어치워! 다시 한 번 주둥이 함부로 놀리면 이 여자는 무사하지 못할 것이야."

노동자가 칼을 신수정의 목에 바짝 들이댔다.

"알겠소. 가만히 있을 테니 제발 칼을 좀 내려주시오."

두 손을 높이 쳐든 강인후가 깊게 엎드렸다.

바로그때였다. 문이 벌컥 열리며 서너 명의 청년들이 편의점으로 들이 닥쳤다.

"저 새끼야, 잡아!"

친구들을 대동한 편의점직원이 소리쳤다.

'이런 제기랄.'

뒤를 돌아본 노동자가 숨을 몰아쉼과 동시에 청년들의 몽둥이가 일제히 날았다. 신수정이 빠져나가고, 노동자가 피를 흘리며 쓰러졌다.

잽싸게 일어난 강인후가 신수정을 붙잡고 밖으로 뛰었다.

이대로 은신처로 가기에는 너무 위험하다. 잠깐 망설인 강인후는 놀란 신수정을 부축하고 다시 도서관으로 향할 수밖에 없었다. 자신이 말했던 내일은 다시 오지 않을 수도 있겠다는 생각이 들었다.

순식간에 언덕을 뛰어올라 바라보니 도서관은 이미 불이 꺼져 있었고, 전조등을 밝힌 중형세단이 주차장을 빠져나오고 있었다.

"잠깐만이요!"

강인후가 출발하려는 차를 막아섰다.

"왜 그러시죠?"

창문을 내린 운전자는 50대 초반으로 보이는 남자였고, 모자를 뒤집어쓰고 있는 사내가 앞을 막아서자, 겁먹은 얼굴이 되었다.

"안심하세요. 혹시 여기 관계자 분 되십니까?"

운전자는 사내의 차분한 목소리에 겁먹은 얼굴이 약간 누그러졌다. 남자 뒤에 서있는 여자는 많이 힘들고 지쳐있는 모습이었다.

"네, 도서관장입니다. 그런데 왜 그러시죠?"

"죄송하지만 문 좀 열어주실 수 있습니까? 조금 전에 문헌자료실에서 놓고 온 물건이 있어서요. 부탁드립니다. 아주 중요한 물건이거든요."

"그건 좀 곤란합니다. 없어지진 않을 테니 내일 다시 오시도록 하세요."

도서관장이 창문을 닫으려고 하자, 신수정이 나섰다.

"관장님, 부탁드려요. 사실은 제가 병이 있거든요. 그 약을 먹지 못하면 오늘을…."

말을 끝맺지 못한 신수정이 도서관장에게 애원의 눈빛을 보냈다. 그녀의 파리한 얼굴은 금방이라도 쓰러질 것처럼 위중하게 보였다.

"사정이 그렇다면 어쩔 수 없겠네요."

차를 빠져나온 도서관장은 계단을 올라 출입구로 향했다. 이윽고

2층 문헌자료실 앞에선 도서관장이 급히 문을 열어주었다.

"정말 감사합니다."

"인사는 나중에 하시고 빨리 가서 찾아보시오."

급히 문헌자료실로 뛰어 들어간 강인후가 책장으로 향했다. 하지만, 십만 권은 족히 넘을 책들 중에서 삼국유사가 어디에 위치해 있는지 몰라 막막하기만 했다.

"인후 씨, 모든 책들은 같은 종류로 분류돼있어요. 삼국유사는 삼국사기와 비슷한 위치에 있을 거예요."

강인후가 기억을 더듬어 삼국사기를 빼왔던 지점으로 이동했다.

같은 시각, 전직 공안요원 우융강이 이끄는 사내들이 강인후와 신수정이 빠져나온 편의점으로 들이닥쳤다. 몽둥이를 손에 쥔 청년들이 우르르 들이닥치는 사내들의 기세에 주춤했다. 쓰러져있던 노동자가 우융강을 올려다보고 구원의 눈빛을 보냈다.

'바보 같은 놈.'

성큼 다가간 우융강이 편의점직원의 멱살을 움켜잡고 사나운 눈초리로 청년들을 둘러보았다. 그 기세는 감히 범접하지 못할 정도로 매섭고 두려웠다.

"여기 있던 년, 놈은 어디로 갔나?"

"저쪽으로 올라갔습니다."

기세에 눌린 편의점직원이 간신히 손가락으로 가리켰다. 멱살을 푼 우융강은 즉시 편의점을 빠져나가 도서관으로 내달렸다. 사내들이 우융강의 뒤를 따랐다.

"찾았어요."

책장에서 삼국유사를 빼든 강인후가 고개를 돌렸다. 도서관장은 점점 이상해지는 두 사람의 행동에 눈을 떼지 못하고 있었다.

"약을 안 찾고 뭐하고 있는 겁니까?"

도서관장이 출입구에서 소리쳤다.

"죄송합니다. 이 근처 어디인 거 같은데, 아무래도 책들 사이로 끼어들어 간 거 같습니다. 조금만 더 시간을 주십시오."

강인후가 도서관장의 눈치를 살폈다.

저 사람들은 약을 찾으러 온 게 아니다. 뭔가 있다. 실내에서도 시종일관 모자를 벗지 않고 있는 모습이 의혹을 더욱 가중시켰다. 그것은 의도적으로 얼굴을 감추기 위한 행동일 것이라고 판단했다. 아무래도 수상한 두 사람을 경찰에 신고해야할 것만 같았다.

"화장실 좀 갔다 올 테니 천천히 찾아보시오."

말을 마친 도서관장이 화장실로 발을 옮기려고 할 때였다.

계단을 뛰어올라오는 발소리가 크게 들렸다. 요란한 소리는 수를 헤아리기 어려울 정도였다. 계단을 내려다보니 공사장 인부로 보이는 사내들이 사나운 기세로 올라오고 있었다. 대체 이게 뭔 일이란 말인가. 처음부터 도서관으로 들어오지 말았어야 했다. 위기를 직감한 도서관장이 다시 발을 돌려 문헌자료실로 뛰어 들어가 문을 걸어 잠갔다.

"당신들은 대체 누구시오!"

강인후와 신수정은 도서관장의 날선 음성에 고개를 돌렸다. 순간 두 사람은 그 자리에 얼어붙었다. 강화유리문 너머로 보이는 십수 명의 사내들 중, 앞서있는 사내는 분명히 기억할 수 있었다. 경찰복장을 하고 스승의 집에서 사내들을 지휘했던 남자였다. 놀란 신수정이 강인후의 옆에 붙어 손을 꼭 잡았다.

"강인후, 어서 나와라!"

강화유리문이 금방이라도 부서질 것처럼 심하게 흔들렸다.

도서관장은 살인과 탈주범 강인후라는 이름에 사지가 마비되는 것 같았다. 급히 뒤로 돌아서려던 그는 책상에 걸려 넘어졌다. 엄청난 공포가 밀려들며 입술이 덜덜 떨렸다.

"강인후, 너는 더 이상 빠져나갈 길이 없다. 순순히 나오면 목숨만은 살려주마."

십 수 명이 몰아붙이는 강화유리문은 더 이상 버틸 힘이 없는지 간격이 점점 벌어졌다. 마침내 강화유리문이 찢어지는 비명을 지르며 쓰러졌다. 신수정이 눈을 감고 강인후가 그녀를 감싸 안았다. 입가에 비웃음을 흘린 우융강이 천천히 다가섰다. 윤철훈, 백웅민, 김철호가 뛰어 들어온 것은 바로 그때였다. 사내들의 시선이 일제히 날았다.

"경찰입니다. 여기서 물러나지 않으면 당신들을 모두 공무집행방해죄로 체포하겠습니다."

신분증을 빼든 백웅민이 위엄 있게 말했다.

우융강의 표정이 몹시 일그러졌다.

"비켜서시오."

윤철훈의 목소리에 노동자들이 길을 비키며 우융강을 바라보았다. 우융강의 명령 한 마디면 금방이라도 달려들 태세를 취했다.

"살인범 강인후가 저기 있습니다."

안정을 찾은 도서관장이 강인후를 향해 손가락을 뻗었다.

"알고 있습니다."

노동자들을 뚫고 성큼 다가간 백웅민이 강인후의 팔을 움켜잡았다.

"강인후, 당신을 살인과 탈주혐의로 긴급 체포한다."

백웅민이 눈을 찡긋하자, 강인후는 하마터면 웃음을 터트릴 뻔했다.

윤철훈과 김철호가 양쪽에서 강인후를 붙잡고, 나성국이 신수정을 부축했다.

우융강과 노동자들의 시선이 경찰에게 붙잡힌 강인후에게서 계속 머물렀다.

"이대로 보고만 있자는 거요?"

그럼, 어쩌란 말인가. 우융강은 노동자들 틈에서 들려오는 소리에 어떤 행동도 취할 수 없었다. 그가 할 수 있는 건, 고작 경찰들에게 둘러싸인 강인후를 바라보는 게 전부였다. 한국 땅에서 한국의 공권력에 도전할 수는 없는 일이었다.

"뭣들 하고 있소? 빨리 여기서 나가시오. 그렇지 않으면 당신들을 모두 연행하겠소."

백웅민의 으름장에 힘없이 어깨를 떨어뜨린 우융강과 노동자들이 문헌자료실을 빠져나갔다.

이윽고 계단을 내려가는 소리가 점점 멀어졌다. 전면에 보이는 유리창 너머로 도서관을 빠져나가 언덕길을 내려서는 사내들의 모습이 작게 보였다. 마침내 사내들이 시야에서 완전히 사라졌다.

복희씨의 비밀이 밝혀지다

  사내들이 완전히 사라진 것을 확인한 그들은 도서관을 내려와 잠시 멈춰 섰다. 누구 하나 선뜻 움직이지 않는 것으로 보아 쉽게 방향을 잡을 수 없는 모양이었다. 그도 그럴 것이 지금 상황에서 은신처로 돌아간다는 것은 자진해서 또 다른 위험 속으로 들어가는 것이나 마찬가지란 사실을 그들 모두 인식하고 있는 것 같았다.

  어둠속에 웅크리고 있는 정자亭子가 그들을 기다리고 있는 듯 보였다.

  "잠깐 저기서 방향을 정하고 움직이는 게 좋을 거 같습니다."

  백웅민이 정자로 가 자리 잡았다.

  "수정아, 어디 다친 데는 없는 거니?"

  나성국의 목소리는 완쾌되지 않은 그녀의 모습에 깊은 동정이 배어있었다.

  "괜찮아요. 그보다 이상문과 장저우의 의도를 파악했어요."

  신수정은 이병호 교수와 스승님의 메시지가 고구려, 백제, 신라의 진실된 지정학적 위치를 알리는 것이라고 말했고, 삼국의 무대는 한반도가 아니라 중원대륙임을 증명하는 역사기록을 일목요연하게 설명했다.

"성국선배 책방에서 우리를 헛갈리게 했던 역사기록은 우리의 의식 깊숙이 뿌리박혀 있는 반도사관의 잘못된 역사인식이 원인이었어요. 고대 삼국은 한반도가 아니라 중원대륙이 무대였으니 당연히 풀리지 않을 수밖에 없었던 거죠. 이제는 중국의 태극기 반환 주장이 무엇을 감추기 위한 수단인지 그것을 파악하는 게 시급해요."

"그럼 거기에 대해선 조금이라도 알아낸 게 없다는 얘기야?"

"인후 씨와 제가 파악한 결과, 그 해답은 삼국유사에 있을 것 같다는 추측뿐이에요."

"너무나 막연한 추측이야. 만약에 우리가 찾고 있는 기록이 삼국유사에 없다면 다른 역사서를 뒤져야 해."

"헌책방에서 선배는, 이 교수님과 스승님의 메시지가 삼국사기와 삼국유사에 있을 것이라고 말하지 않았었나요?"

"분명히 그렇게 말했지. 하지만 나는 수차례 삼국유사를 보아왔지만 복희씨에 대한 기록은 전혀 기억에 없어서 하는 말이야."

"우리는 복희씨를 최근에 와서 알게 됐어요. 그동안 전혀 관심을 두지 않았었던 거죠. 그러니 삼국유사를 읽으면서 무심코 넘어갔을 수도 있지 않겠어요?"

"왜 우리나라는 이리도 자국의 역사를 숨기기를 넘어 폄훼하려고 하는 공통된 의식이 자리 잡고 있는 것일까."

"선배, 그건 각종 이권에 개입된 사학자들로 인해…."

"그것만으로는 설명이 부족해."

"윤동무, 이래도 남조선이 주체성이 있는 민족이라고 말할 수 있겠나?"

듣고 있던 김철호가 나섰다. 그는 자기도 모르게 동무와 남조선을 언급했다.

모두의 시선이 일제히 그를 향했다.

"당신의 정체를 밝히시오"

놀란 백웅민이 급히 일어섰다.

"나는 조선민주주의인민공화국 작전국소속 대좌 김철호입니다."

김철호가 망설이지 않고 자신의 신분을 밝혔다.

할 말을 잃은 그들의 시선이 김철호와 윤철훈에게 머물렀고, 믿기 힘든 상황에 강한 의혹을 내비쳤다.

"위대한 지도자 김정은 동지께서는 주체성이 결여된 남조선 인민들을 심히 걱정하고 있소. 남조선 인민들은 골수 깊은 사대주의에 빠져 거짓과 진실 사이에서 입장을 정하지 못하고 있고, 강대국의 입김에 놀아나고 있는 것이오. 외세의 간섭을 벗어난 역사인식의 독립은 남조선 인민들의 주체성 확립에도 크게 영향을 미칠 것이오. 이를 밝히지 못하면 미래에 통일될 북남조선의 발전에도 지장을 줄 것은 불을 보듯 자명한 일입니다. 나는 이 목적으로 남조선으로 넘어왔소."

김철호의 목적은 분명했다.

"프롤레타리아혁명의 기치를 내건 북한이 역사에 관심을 갖는다는 게 전혀 의외입니다."

나성국은 여전히 의혹을 풀지 않고 말했다.

"나는 역사에 관심을 갖는다고 말한 적 없소. 단지 민족의 숙원사업인 북남통일을 이루기 위해선 주체성 확립이 선행돼야 한다고 말했을 뿐이오."

그들은 모두 침묵에 휩싸였다.

백웅민은 그제서야 윤철훈이 대통령께 보고하지 않은 이유를 알 것 같았고, 김철호가 왜 지금까지 말을 아끼고 있었는지 이해할 수 있었다. 이를 어떻게 보고해야 한단 말인가. 난데없는 북한요원의 등장은 결정을 내리기가 여간 어려운 일이 아닐 수 없었다. 머리를 세차게 흔든 그는 현실을 직시하기로 했다.

도서관장이 아직 나오지 않은 도서관은 불이 꺼지지 않고 있었다.

"아무래도 시간을 지체할 수 없겠소. 나성국 씨, 지금 빨리 도서관으로 들어가 숨어 있으시오."

백웅민의 말뜻을 알아차린 나성국이 급히 도서관으로 뛰어 들어가 몸을 숨겼다.

정자 옆, 나무 사이로 몸을 숨긴 그들은 도서관장이 나오기만을 기다렸다. 강인후가 옆으로 가 추위에 떨고 있는 신수정을 가만히 감싸주었다.

애타는 시간이 잠시 흐른 후, 침울한 표정의 도서관장이 차를 몰고 언덕을 내려갔다.

차가 완전히 사라진 것을 확인한 그들은 천천히 발을 옮겨 도서관으로 접근했다. 이윽고 찰칵거리며 문이 열리는 소리가 들렸다.

도서관으로 들어선 그들이 천천히 문헌자료실로 향했다. 심하게 파손된 강화유리문이 한쪽으로 치워져 있었고, 그것을 뛰어넘은 강인후가 잽싸게 역사서를 가득 품은 책장으로 달려가 역사서를 한 아름 안고 다가왔다.

"이제, 여기서 나가시죠."

"그건 안 됩니다. 이 책들 중에서도 우리가 찾는 기록이 없을 수 있으니 여기서 찾아야 합니다. 어차피 날이 밝기 전에는 여기에 들어올 사람은 아무도 없을 겁니다."

나성국이 말하고 책을 펼쳤다. 그가 제일 먼저 잡은 것은 삼국유사였다. 그는 영리한 신수정을 믿고 싶었고, 그것은 이병호 교수와 스승의 메시지에 부합하는 것이기도 했다. 제발 여기에 있어야 한다. 그는 앞에 수북이 쌓인 십여 권이 넘는 책들을 볼 자신이 없었다. 아무리 속독법을 익혔다 해도, 날이 새기 전에 많은 책들을 본다는 것은 사실상 불가능했다. 신수정이 잡은 책도 역시 삼국유사였다. 그렇게 두 사람이 동시에 삼국유사를 펼쳤다. 삼국의 역대 왕들을 기록한 왕력王曆이 지나가고 기이紀異 편으로 들어섰다. 나성국은 학창시절부터 기이 편을 몇 번이나 보았기에 그것을 건너뛰었다. 순간 말로 표현하기 힘든 그 무엇이 그의 손을 붙잡았다. 마음을 고쳐먹은 그는 책장을 다시 앞으로 넘겼다. 조금 읽어 내려가던 그의 눈이 강한 의혹으로 신수정을 바라보았다. 왜 이제껏 이 부분을 그냥 지나쳤는지 자신도 이해하기 힘들었다. 그녀는 아직까지 왕력에서 벗어나지 못하고 있었다.

"왜요? 뭐를 찾았어요?"

"이 부분을 읽어봐."

신수정의 목소리가 열람실에 조용히 퍼졌다.

"대개 성인聖人이 예악禮樂으로 나라를 다스리고 어짊仁과 옳음을 가르쳤다. 그러므로 하수河水에서 그림이 나오고 낙수洛水에서 글씨가 나타났다. 이것은 모두가 성인의 작품이다. 이후, 무지개가 신모를 둘러싸 복희씨를 낳았고 용龍이 여등과 관계를 맺어 염제炎帝를 낳았으며 황아가 신동과 교합하여 소호少昊를 낳았고…."

신수정이 책을 읽다말고 고개를 들었다.

"삼국유사 첫 머리에 복희씨가 나왔어요. 그리고 하수에서의 그림은 복희씨의 하도를 말하는 것이구요."

"계속해서 읽어봐."

한자리에 모인 사내들이 그녀의 입술만 주시했다.

"요堯임금은 열 넉 달 만에 태어났고, 용이 큰 못에서 교접하여 패공沛公을 낳았던 것이다. 그러므로 삼국의 시조始祖가 모두 신비스럽고 기이한데서 태어난 것을 어찌 괴이하다 하겠는가. 이것이 신비스러운 일을 모든 편篇 머리에 두는 까닭이다."

읽기를 마친 신수정이 고개를 들었다.

"이걸 어떻게 해석해야죠. 그리고 왜 삼국유사가 보편화 돼 있는 지금도 이 부분을 그냥 넘어가고 있는지 이해할 수 없겠네요."

"나도 어떻게 해석해야 할지 모르겠어. 우리가 알고 있기로 복희씨와 염제, 소호, 요임금은 중국이 자신들의 조상이라고 말하며 신神

적인 존재로 추앙하고 있는 성인들이야. 그런데 일연대사는 성인들이 모두 우리 삼국의 시조라고 분명히 말하고 있어. 도저히 믿지 못할 일이야."

"우리가 우리 역사서를 믿지 않으면 누가 믿어요."

"아무래도 해답은 이 부분에 있는 것 같은데…."

"가만, 이렇게 아니라 일연대사가 삼국유사를 집필할 당시의 시대상황을 짚어봐야겠어요."

"시대상황?"

"일연대사가 삼국유사를 집필한 시대는 고려가 몽고의 침입으로 수많은 백성들이 죽고, 귀중한 문화재 황룡사가 소실되었던 시대입니다. 민족의 수난을 몸소 체험한 일연대사는 느낀 것이 많았을 겁니다."

윤철훈이 학창시절의 기억을 더듬어 말했다.

"맞아요. 제가 말하고 싶은 게 그거예요. 일연대사는 고려가 원나라의 지배를 받게 되면서 백성들에게 민족의식을 일깨워주기 위해 삼국유사를 집필했어요."

"그러니까 일연대사는 꺼져가는 민족혼과 민족의 정체성을 백성들에게 확고히 심어주자는 차원에서 기이 편을 삼국유사 첫머리에 서술했다는 말이로군."

"바로 그거예요, 선배. 우리의 민족의식을 드높이고 정체성을 일깨우는 의미에서 서술한 부분에 중국의 조상들을 집어넣을 하등의 이유가 없겠죠. 만약 성인들이 모두 중국의 조상들이라면 조금 과격하게 표현해서, 우리 민족은 그들의 종속물에 지나지 않으니 지배를 당연한 결과로 받아들여야 한다. 이렇게 해석할 수밖에 없어요."

신수정이 명쾌하게 정리했다.

"일연대사는 위대하고 신비스러운 우리 조상들을 가장 앞부분에 명시해 백성들에게 민족혼을 일깨우고 고취시키고자 했던 거예요. 진실은 이미 세상에 나와 있지만, 그것을 보는 눈이 없을 뿐이다. 진실은 언제나 가까이 있다. 스승님의 메시지와 일맥상통하지 않나요?"

신수정은 자신이 말하고도 믿고 싶지 않았다. 어떻게 이런 일이 있을 수 있는지 도무지 납득하기 힘들었다.

"중국의 역사공정과 태극기 반환 주장은 이 모든 것들을 감추기 위한 수단이었어요. 복희씨가 신화적인 인물이라 하더라도 그것은 우리 한민족의 신화이지, 중국의 신화가 아니었어요. 그리고 고대 삼국의 유물에 그려진 태극문양은 중국의 문화를 차용한 것이 아니라, 우리 조상이 우주의 이치를 표현해 놓은 태극을 후손인 우리가 사용하고 있는 것이었어요. 어서 빨리 중국의 속셈을 대내외에 알려 태극기를 지켜야 해요. 시간이 없어요."

이 내용을 빨리 대통령께 보고해야 한다. 하지만….

백웅민은 윤철훈과 김철호를 돌아보았다.

"일단 여기를 나갑시다."

백웅민이 앞장섰다.

어느새 시간은 새벽 3시에 가까워져 있었고, 구름에 가린 달빛이 서서히 물러가고 있는 자리에 짙게 드리운 안개가 자리를 차지하고 있었다. 짙은 안개는 내려가는 길이 어디인지조차 분간하기 힘들 정도로 주변을 감싸고 있었다.

"내려가는 길이 어딘지 모르겠….."

신수정의 목소리는 느닷없이 등장한 한 무리의 사내들로 인해 묻혔다. 흐릿한 안개를 뚫고 언덕을 서서히 올라오는 건장한 사내가 걸음을 멈추고 그 자리에 우뚝 섰다. 안개에 휩싸여 등장하는 그 모습은 신비스럽게 보이기까지 했다.

"윤철훈, 백웅민 오랜만이다. 그리고 강인후, 또 보게 돼서 반갑다."

언덕 위에 우뚝 선 위무광은 여유로운 미소를 흘렸다.

순식간에 짧은 머리에 십수 명의 건장한 사내들이 길을 막아섰다. 사내들이 좁은 길을 빈틈없이 메웠다. 백웅민이 고개를 돌렸다. 신수정은 사시나무 떨 듯 심하게 떨고 있었고, 나성국은 겁에 질려 입이 벌어져 있었다. 한 눈에 보기에도 운동으로 단련된 탄탄한 체형의 사내들이 사나운 눈을 부릅뜨고 금방이라도 덮칠 것 같은 기세로 천천히 다가왔다. 난감한 상황이었고, 빠져나갈 수 없을 것만 같았다. 정면승부는 승산 없어 보였고, 사내들을 뚫고 무사히 나가기는 불가능 할 것 같았다.

"어서 안으로 들어갑시다."

백웅민의 외침에 그들은 모두 도서관으로 뛰어들었다.

"어리석은 놈들, 스스로 독안으로 뛰어드는군."

위무광이 비웃음을 날렸다.

"한 사람이라도 여기를 벗어나 중국의 음모를 알려야 합니다. 그러기 위해선 최대한 시간을 지연시켜야 합니다."

김철호가 빠르게 주변시설물들을 익혔다.

위무광과 사내들이 순간을 즐기기라도 하려는 듯, 천천히 도서관으로 발을 옮기고 있었다.

"지금부터 시간 지연작전은 내가 지휘하겠소."

어느새 김철호는 작전국 대좌로 돌아가 있었다.

"놈들의 행동을 보시오. 서두르지 않는 것으로 보아, 무언가 특단의 결정을 내린 것 같소."

"특단의 결정이라면…."

윤철훈이 눈으로 물었다.

"우린 오늘 여기서 살아나가기 힘들어."

강인후가 신수정의 손을 찾아 놓치지 않으려는 듯 힘을 주어 잡았다. 옆에 서 있는 나성국이 슬픈 눈으로 두 사람을 바라보았다. 경찰에 신고 할 수도 없는 상황이다. 자칫하면 북, 중간의 관계가 파국으로 치달을 수도 있는 엄청난 사태가 벌어질 수도 있다. 그리고 스스로 자국의 역사를 왜곡하고 있는 지식인과 위정자들의 촉수가 어디까지 뻗어있는지 상상할 수도 없는 시점에서 누구를 믿을 수 있겠는가. 나성국이 고개를 돌려 시계를 바라보았다. 이제 막 새벽 3시를 넘기고 있었다. 고작 십여 분이 지났을 뿐인데 그 시간은 마치 영원처럼 길게 느껴졌다.

"나는 백웅민 씨와 같이 2층을 사수하겠소. 윤동무는 강인후 씨와 같이 3층에서 기다리고 있다가 놈들을 교란시킬 방법을 찾아보시오. 우리가 최대한 시간을 지연시킬 테니, 나성국 씨와 신수정 씨는 최영돈 기자에게 연락하고 최대한 몸을 숨기고 있으시오."

그의 말이 옳았다. 지금 상황에서 가장 믿을만한 사람은 최영돈뿐이었다.

김철호의 말이 끝나자마자 그들이 신속하게 움직였다.

'윤철훈, 백웅민 최후의 발악인가.'

위무광이 잠시 움직임을 멈추고 부하들에게 지시를 내렸다.

"내가 신호를 보낼 때까지 너희들은 출입구를 완전 봉쇄하라. 만약 여기로 빠져나오는 놈이 있으면 가차 없이 처단하도록. 그리고 너희들은 나와 같이 안으로 진입한다."

위무광의 명령에 십수 명의 사내들이 갈라섰다.

"날이 밝기 전에 놈들을 빨리 처리하고 여기를 벗어나야 합니다."

"멈추게."

위무광이 급하게 도서관으로 진입하는 부하를 불러 세웠다.

"여길 살아서 나갈 생각이었나?"

"네? 무슨 말씀이신지…."

"우린 자랑스러운 인민해방군이다. 조국의 안위를 쥐고 있는 놈들이 바로 눈앞에 있어. 오늘 우리는 놈들을 처리하고 명예롭게 산화한다. 조국을 위해서 한국에 어떠한 빌미도 남겨선 안 돼. 이것이 곧 조국에 보답하는 명예로운 길임을 명심하도록."

위엄 있게 말한 위무광이 부하들 한 사람, 한 사람과 뜨겁게 포옹

했다.

"다음 생生에선 내가 너희들의 부하로 태어나지. 그때도 똑같은 결정을 하리라 믿는다."

위무광이 주머니에서 캡슐을 꺼내 들었다. 부하들에게 캡슐을 나눠주는 그의 손길이 미세하게 떨렸다. 그것은 극약을 담은 캡슐이었다. 그는 피를 나눈 형제와 같은 부하들의 얼굴을 마지막으로 가슴에 새기려는 듯 뚫어지게 바라보았다.

"놈들을 모두 처리하고 마지막에 웃는 얼굴로 극약을 삼키길 바라겠다."

"위 소교님, 그동안 감사했습니다."

부하들이 일제히 거수경례를 올렸다. 그들의 눈에서 눈물이 흘렀다. 부하들을 바라보는 위무광의 눈시울이 불거졌다. 마침내 눈을 부릅뜬 그는 무섭게 명령했다.

"돌격!"

부하들이 일제히 함성을 지르며 도서관으로 뛰어들었다.

모두가 깊이 잠든 시각에 도서관은 한 밤의 침입자들로 인해 심하게 몸부림치고 있었다.

'놈들이 오고 있다.'

계단을 뛰어 올라오는 소리가 천둥치는 소리처럼 크게 들렸다. 안내데스크에서 급히 몸을 빼낸 김철호가 백웅민에게 눈짓했다. 동시에 서로 반대방향으로 뛰었다. 순식간에 사내들이 문헌자료실로 몰아닥쳤다. 사내들은 맹수가 사냥감을 노리듯 천천히 발을 움직였다.

책장 뒤에 몸을 바짝 붙인 김철호가 다가오는 한 사내를 향해 책을 집어던졌다. 그와 동시에 몸을 날려 주먹을 휘둘렀다. 사내가 비명을 지르며 쓰러졌다.

"저쪽이다!"

사내들이 몰려들었다. 수많은 책들이 쏟아지고, 바람을 가르는 소리가 살벌하게 들렸다. 튀기는 핏물이 책을 적셨다. 인간병기 김철호의 번개 같은 몸놀림에 사내들이 연거푸 쓰러졌다. 문헌자료실에서 난타전이 일었다. 비명과 둔탁한 소리에 이어 책장이 기우뚱거리며 수백 권의 책들이 한꺼번에 쏟아졌다. 성난 사내들이 끝도 없이 밀고 들어왔다. 그때 백웅민이 소리를 지르며 사내들을 덮쳤다. 하지만 사내들 또한 인민해방군 무술고단자들이었다. 수적 열세에 몰린 김철호와 백웅민은 사내들을 감당할 수 없었다. 마침내 사내들의 주먹과 발길질에 두 사람이 피를 흘리며 쓰러졌다. 사내들이 가소로운 얼굴로 쓰러진 두 사람을 내려다보았다.

윤철훈과 강인후가 소화기를 들고 나타난 건, 바로 그때였다. 소화기가 사내들의 얼굴을 향해 분말을 내뿜었다. 두 사람이 뿜어대는 소화기는 사내들의 움직임에 제동을 걸기에 충분했다. 하얀 분말이 사내들의 눈을 파고들었다. 고통의 비명이 흘렀고, 윤철훈의 한 치의 오차도 없을 것 같은 공격이 사내들의 몸을 파고들었다.

"멈춰라!"

순간 윤철훈이 매우 위엄 있는 목소리에 뒤로 고개를 돌렸다.

"윤철훈, 드디어 우리가 여기서 만났구나."

어디에 있었는지 소리 없이 다가온 위무광이 팔짱을 끼고 우뚝 서 있었다.

"나는 이 순간을 기다려왔다."

위무광의 얼굴이 사납게 변했다.

"그건 내가 할 말이다."

단장님을 살해했을 때도 저런 얼굴이었을 것이다. 주체할 수 없는 분노가 온 몸을 휘감았고, 주먹 쥔 두 손이 부들부들 떨렸다.

윤철훈과 위무광이 격투자세를 취하고 일정 간격으로 벌어졌다.

"강인후 씨, 여긴 우리한테 맡기고 어서 빨리 3층으로 올라가 시오!"

기회를 엿보던 강인후가 잽싸게 문헌자료실을 벗어나 3층으로 뛰었고, 김철호와 백웅민이 간신히 몸을 일으켰다. 피로 물든 두 사람의 얼굴은 이미 알아볼 수 없을 정도로 처참했다.

한달음에 3층으로 뛰어오른 강인후가 가쁜 숨을 몰아쉬었다.

"최 기자님과 통화는 됐습니까?"

"벌써 오실 시간이 지난 거 같은데요."

나성국이 안절부절못했다.

"들어오는 차가 보이지 않아요."

유리창을 보고 있던 신수정이 힘없이 말했다.

"나성국 씨, 우리가 어떻게 될지 모르니 지금까지 파악한 내용을 모두 녹음하세요. 무슨 수를 써서라도 최 기자님에게 그것을 전해야 합니다."

강인후의 뜻을 알아챈 나성국이 전화기를 열었다. 그의 목소리는 심하게 떨려나왔고, 지금까지 파악한 모든 내용이 전화기에 녹음되기 시작했다.

윤철훈과 위무광은 서로를 노려보았다.

기회를 엿보던 윤철훈이 옆으로 뛰었다. 위무광이 그를 쫓았다. 기합을 지르며 주먹과 발길질이 오가는 난타전이 일었다. 번개 같이 급소를 파고드는 윤철훈의 공격에 위무광이 잠시 주춤했다. 그는 고도의 살상력을 가진 윤철훈의 공격을 믿을 수 없었다.

'방심하면 큰일이다.'

순간 위무광이 빈틈을 보였다. 윤철훈이 주먹을 뻗었다. 기회를 노리고 있던 위무광의 오른발이 작렬했다. 윤철훈이 황급히 뒤로 몸을 젖혔다. 위무광의 오른발이 아슬아슬하게 턱을 스쳤다. 스친 그의 발에 핏물이 살짝 드리웠다. 스친 발차기는 엄청난 위력을 갖고 있었다. 또 한 번 난타전이 일었다. 윤철훈의 입가가 찢어지며 피가 흘렀고, 눈두덩이 순식간에 부어올랐다. 위무광이 고통을 참으며 움푹 들어간 콧등을 어루만졌다. 잠시 공격을 멈춘 두 사람이 서로를 노려보았다. 갑자기 출입구로 내달린 위무광이 휘파람을 불었다. 위무광의 신호에 입구를 봉쇄하고 있던 사내들이 함성을 지르며 일제히 도서관으로 뛰어들었다. 그 소리는 마치 지옥에서 들려오는 소리와도 같았다. 문헌자료실로 뛰어든 사내들은 맹렬한 기세로 김철호와 백웅민을 공격했다. 순식간에 사내들에게 제압당한 두 사람이 바닥을 뒹굴었다.

"안 돼!"

윤철훈이 소리치며 달려들었다. 급히 막아선 위무광이 주먹을 휘둘렀다. 주먹을 정통으로 맞은 윤철훈이 이를 악물고 그대로 돌진해 위무광을 안고 쓰러졌다. 그는 쓰러진 위무광의 얼굴에 주먹을 난사했다. 순간 윤철훈이 엄청난 충격에 멍한 눈으로 고개를 돌렸다. 성난 사내들의 주먹과 발길질은 멈추지 않았다. 마침내 그는 위무광의 몸으로 무너져 내리며 의식을 잃었다.

"어서 빨리 가서 강인후를 잡아와."

위무광이 윤철훈을 들쳐 내며 간신히 명령했다.

쓰러져 있던 사내들이 서서히 일어서고 있었다. 하얀 분말을 뒤집어 쓴 그들은 흡사 죽어있던 미이라가 깨어나고 있는 것 같았다.

한편, 최영돈은 정자亭子 바로 밑에서 몸을 엎드린 채, 도서관을 바라보았다. 사내들이 도서관으로 진입한 것을 확인한 그는 서서히 몸을 일으켰다. 그의 행동으로 보아 바로 위 나무 뒤에서 자기를 주시하고 있는 그림자를 전혀 눈치 채지 못하고 있는 것이 분명했다.

어찌해야 하나. 지금 저 안에서 무슨 일이 벌어지고 있는 것인가. 강인후가 누명을 쓰고 있다는 나성국의 말은 사실인 것 같았다. 나성국을 어떻게 만나야 한단 말인가. 한참을 기다렸지만 들어간 사내들이 나오지 않고 있었다. 최영돈은 시커먼 입을 벌리고 있는 출입구를 바라보았다. 이대로 언제까지 기다릴 수만은 없는 일이었다. 카메라 가방을 움켜쥔 그는 출입구를 향해 천천히 발을 옮겼다. 조심스럽게 안으로 들어서자, 지하식당으로 내려가는 계단이 정면으로 보였다. 그는 좌우에 자리 잡은 디지털자료실과 한옥으로 꾸민 어린이자료실을 지나쳐 2층으로 올라가는 계단에 발을 올렸다. 최영돈이 막 발을 떼어놓으려고 할 때였다. 뒤에서 들려오는 소리는 분명 사람의 발자국소리였다. 그는 잽싸게 몸을 돌려 지하로 향했다. 계단에 몸을 바짝 엎드린 그는 출입구로 들어서는 사내를 살폈다. 그의 눈이 크게 벌어졌다. 머리카락 하나 없는 민머리의 사내는 분명 어디선가 보았던 얼굴이었다. 머리 한 복판에 자리 잡은 커다란 점이 검붉게 보였고, 움켜쥔 총이 금방이라도 불을 뿜을 것 같았다. 순간 그는 하마터면 비명을 지를 뻔했다. 사내는 경찰병원에서 김 경관을 살해해 신문에 얼굴을 장식하고 세상을 떠들썩하게 만들었던 범인이었다. 저 자가 왜 여기에 나타난단 말인가. 문득 신문기사의 내용이 떠올랐다. 신문기사의 내용대로라면 사내는 조직을 거느린 강인후의 조직원이었다. 하지만 그것은 어디까지나 추측기사였고, 누명을 쓰고 있는 강인후와 같은 일당이 아닌 것은 자명한 일이었다. 그렇다면 사내는 모든 정황으로 보아 강인후를 노리고 온 것임에 틀림없다고 봐야 했다. 몹시 긴장한 최영돈은 사내가 올라간 계단을 천천히 따라 올라갔다.

2층에 올라선 명은 최대한 몸을 숙여 문헌자료실에 가깝게 접근해 유심히 살폈다. 문헌자료실은 치열한 격투의 흔적을 말해주듯, 그야말로 난장판이었다. 반쯤 부서진 책장이 쓰러져 있었고, 사내들에게 밟힌 책들이 심하게 구겨져 바닥을 뒹굴고 있었다. 안내데스크 바로 옆에서 하얀 분말을 뒤집어쓴 사내들이 눈을 비비며 천천히 일어섰다. 제대로 눈을 뜨지 못하고 있는 모습이 몹시 고통스럽게 보였다. 그 앞에서 언젠가 산골마을에서 마주쳤던 사내와 서너 명의 건장한 사내들이 강인후와 일당으로 보이는 사람들을 내려다보고 있었다. 명은 들고 있던 총을 잠시 바라보았다. 이건 마지막에 나를 위해서 사용해야 한다. 나는 곧 모든 것에서 해방될 것이다. 총을 외투 깊숙이 집어넣은 그는 자그마한 무엇인가를 꺼냈다. 버튼을 누르니 철컥거리며 기다란 봉이 튀어나왔다. 전자충격기였다. 기회는 지금이었다. 전자충격기를 움켜쥔 명이 문헌자료실로 무섭게 뛰어들었다. 돌연한 사태에 놀란 사내들이 고개를 돌렸다. 명은 전자충격기를 무차별적으로 휘둘렀다. 지지직거리며 발생된 고전압이 사내들을 휘감았다. 간신히 정신을 차리고 있는 미이라 사내들이 힘없이 쓰러졌고, 상황파악이 안된 사내들이 명이 휘두르는 전자충격기에 비명을 질렀다. 간신히 전자충격기를 피한 위무광의 발차기가 작렬했다. 명의 손을 빠져나간 전자충격기가 책장에 부딪치며 박살났다.

최영돈은 도서관에서 벌어지고 있는 상황을 빠짐없이 촬영했다.

명과 위무광이 간격을 벌렸다.

"강인후를 넘겨라!"

명이 소리쳤다.

위무광은 뜻하지 않은 명의 출현에 불길함을 감지했다.

"여긴 어떻게 알고 왔나?"

"애송이, 말이 많구나."

무언가 직감한 나성국이 결박당한 몸을 살짝 틀어 출입구를 바라보았다. 눈이 마주친 최영돈이 손가락을 입술로 가져가 조용하라는 신호를 보냈다. 역시 예상대로 덩치는 최영돈의 주위를 감시하고 있으면서 그를 따라왔음이 분명해 보였다. 역설적이게도 지금의 상황에선 덩치에게 희망을 걸어보는 수밖에 없었다.

명과 위무광의 결투는 치열했다. 둘의 결투는 승패를 가늠할 수 없을 정도로 막상막하였다. 그때 전자충격기에 쓰러진 사내들이 몸을 뒤척이며 서서히 일어나기 시작했다. 결박당한 윤철훈은 아직도 정신을 못 차리고 있었고, 김철호와 백웅민은 심하게 몸부림쳐댔다.

전화기를 빨리 전해야한다. 나성국이 뒤로 서서히 움직였다. 그는 사내들의 눈을 피해 전화기를 힘껏 밀었다. 잽싸게 전화기를 낚아챈 최영돈이 계단을 내려 도서관을 빠져나갔다. 마침내 완전히 일어선 사내들이 명을 포위하며 서서히 거리를 좁혔다. 공격을 멈춘 명이 잽싸게 외투주머니에서 총을 꺼내 위무광을 겨눴다. 순간 사내들이 주춤했다.

"모두 무릎 꿇어!"

명이 사내들을 향해 사납게 소리쳤다.

저 놈은 결코 만만히 볼 놈이 아니다. 섣부른 판단이 또 실수를 자초할 뻔했다. 어차피 나를 해방시켜줄 사람은 강인후 뿐이다. 명은 결심을 굳혔다.

"유감이지만 우리 승부는 이것으로 끝이다."

"승부를 포기하겠다는 건가?"

"내가 원하는 건, 모든 굴레에서 벗어난 완전한 해방이다. 내 목적은 그것뿐이다. 네놈은 절대로 그것을 충족시켜줄 수 없다."

명이 알 수 없는 말을 내뱉었다.

"지금 무슨 말을 하는 게냐?"

"잔소리마라. 더 이상의 발언은 용납하지 않겠다."

명은 총구를 겨눈 채, 강인후를 일으켜 세웠다. 그리고 사정없이 복부를 내질렀다. 강인후가 허리를 반으로 접으며 쓰러졌다.

"인후 씨!"

신수정이 소리쳤다.

"엄살피우지 마라. 강인후, 너는 그런 놈이 아니잖아."

명은 강인후와 마지막을 생각하니 몸이 후끈 달아올랐다.

"강인후를 들쳐 업고 앞장서라."

명이 한 사내를 가리켰다.

"내 부하를 놓아줘라. 내가 대신 가겠다."

하하하. 위무광의 말에 명이 웃음을 터트렸다.

"이놈은 죽이지 않을 테니 안심해라. 약속은 반드시 지킨다."

사내를 앞장세운 명이 문헌자료실을 천천히 빠져나갔다.

위무광은 혈육과도 같은 부하가 사라질 때까지 시선을 떼지 못했다.

3층을 지나 옥상으로 향한 그는 능숙하게 만능키를 조작해 옥상문을 열어젖혔다.

"강인후를 거기에 내려놓고 문을 잠가라."

문을 걸어 잠근 사내가 등을 돌리려고 하자, 명이 권총 손잡이로 사내의 후두부를 강타했다. 의식을 잃은 사내가 바닥에 얼굴을 박았다.

"강인후, 이제 마지막이다. 각오는 돼 있겠지."

총을 겨눈 명이 바로 앞으로 다가갔다. 머리에 총구의 차가운 감촉이 느껴졌다. 강인후가 눈을 감았다. 잠깐의 정적이 흘렀다.

"하하하. 강인후, 어서 눈을 떠라."

명은 강인후를 감고 있는 밧줄을 풀어주고 권총을 앞에 떨어뜨렸다. 강인후가 이해할 수 없는 얼굴로 명을 바라보았다.

"강인후, 나를 해방시켜줄 사람은 너뿐이다. 어서 총을 잡아라."

명이 모든 옷을 벗어던지고 무릎을 꿇었다. 수많은 흉터가 그의 몸을 칭칭 감고 있었다.

"자, 이제 나는 이 세상에서 깨끗하게 사라질 것이다. 이 더러운 몸뚱이에서 한시라도 빨리 해방되고 싶다. 어서 쏴라."

총을 쉽게 집어 들지 못하는 강인후는 심하게 망설이고 있는 것 같았다.

"그 총에는 총알이 두발 들어있다. 네가 나를 쏘지 못하면, 내가 너를 쏘고 나 또한 자결할 것이다. 어서 선택해라."

"당신은 내 친구와 스승님을 죽였소."

"후후. 강인후, 지금은 그걸 말할 때가 아니다."

눈앞으로 구영민과 스승이 지나갔다. 그의 눈에서 눈물이 흘렀다. 급기야 총을 움켜잡은 강인후가 명의 머리에 총을 겨눴다. 그의 손이 부들부들 떨렸다.

"셋을 세겠다. 셋을 세는 동안 쏘지 못하면 나는 가차 없이 너를 죽일 것이다."

명이 말을 마치고 조용히 눈을 감았다.

"하나."

강인후가 명의 머리에 총을 갖다 댔다.

"둘."

방아쇠를 잡은 손이 심하게 떨렸고, 주체할 수 없는 눈물이 계속 흘렀다.

"셋."

도저히 방아쇠를 당길 수 없는 그는 힘없이 팔을 떨어뜨렸다.

그와 동시에 쓰러져 있던 사내가 일어섰다. 그는 재빨리 총을 빼앗아 주저 없이 방아쇠를 당겼다.

탕!

명의 거대한 몸이 스르르 무너졌다.

"고맙… 다 강인후."

명의 감은 눈에서 눈물이 흘렀다. 약간 벌어진 입술엔 미소가 서려있는 것 같았다.

총소리가 지나간 자리엔 모든 시간이 정지된 것처럼 고요가 찾아왔다. 강인후는 평화로운 얼굴로 잠든 알몸의 사내를 멍하게 바라보았다. 그때 무언가 바닥에 떨어지며 들려오는 소리가 고요를 깨트리며 들려왔다. 강인후는 천천히 고개를 돌렸다. 총을 쏜 사내가 믿기지 않는 표정으로 뒷걸음치고 있었고, 시커먼 권총이 바닥에 널브러져 있었다. 강인후가 멍한 얼굴로 권총을 들어 올리려고 할 때였다. 계단을 뛰어오르는 무수한 발자국소리에 이어 옥상문이 심하게 흔들리며 목소리가 들려왔다.

"강인후를 죽였나?"

죽어있는 살인청부업자에게 묻는 것 같았다.

"내 부하를 어서 내려 보내라."

그제서야 정신을 차린 강인후는 권총을 움켜잡고 옥상문을 겨냥했다. 순간 요란하게 흔들리던 옥상문이 활짝 열렸다. 강인후가 뛰어 들어오는 사내들을 향해 권총을 바쁘게 움직였다.

"모두 움직이지 마!"

강인후가 소리쳤다.

위무광은 눈앞에 펼쳐진 광경이 믿어지지 않았다. 알몸으로 쓰러져 있는 명은 이미 숨이 끊어진 것처럼 보였고, 놈에게 끌려왔던 부하는 정신이 반쯤 나간 상태로 멍하게 서 있었다. 이게 어찌된 일인가. 위무광은 총구를 겨누고 다가오는 강인후를 묵묵히 바라보았다.

사내들이 강인후를 포위했다.

"거기서 한 발짝이라도 움직이면 방아쇠를 당길 것이다."

위무광의 머리에 총을 갖다 댄 강인후가 사내들과 대치했다.

리홍빈의 선택

같은 시각, 도서관 앞으로 모습을 드러내는 여자가 있었다. 나무 뒤에서 나오는 것으로 보아 기회를 기다리고 있었던 것 같았다. 한 줄기 바람이 리홍빈의 긴 생머리를 흔들고 지나갔다.

여자를 바라보는 최영돈이 심하게 몸부림쳤다. 하지만 나무에 꽁 꽁 묶인 몸과 재갈물린 입에서는 작은 소리만 흘러나올 뿐이었다. 그를 한 번 쳐다본 리홍빈이 바로 고개를 돌렸다. 어떻게 된 것일까. 그녀는 급히 발을 놀려 도서관으로 들어섰다.

총소리가 지나간 도서관은 숨 막힐 정도로 고요했다.

한 걸음, 한 걸음 계단을 오르는 리홍빈의 눈앞으로 두 남자가 스 치고 지나갔다.

그녀에게 있어서 윤철훈과 위무광은 결코 포기할 수 없는 존재였 다. 최후의 날에 두 사람 중, 한 사람은 분명 치명적인 상처를 입을 것이라는 사실은 이미 처음부터 정해진 일이었다. 바로 그것이 그녀 가 한국을 떠나지 못하고 있었던 이유였다. 위무광의 주위를 감시하 던 그녀는 그의 뒤를 따라와 기회를 엿보고 있었던 것이었다.

놈이 강인후를 쏜 것일까? 최영돈은 잡을 수 있었지만, 이 청장에게 고용됐던 살인청부업자는 감당하기 어려운 존재였다. 그녀는 최대한 발소리를 죽여 계단을 올랐다. 이윽고 2층으로 올라선 그녀는 몸을 숙여 문헌자료실을 바라보았다. 하얀 분말을 뒤집어쓴 두 명의 부하가 무릎을 꿇고 있는 사내들을 감시하고 있었다. 등을 보이고 있는 사내 중에 윤철훈이 있었다. 몸을 일으킨 그녀는 망설이지 않고 문헌자료실로 들어섰다.

"아니, 리 소교님. 여긴 어떻게….”

"나는 인민해방군에 다시 복귀했다. 위 소교님한테 얘기 못 들었나?”

사내들은 영문을 모르겠다는 표정이었다.

"뭣들 하고 있나. 빨리 위 소교님한테 가보지 않고.”

사내들이 엉거주춤하게 문헌자료실을 벗어났다.

그녀는 급히 손을 결박당한 윤철훈을 풀어주었다. 연이어 모두의 손에서 결박이 풀렸다.

"이제 와서 이러는 이유가 뭔가?”

윤철훈이 터진 입술을 간신히 움직여 말했다. 수많은 상처를 입은 그는 금방이라도 쓰러질 것처럼 보였다.

"이유는 중요하지 않아요. 내가 이렇게 하고 싶을 뿐이에요.”

"그럼, 단장님도 그렇게 하고 싶었다는 말인가?”

"그렇게 비약하지 말아요.”

리홍빈이 들어올 때부터 의문의 눈초리로 바라보던 백웅민은 그제서야 단장님을 살해한 범인이 성윤지로 위장한 위무광의 부하라는 사실을 알 수 있었다.

"단장님을 아빠라고 불렀던 것도 전부 가식이었군."

백웅민의 목소리에서 심한 조소가 느껴졌다.

"웅민씨가 어떻게 생각하든 상관하지 않겠어요, 하지만 아빠를 생각하는 내 마음은 지금도 변함이 없어요."

"어떻게 그런 말을…!"

성큼 다가선 백웅민이 잡아먹을 듯 그녀를 노려보았다.

"이러고 있을 때가 아니에요. 인후 씨가…."

급히 일어선 신수정이 옥상으로 뛰었다. 그러나 그녀는 발을 멈출 수밖에 없었다. 위무광의 머리에 총을 겨눈 강인후가 천천히 내려오고 있었다. 순간 위무광과 리홍빈의 눈이 마주쳤다. 결박이 풀린 윤철훈과 사내들이 일어서고 있었다. 그의 눈이 뒤집혔다.

"리 소교!"

분노의 목소리가 도서관을 흔들었다. 번개 같은 동작으로 강인후의 손에서 권총을 낚아챈 그는 윤철훈을 노려보았다. 질투와 분노를 머금은 그의 권총이 윤철훈을 향해 불을 뿜었다.

탕!

"안 돼!"

리홍빈이 소리쳤다.

한 발의 총성과 리홍빈의 절규가 문헌자료실을 맴돌다 사라졌다. 모두가 엎드려 있는 문헌자료실은 아무소리도 들려오지 않는 정적과 침묵이 잠깐 흘렀다.

누군가 바닥에 쓰러지는 둔탁한 소리가 정적을 깨고 들렸다. 쓰러진 리홍빈의 가슴이 붉게 물들었다.

"리 소교, 아니… 홍빈. 네가 왜….”

위무광이 울부짖으며 달려가 리홍빈을 품에 안았다. 그의 품에 안긴 리홍빈의 가슴에서 검붉은 피가 쏟아지고 있었다.

"대체, 무엇을 위한…. 싸움이었나요."

리홍빈의 입에서 피가 배어 나왔다.

"홍빈, 내가 미안했어."

"날 원망하지 않을 수 있겠어요?"

"절대로 원망 안 해. 그러니 제발 죽지마."

위무광의 굵은 눈물이 그녀의 얼굴을 적셨다.

"어서 빨리 구급약을 찾아봐!"

위무광이 부하들을 향해 소리쳤다.

"소용없는 일이에요. 그리고 철훈 씨."

그녀는 몹시 힘겹게 손을 들어 윤철훈을 불렀다. 무릎걸음으로 다가간 윤철훈이 그녀의 손을 잡았다.

"부탁이 있어요."

숨이 넘어가는 리홍빈의 목소리는 아주 작게 들렸다.

"나를 마지막으로 윤지라고 불러주실래요?"

"윤지 씨, 어서 일어나 봐요. 맛있는 회덮밥 또 만들어 줘야죠."

윤철훈의 눈물이 식어가는 그녀의 손등에 쉼 없이 떨어져 내렸다.

"고마워요. 철훈 씨."

그녀는 마지막 힘을 모아 윤철훈과 위무광의 손을 잡아 주었다. 마침내 그녀의 고개가 축 늘어졌다.

"윤지씨!"

"리 소교님!"

문헌자료실이 리홍빈을 부르는 소리로 가득 찼다.

잠시 후, 일제히 일어선 위무광의 부하들이 숨진 리홍빈을 향해 거수경례를 올렸다.

숨진 리홍빈을 안고 있는 위무광은 그녀와 떨어지기 싫은 듯, 한참이나 그 자리에서 움직이지 않았다. 천천히 고개를 든 그의 얼굴은 무엇을 생각하는지 아무 표정이 없었다.

"윤철훈, 우린 처음부터 만나서는 안 될 사이었어."

위무광이 힘없는 입술을 움직여 말했다. 허공을 응시하고 있는 모습과 축 쳐진 어깨가 몹시 지쳐보였다.

말없이 일어선 윤철훈을 위무광의 부하들이 에워쌌다.

"위 소교, 이제 더 이상의 싸움은 아무 의미도 없어."

"진실을 알아냈다는 말인가?"

"아니, 진실을 알아낸 게 아니라, 진실은 이미 나와 있었어."

"결국 그렇게 됐군."

그의 입에서 허탈한 웃음이 잠깐 흘렀다.

"홍빈은 내가 데려가겠네."

"위 소교님, 놈들을 앞에 두고 이대로 가겠다는 말씀입니까?"

앞서있던 부하가 이해할 수 없다는 표정을 지었다.

"나는 리 소교의 마지막 부탁을 들어주지 않을 수 없다. 내 결정이 잘못됐다고 판단되면 따르지 않아도 좋다."

리홍빈을 들쳐 업은 위무광이 천천히 출입구로 발을 옮겼다. 잠시 그 자리에 서있던 부하들이 이내 그의 뒤를 따랐다.

"윤철훈, 내가 지금은 이런 모습으로 돌아가지만 반드시 다시 올 것이야."

계단을 내려가던 위무광이 마지막으로 말하고 도서관을 빠져나갔다. 이윽고 사내들이 빠져나간 도서관이 서서히 밝아오고 있었다.

"나도 이만 북조선으로 들어가 봐야겠네."

김철호가 윤철훈에게 악수를 청했다.

"이렇게 그냥 들어가겠다는 건가?"

"내 임무는 여기까지야."

백웅민과 강인후, 나성국이 차례로 그의 손을 맞잡았다.

"신수정 씨는 제가 아는 어떤 여자하고 너무 닮았네요."

"북한에 두고 온 애인을 말하는 건가요?"

김철호의 손을 맞잡은 신수정이 울먹거렸다.

"그렇다고 해두죠."

김철호는 주홍이 미치도록 보고 싶었다. 이제 떠나면 다시는 오지 못할 남조선, 핏줄과 영토로 이어진 남조선. 그러나 이념과 사상으로 갈라진 남조선은 지구상의 그 어떤 나라보다도 더 먼 나라였다.

신수정을 한참이나 바라보고 있는 그는 그녀의 얼굴에서 주홍의 얼굴을 찾고 있는 게 분명해보였다.

김철호를 바라보는 윤철훈은 가슴이 먹먹해 이내 고개를 돌렸다.

"우리 통일이 되면 다시 만납시다."

김철호가 말을 마치고 돌아서려고 할 때였다. 울먹이는 윤철훈의 노랫소리에 그의 발이 멈춰 섰다.

아리랑~ 아리랑~ 아라리요.

아리랑 고개를 넘어간다.

그의 노래가 모두의 입으로 옮겨갔다.

나를 버리고 가시는 님은.

십리도 못가서 발병난다.

그들의 눈에서 눈물이 흘렀다.

아리랑~ 아리랑~ 아라리요.

김철호가 이미 도서관을 빠져나갔지만 노랫소리는 멈추지 않았다.

이틀 후, K일보.

아침 이른 시간, 검은색의 자가용이 K일보 앞에 멈춰 섰다.

차문을 급히 열어젖힌 이상문은 로비를 지나쳐 엘리베이터에 몸을 실었다. 12층에 당도한 그는 급히 엘리베이터를 내려 사장실로 향했다. 이상문이 노크도 없이 들어가는 것으로 보아 사전 약속이 돼 있는 것 같았다. 굳게 닫힌 사장실에선 무언가 중대한 대화가 오고가는 듯 작은 소리 하나 흘러나오지 않았다. 그렇게 한참의 시간이 흐른 후, 사장실의 문이 열렸다. 로비를 빠져나온 이상문은 자신의 자가용에 몸을 실어 삼천궁녀낙화암으로 향했다.

"윤전기 스톱!"

윤전실에 앉아있던 최영돈은 문을 열어젖히고 들어오는 사내를 바라보았다. 뛰듯이 급하게 최영돈을 지나친 사내는 비상정지 스위치를 눌렀다. 힘찬 소리를 지르며 인쇄에 들어간 윤전기가 작동을 멈췄다.

"김 기자, 지금 뭐하는 건가!"

최영돈이 소리치며 다가갔다.

"선배님의 기사를 전격 보류하라는 사장님의 긴급 지시입니다."

"지금 무슨 말을 하는 거야!"

김 기자를 밀치고 다가간 그는 작동 스위치를 눌렀다.

"선배님, 안 됩니다. 사장님이 직접 지시하신 사안입니다."

말을 마친 김 기자는 다시 비상정지 스위치를 눌렀다.

"그럴 수 없어!"

최영돈이 작동 스위치를 누르려고 할 때, 전화가 걸려왔다. 발신자번호를 확인한 그는 숨을 들이 키고 전화기를 들어 올렸다.

목소리를 듣고 있는 그의 얼굴이 심하게 일그러졌다.

"제 기사가 추측기사가 아니란 걸, 사장님도 잘 아시지 않습니까.

우리는 지금까지 속고 살아왔다구요."

그는 기대한 대답이 들려오지 않는지, 몇 번을 더 절규에 가깝게 말했다.

이윽고 최영돈이 비통한 표정으로 전화를 끊는 것으로 보아 그의 기사는 전격 보류된 것 같았다. 힘없이 어깨를 떨어뜨린 그는 윤전실을 나섰다.

어떻게 이런 거짓말이 반백년이나 지속될 수 있었단 말인가. 대체 우리나라에는 이상문 같은 자가 얼마나 더 있단 말인가. 우리는 지금까지 일제강점기의 암울한 사관에서 완전히 독립하지 못했어. 그러니까 말도 안 되는 개념이 판치고, 서로의 이권 속에서 국민의 안위는 뒷전으로 물러나 있고 나라가 이 모양이지. 최영돈은 심한 허탈감에 고개가 절로 숙여졌다.

중국대사관 앞은 몰려나온 시민들로 발 디딜 틈 없이 장사진을 이루고 있었다.

만약의 사태를 대비해 배치된 전경들이 진압봉을 움켜잡고 시민들의 움직임에 바쁘게 시선을 움직였다. 모여 있는 시민들의 시선이 한 곳으로 쏠렸다. 꺼져 있던 커다란 전광판이 밝아지면서 태극기가 걸려있는 국기게양대가 모습을 드러냈다. 곧이어 국기게양대로 금빛 상자를 든, 두 명의 남자가 천천히 걸어갔다.

이날은 드디어 태극기가 땅으로 떨어지는 날이었고, 그와 동시에 중국이 태극기를 회수해가는 날이기도 했다. 그것을 지켜보는 시민들의 표정은 각양각색이었다. 울부짖으며 땅을 치는 사람과 멍하게 태극기를 응시하는 사람이 있었고, 금방이라도 대사관 안으로 뛰어들 듯이 사나운 표정으로 사방을 두리번거리는 사람이 보였다.

이윽고 국기게양대 앞에 다다른 두 남자가 국기게양대를 마주보고 부동자세를 취했다. 태극기와 땅과의 거리는 불과 1미터도 안 되게 보였다. 두 남자가 천천히 손을 뻗어 줄을 잡았다. 전광판을 바라보는 시민들이 숨을 죽였다. 두 남자가 천천히 줄을 잡아당기기 시작했다. 태극기가 심하게 요동치며 버티고 있는 것 같았다. 서서히 내려오던 태극기가 속도를 빨리했다. 시민들이 절규에 찬 고함을 질렀다. 이내 태극기가 완전히 바닥에 떨어졌다. 순간 도시가 마비된 것 같은 정적이 찾아왔다. 지나가던 차들과 행인들이 그 자리에 멈춰서 있었다. 그렇게 한동안 도시에선 정적을 깨트리는 무엇을 찾아보기 힘들었다.

태극기를 거둔 두 남자가 금빛 상자를 열려고 할 때였다. 급히 국기게양대로 한 사람이 다가왔다. 귓속말을 흘린 그는 몸을 돌려 대사관으로 들어갔다.

시민들 틈에서 웅성거리는 소리가 들려왔다.

"태극기가 다시 올라간다."

곧이어 그 소리는 여기저기서 흘러나왔다.

"태극기가 다시 올라가고 있어."

땅에 떨어져 있던 태극기가 바람에 펄럭이며 하늘로 오르고 있었다. 이내 완전히 올라간 태극기가 힘차게 펄럭거렸다. 그때 전광판에 대통령이 모습을 드러냈다. 아무 말 없이 서 있는 것으로 보아 국민들의 반응을 지켜보고 있는 것 같았다. 이윽고 대통령이 천천히 입을 열었다.

"국민 여러분, 우리는 태극기를 지켰습니다. 이제 더 이상 그 어떤 나라도 우리 민족의 상징인 태극기를 위협하지 못할 것입니다. 민족의 얼이 살아 숨 쉬고 있는 태극기는 우리 민족과 영원히 함께 할 것입니다."

마비됐던 도시가 기쁨의 함성으로 다시 깨어났다. 손에 손을 맞잡은 시민들의 눈에서 기쁨의 눈물이 쉼 없이 흘러내렸다.

대통령 대국민 특별담화 발표

그로부터 한 달 후.

소파에 누워 TV채널을 돌리는 최영돈은 무엇을 기다리고 있는 것 같았다.

"이제 뭐해 먹고 살 거야?"

소파로 다가온 아내가 그를 발로 툭 건드렸다.

"그렇게 신문사를 그만두면 뭐해서 먹고 살 거냐구?"

아랑 곳 없이 TV채널만 돌리던 그의 손이 멈췄다.

오늘은 대통령의 대국민 특별담화 발표가 예정돼 있었다. 최영돈이 볼륨을 한껏 높였다.

"귀 먹었어!"

아내의 날선 외침에도 그는 전혀 흔들림 없이 TV만 바라보았다.

대국민 특별담화에 앞서 시민대표가 연단에 들어섰다. 그는 태극기 반환과 같은 국가비상사태재발방지를 위한 향후 대책을 촉구하는 시국선언을 낭독했고, 뒤를 이어 비장한 표정의 대통령이 모습을 드러냈다. 대국민 특별담화는 시국선언에 바로 화답하는 형식을 취하고 있는 듯 보였다. 국민을 향해 잠시 예의를 표한 대통령은 거두

절미하고 바로 본론으로 들어갔다.

"국민 여러분, 우리는 민족의 상징이자, 민족의 결집력인 태극기를 빼앗길 뻔 했습니다. 중차대한 국가비상시국에 우리는 별다른 대책 없이 몇 개월을 보내왔습니다. 어떻게 이럴 수 있었는지 실로 통탄을 금할 길 없고 대통령으로서 국민 앞에 고개를 숙입니다."

잠시 고개를 숙인 대통령이 다시 입을 열었다.

"하지만 이것은 그 누구의 잘못이 아니라 잘못된 역사를 바로 잡으려고 노력하지 않은 우리 모두의 잘못입니다. 일제는 우리나라를 강제점령하면서 우리의 역사서를 20만여 권이나 불태우는 만행을 저질렀고, 조선사편수회에서 통치에 용이한 수단으로 우리 역사를 난도질했습니다. 그것은 우리 민족을 열등민족으로 격하시키는 것이었고, 언제든 다시 일어날 수 있는 민족혼의 불씨를 짓밟는 정책이었습니다. 그러나 매우 애석하게도 우리나라는 일제가 만들어놓은 역사에서 탈피하지 못하고 있었던 것입니다. 그것은 기득권과 이권을 빼앗기고 싶지 않은 기성세대의 잘못입니다. 지금부터라도 우리는 잘못된 역사를 바로잡아 민족이 바로 설수 있는 튼튼한 결집력을 보여주어야 합니다. 자라나는 우리 후손들에게 부끄럽지 않은 문화를 물려주어 국가 경쟁력을 드높여야 할 때입니다."

대통령이 읽던 원고에서 눈을 떼고 카메라를 정면으로 응시했다.

"저는 이 자리에서 국민 여러분께 강력하게 말씀드립니다. 자라나는 우리 후손들을 위해 역사교육과의 전쟁을 선포합니다."

TV를 끈 최영돈은 잠시 그 자리에서 움직일 수 없었다. 그의 눈앞으로 윤철훈과 백웅민, 강인후와 신수정, 그리고 나성국이 연이어 지나갔다. 마치 한 편의 영화를 감상한 것 같았다. 천천히 일어선 그는 아내에게 다가가 살며시 끌어안았다.

"저리 가. 지금 뭐하는 거야."

아내는 그의 황당한 행동에 사정없이 밀쳤다.

거실 바닥에 힘없이 쓰러진 그의 입에서 큰 웃음이 터졌다.

와! 하하하.

한참을 웃던 그의 얼굴에서 주체할 수 없는 눈물이 흘렀다.

강인후는 들려오는 전화벨 소리에 이불을 머리끝까지 덮었다. 전화벨 소리는 그치지 않고 계속 울려댔다. 급기야 이불을 걷어 찬 그는 졸린 눈을 비비며 시계를 바라보았다. 잠시 멍해있던 그의 눈이 크게 떠졌다. 그는 급히 전화기를 들어올렸다.

"인후 씨, 설마 아직도 집에 있는 건 아니겠죠?"

신수정의 목소리는 많이 들떠있는 목소리였다.

"아닙니다. 바로 가겠습니다."

후다닥 옷을 챙겨 입은 그는 밖으로 뛰었다. 그는 봄 햇살의 따스한 기운을 받으며 기분 좋게 달렸다. 싱그러운 바람과 향긋한 꽃향기가 그의 기분을 한껏 들뜨게 만들었다.

이제 나는 완전히 자유다. 뛰는 그의 얼굴에서 미소가 떠나지 않았다.

그날, 강인후는 문헌자료실로 들이닥친 국정원요원들에 의해 긴급 연행됐고, 국정원장과 마주앉은 취조실에서 믿을 수 없는 눈으로 대통령을 대면했다.

"강인후 씨, 정말 미안했습니다."

손을 내민 대통령이 악수를 청했다.

강인후는 지금 자신에게 일어나고 있는 일을 믿을 수 없었다. 대통령이 들어선 것도 이해할 수 없었지만, 살인과 탈주범인 자신에게 사과를 하며 악수를 청하는 대통령의 행동을 도저히 이해 할 수 없어 몸이 졸아드는 느낌이었다. 그는 어떤 행동을 취해야 할지 몰라 난감한 얼굴로 국정원장을 바라보았다.

"뭐하고 있소. 대통령님의 손을 무안하게 만들 생각이오?"

국정원장 민수호가 고개를 끄덕였다.

어정쩡하게 대통령의 손을 맞잡은 강인후가 허리를 깊이 숙였다.

강인후의 얼굴을 잠시 바라본 대통령의 시선이 국정원장 민수호에게 옮겨갔다.

국정원장 민수호가 사건의 시작부터 천천히 설명하기 시작했다.

그의 설명이 계속 되는 동안 강인후의 고개가 점점 숙여졌다.

지나간 기억이 선명하게 되살아나며 가슴이 심하게 아려왔다. 고개를 계속 숙이고 있는 그의 몸이 약간 떨리는 듯 보였다.

"그렇게 된 거였군요."

목소리가 심하게 갈라져 나왔고, 눈가에 눈물이 맺혔다.

대통령은 그 어떤 말로도 그를 위로할 수 없다는 걸 알았다. 긴 침묵이 취조실에 드리웠고, 허공을 응시한 강인후의 눈동자는 초점이 잡혀있지 않았다.

"원하는 것을 말해보세요. 최선을 다해 도와주겠습니다."

"원하는 건 없습니다. 단지 사건 속에서 유명을 달리한 제 친구와 스승님의 죽음이 헛되지 않았으면 하는 바람입니다. 더 이상 아무것도 바라는 건 없습니다."

강인후를 흐뭇한 얼굴로 바라본 국정원장 민수호가 입을 열었다.

"강인후 씨, 국가를 위해 일할 생각 있소?"

강인후는 느닷없는 제안에 말문이 막혔다.

한참이 지나도 대답이 들려오지 않자, 국정원장 민수호는 명함을 꺼내 내밀었다.

"내 직통 연락처입니다. 언제든지 기다리고 있겠소. 강인후 씨가 내 제안을 받아들인다면 윤철훈, 백웅민과 한 팀에서 일할 수 있을 겁니다."

"윤철훈 씨와 백웅민 씨는 지금 어디에 있는 겁니까?"

"그건 국가 기밀상 알려줄 수 없소. 하지만 강인후 씨가 내 제안을 받아들인다면 지금 윤철훈과 백웅민이 어느 식당에서 소주와 순댓국을 먹고 있는지 알려주겠소."

대통령과 강인후가 동시에 웃음을 터트렸다.

웃음소리가 봄바람을 타고 여운처럼 귀를 맴돌았다.

강인후는 신수정을 향해 속력을 냈다.

"왜 이렇게 늦었어요?"

기다리고 있던 신수정이 곱게 눈을 흘겼다.

단아한 한복을 차려입은 그녀는 처음 보았을 때 그 느낌 그대로였다. 그의 가슴이 심한 설렘으로 방망이질 쳤다.

"그런데 어딜 가자는 거죠?"

"가보면 알아요."

운전대를 잡은 신수정이 천천히 도로로 진입했다. 살며시 미소 진 그녀의 옆모습이 싱그러운 아름다움을 자아냈다.

"어? 여기는 우리 엄마 산소로 가는 길이잖아요."

신수정은 강인후가 누명을 벗던 날, 그를 따라 온 길을 정확히 기억하고 있었다.

"날씨가 너무 좋네요. 비가 오기를 은근히 기대했었는데."

그녀의 알 수 없는 말에 강인후가 고개를 갸웃했다.

비포장도로가 시작되자, 신수정은 길 가장자리에 차를 세웠다.

강인후는 어머니의 산소에 다가갈수록 알 수 없는 묘한 감정에 빠져드는 느낌이었다.

그렇게 산길을 5분여를 오르니 언덕에 가린 어머니의 산소가 봉분을 살짝 드러내고 있었다. 이윽고 어머니의 산소가 완전히 모습을 드러냈다. 순간 그는 자신의 눈을 의심했다. 산소를 둘러싸고 있는 수많은 우산들이 날개를 활짝 펼치고 있었다. 눈물이 핑 돌았다.

"수정 씨, 어떻게 이걸…."

"인후 씨, 내가 지금부터 어머니의 우산 같은 존재가 될게요."

그녀의 눈에서도 눈물이 흘렀다.

강인후가 신수정을 와락 끌어안았다.

산들바람이 두 사람을 어루만지고 지나갔다.

-끝-